슬픔을 맛본 사람만이
자두 맛을 안다

슬픔을 맛본 사람만이 자두 맛을 안다

2018년 5월 14일 초판 1쇄 발행

지은이 | 장석주
펴낸곳 | 여문책
펴낸이 | 소은주
등록 | 제25100-2017-000053호
주소 | (03482) 서울시 은평구 응암로 142-32, 101동 605호
전화 | (070) 5035-0756
팩스 | (02) 338-0750
전자우편 | yeomoonchaek@gmail.com
페이스북 | www.facebook.com/yeomoonchaek

ISBN 979-11-87700-21-0 (03800)

이 도서의 국립중앙도서관 출판시도서목록(cip)은 e-CIP 홈페이지(http://www.nl.go.kr/ecip)에서 이용하실 수 있습니다(CIP 제어번호: 2018012490).

여문책은 잘 익은 가을벼처럼 속이 알찬 책을 만듭니다.

슬픔을
맛본
사람만이

자두
맛을
안다

장석주 지음

여문책

02

여행과 일상 사이에서

03

사색의 시간

　　미친 듯이 읽지는 않아요. 날마다 사과 한 알을 먹고,
산책을 하며, 천천히 조금씩 읽어요. 책 한 권은 하루치 양식.
왜 책을 읽느냐고요? 물론 마음의 고요를 얻는 데다 대체할 수
없는 즐거움까지 있기 때문이죠. 피터 멘델선드는 『책을 읽을
때 우리가 보는 것들』(김진원 옮김, 글항아리, 2016)에서 책읽기를
"눈으로 하는 미친 짓"이라고 했죠. 그렇더라도 괜찮아요.
봄날 무릎에 담요를 덮고 햇볕을 쬐며 독서 삼매경에 빠지는
일은 아무에게도 해를 끼치지 않는 최고의 도락이자 청정한
기쁨을 주는 일. 새 책을 읽을 때 소규모로 삶을 꾸리는 자의
기쁨중추가 엔도르핀으로 푹 젖어버려서 정말 짜릿하죠.
여름에는 잘 익은 복숭아를 베어 먹고, 겨울에는 동지 팥죽을

떠먹듯이 책을 찾아 읽는 거죠.

대부분 읽은 것은 금세 잊어버려요. 책을 읽은 뒤 기억에
남는 것은 아주 작은 부분이죠. 그것을 의미 기억이라고
합니다. 이것은 일화 기억이나 자전 기억과는 달리 의미,
이해, 개념을 바탕으로 하는데, 보고 배우고 익힌 기억이라고
해서 이것을 학습 기억이라고도 하지요. 기억은 뇌의 해마나
편도체에서 일어나는 정보의 응고화라고 할 수 있겠죠. 책은
망각에 대한 저항의 한 형식, 우리 기억을 외부에 저장하기
위한 한 방식으로 생겨났지요. 책을 읽고 굳이 리뷰를 쓰는
것은 제 뇌를 믿을 수가 없기 때문입니다. 읽고 기록하라!
그렇지 않으면 잊어버리고 말 테니까요.

사실 읽기란 가장 좋은 기억 훈련법이기도 해요. 이반
안토니오 이스쿠이에르두가 쓴 『망각의 기술』을 보니
"최고의 기억 훈련법은 '읽기'다"라고 했더군요. 뭐, 저도
대체로 그 말에 동의하는 편입니다. 읽기가 인지능력을
키우고, 기억력을 유지하는 데 도움이 된다고 생각하거든요.

책이란 활자가 찍힌 덩어리 혹은 낱장을 묶은 종이
뭉치지요. 책은 펼쳐지고 읽히려고 만든 것입니다. 책은 펼쳐
읽기 전까지는 침묵의 덩어리 그 자체라고 할 수 있어요. 그
안에 여러 목소리가 숨어 있지만 듣는 귀가 없어 듣지 못하기
때문이지요. 장 뤽 낭시는 책을 두고 "'목소리'라고 부르는
것의 표식과 흔적"이라고 말합니다. 책은 말 걸기, 부름이며,

일반적으로는 초대, 요청, 부름, 기도의 영역에 속하지요.[01]

책은 펼쳐져 있거나 닫혀 있습니다. 아니 책은 그 사이 긴장

속에 있지요. 고정적이거나 불변하는 것이 아니라 끊임없는

흐름입니다. 사유는 딱딱한 고체로 있지 않고 액체와 같이

유동하지요.

다시, 책이란 무엇일까요? "저자도, 장르도, 스타일도,

에너지도 규정된 것은 없다. 글쓰기는 본질적으로 모든

정보인식과 인식명령을 다른 곳으로 이동시킨다."[02] 책은

관념이면서 동시에 물질이지요. 책은 물성의 구현으로서

체적體積을 갖습니다. 책은 그릇이자 거기에 담긴 내용이지요.

"책은 **무엇에 대해** 말하지 않는다. 책은 본질적으로 **누구에게**

말한다. 혹은 누구에게 말하지 않고서는 **무엇에 대해** 말하지

않는다."[03] 무엇에 대해 말하지 않고, 누구에게 말하는

것이 책의 속성이지요. 앞서 책이 열리고 닫히는 것이라고

말했는데, 그런 까닭에 "책의 존재성, 불안정하고 섬광

같은 진실이 머무는 곳은 바로 이 전환의 속성을 이루는

접속conjonction과 분리disjonction 현상"[04]에 깃드는 것이지요.

어쨌든 저는 그런 책을 반세기 동안 읽으면서 살아왔어요.

읽고 쓰는 게 생업과 관련이 있어 아주 미친 듯이 읽지는

않았지만 읽는 일을 쉰 적은 없어요. 여기에 묶은 에세이는

그런 저의 일상적 사유 활동의 자취를 보여줍니다. 책을

읽으며 생긴 내면의 파장, 감정의 굴절과 기분의 흐름, 그리고

마음의 무늬를 드러내죠. 책을 좋아하는 이에게 보내는
책으로의 초대장이기도 해요.

　　그동안 독서 에세이라고 할 수 있는 책을 몇 권 썼죠.
『강철 같은 책들』(2003), 『책은 밥이다』(2005), 『만보객 책속을
거닐다』(2007), 『취서만필』(2009), 『지금 어디선가 누군가
울고 있다』(2009), 『불면의 등불이 너를 인도한다』(2015), 『내
아침인사 대신 읽어보오』(2017, 박연준과 공저)가 그것이죠.
이번 책은 여덟 번째 독서 에세이예요. 자두를 좋아하는
탓에 자두가 나는 철을 기다리며 이 책을 펴냅니다. 당신이
책읽기를 좋아한다면 이 책이 작은 선물이 될 거예요. 당신의
낮과 밤을 치명적으로 물들이는 무료함과 권태를 지우고
덜어내는 데 도움이 될 거예요. 기꺼이 받아주세요, 당신을
위한 이 초대를!

2018년 초봄, 파주 교하에서

장석주

01

계절이
바뀌는 소리

입춘 지났는데 날은 춥다

입춘 지났는데 추위가 맹위를 떨친다. 제주도와 호남
일대에 눈보라 치고, 서울 하늘은 쨍하지만 기온은 영하 10도
아래로 곤두박질쳤다. 새벽에 거실에서 불 밝힌 채 김훈의
『공터에서』(해냄, 2017)를 꾸역꾸역 읽었다. 일제 강점기에서
6·25전쟁과 베트남전 참전에 이르는 한국 근현대사를
배경으로, 아버지에서 아들로 2대에 걸쳐 이어지는 비루한
현실과 맞물린 야만의 편력을 펼치는데, 작중인물들은 만주와
상하이, 전후 피난지와 베트남 전장을 누비고 시난고난하며
부침浮沈하는 삶을 잇는다. 전편에 걸쳐 어떤 기시감이
질펀하다. 문체의 익숙함이 만드는 사태인가. 이 기시감은
강력해서 이전 소설과 새 소설 사이에서 분별을 지운다.

작가는 앞선 소설들, 즉『칼의 노래』,『현의 노래』,『남한산성』,
『흑산』에서도 닮은 문체를 반복한다. 기시감은 한 소설
안에서 앞서고 뒤따르는 인물 사이에도 또렷한데, 마동수와
아들 마차세가 동일인인 듯한 착시를 불러온다. 감정개입을
배제하고 사실에 입각한 건조한 문체는 김훈 소설의
미덕이자 한계라는 게 내 생각이다. 이 기시감은 문체뿐만
아니라 작가가 사람과 세상을 보는 눈의 한결같음에서도
비롯되는 것이리라. 김훈의 작중인물들은 대체로 세상의
일에 비관하고, 지독한 허무주의에 젖은 채 현실과 마주한다.
우수憂愁는 김훈 소설이 이룩한 독특한 미학으로 눈부신
바가 있다. 하지만 문체의 반복이 불러온 기시감이 작품의
핍진성을 깎아낸다는 느낌을 지우기 어렵다.

어젯밤에는 2월 초부터 증평 '21세기문학관'에 입주작가로
내려간 아내가 서울로 올라와 함께 식사를 하고 저녁 산책에
나섰다. 칼바람에 귀때기가 떨어지는 듯해 가까운 카페에서
뜨거운 카모마일 한 잔을 마시며 책을 읽다가 돌아왔다. 오늘
아침 동교동의 카페 '꼼마'에서 오후까지 창가 쪽 자리에 앉아
탕누어의『마르케스의 서재에서』(김태성·김영화 옮김, 글항아리,
2017)를 빨려들 듯이 읽었는데, 요네하라 마리의『대단한
책』이나 다치바나 다카시의『나는 이런 책을 읽어왔다』를
만났을 때같이 놀라운 경험이었다. 대단한 독서가를 또 하나

만난 셈이다. 비평가이자 독서광인 탕누어는 타이완대학 역사학과 동창으로 '타이완의 프랑수아즈 사강'으로 불리는 작가 주톈신의 남편이다. 두 사람은 날마다 단골 카페에 나가 아침부터 오후 다섯 시까지 읽고 쓴다.

어느 시대에나 좋은 작가는 항상 훌륭한 독자다. 호르헤 루이스 보르헤스, 움베르토 에코, 블라디미르 나보코프, 오르한 파묵, 오에 겐자부로, 무라카미 하루키…….
탕누어는 스페인 식민체제로부터 남미를 해방시킨 영웅 시몬 볼리바르를 주인공으로 하는 가브리엘 가르시아 마르케스의 『미로 속의 장군』에서 사유의 실마리를 얻어 제열독熱讀의 역사를 풀어 쓴다. 볼리바르는 라틴아메리카의 독립운동가이자 독서광으로 알려진 인물이다. 마르케스가 묘사한 볼리바르의 기억과 경험을 인용하고 그것을 촉매로 삼아 책읽기와 관련된 다양한 사유를 펼친다. 마르케스를 축으로 플라톤이나 공자 같은 철학자에서 발터 베냐민, 호르헤 루이스 보르헤스, 움베르토 에코, 이탈로 칼비노, 밀란 쿤데라, 오에 겐자부로 같은 현대 작가에 이르기까지 엄청난 독서의 내공을 자랑한다. 탕누어는 다양한 전고典故와 인용, 사유의 궤적 등을 빌리고 유추해 배치하며 엉망진창인 유년기의 도서목록에서 책, 독서 행위, 독서의 한계와 꿈, 독서의 방법과 자세 등을 두루 꿰어 다룬다.

책 하나하나는 인류의 기억을 담는다. 기억의 축적이 곧 책이 되는 것은 아니나 책은 기억의 축적과 연관이 있다. 기억은 우리의 세계와 삶에 대한 온갖 사유, 이해, 상상력, 불만의 궤적을 다 포괄하고, 이것은 시간의 경과에 따라 일어나는 신체의 노쇠나 사멸을 넘어서서 살아남는다. 그리하여 "기억은 우리 신체 밖에 놓여 신체와 함께 썩지 않을 수 있게" 된 탓에 "한 권 한 권 책을 땔감으로 태"우며 사유의 불꽃을 지속시킨다. 탕누어는 한 작가의 전 작품을 빠짐없이 읽는 독서 방법을 권한다. 전작주의 책읽기 방식을 권하는 이유는 다음과 같다.

문자의 기호적 결여와 은유적 본질 때문에 언어를 이용해 직접적으로 표현할 수 없는 게 너무 많기 때문이다. 아무런 손실도 없이 문자로 모든 것을 드러내는 일은 불가능하며 모든 것을 형태 그대로 책 안에 넣을 수도 없기 때문에 좀더 많은 단서가 있어야만 정확한 의미를 포착할 수 있다. 따라서 단편적인 생각을 담고 있는 여러 권의 책을 다시 하나의 시간 축에 연결시켜 작가가 걸었던 길의 정확한 궤적을 따라가야 하고 책과 책 사이의 유기적인 연결망을 뒤적여야 한다.

옳은 말이다.

지금은 평화로운 일요일 아침이다. 조르조 아감벤의 『불과 글』(윤병언 옮김, 책세상, 2016)을 읽는다. 이 책에 붙은

"우리의 글쓰기가 가야 할 길"이라는 부제는 문학의 가장 기초적인 것에 대한 성찰을 담겠다는 의지를 보여준다. 아감벤은 "불과 글"이 문학이 포기할 수 없는 두 요소라고 말하는데, 이것은 "신비와 서사"에 대한 환유다. 이 둘은 함께 있을 수 없다. "글이 있는 곳에 불은 꺼져 있고 신비가 있는 곳에 서사는 존재하지 않는다." 불은 신비로운 힘을 가졌다. 창조의 잠재력은 불과 같아서 삶을 비화祕話로 구축할 수 있지만 이것이 양식화(서사)로 전환되면서 그 신비를 잃는다. 아감벤의 더욱 중요한 전언은 「창조란 무엇인가?」라는 장에 깃들어 있다. 창조의 발현 양태 중에서 돋보이는 것은 시적 생산(포이에시스poiesis)이다. 창조는 저항하는 힘이고, 이것은 창조 행위 자체에 깃들어 있다. 아감벤은 아리스토텔레스의 논리를 끌어들여 힘과 힘없음이 "서로를 상대로 구속력을 구축하는 관계"에 있음을 지적한다. "무능력adynamia은 능력dynamis과 반대되는 형태의 결여다. 모든 힘은 동일자의 동일자에 대한 무능력이다."[05] 아리스토텔레스의 논리에서 모든 힘이 가진 모호함을 통찰해내고, 무능력이 힘없음이 아니라 '~를 하지 않을 수 있는 힘'이라는 명제를 이끌어낸다. '힘'은 "기량의 형태로, 결여에 대한 지배의 형태"로 존재한다. 무언가를 할 수 있는 힘은 힘의 원천적인 구조 안에서 무언가를 하지 않을 수 있는 힘과 관계를 유지하며, 대상 자체에 두 힘은 동일하게 작동한다. 힘과 능력에 대한 이런 통찰이 이른 결론은 이렇다. 인간이 "무언가로 존재할 수 있고 무언가를 만들 수 있는 것은 무언가로 존재하거나 무언가를 만들지 않을 수 있는 가능성과의 관계를 유지하기 때문이다. 인간의 이러한 '능력' 속에서 감각은, 구축적인 차원에서 무감각과 일치하며 사유는 무의식과, 노동은 무위無爲와 일치한다." 아감벤의 사유가 '무위'에 이르는 과정을 살피는 것은 흥미롭다. 가장 훌륭한 피아니스트는 연주를 하지 않을 수 있는 힘으로 피아노를 연주하고, 가장 훌륭한 화가는 그림을 그리지 않을 수 있는 힘으로 그림을 그린다. 예술가의 창조능력에서 하지 않을 수 있는 힘을 배제한다면, 그는 창조하는 자가 아니다. 단순히 대상을 복제하거나 재현하는 기술자나 다름없다. 무위를 모르는 예술가는 이류다. 이는 하지 않을 수 있음, 즉 휴지休止, 멈춤, 무위 안에서 창조의 능력이 배양되는 까닭이다. 예술가에게 '무위'는 내면에서 작동하는 자율적인 원리고, 할 수 있는 힘의 뿌리이자 이것을 키우는 무한자원이다.

우리는 무언가를 할 수 있는 힘에서 유용성을 찾고 그 가치를 높이 사는 대신 '하지 않을 수 있는 힘'의 중요성은 무시하는 일면이 있다. 반면 아감벤은 '할 수 있는 힘'과 '하지 않을 수 있는 힘'의 중요성을 동렬에 놓는다. 무언가를 실행할 수 있는 힘은 그것을 '하지 않을 수 있는 힘'의 또 다른 변주다. 노래를 하지 못하는 사람은 서툰 휘파람을 분다.

이때 "'하지 않을 수 있는 힘'은 힘이 행동으로 실행되는 과정을 정지시킴으로써 힘을 무위적으로 만들고 무위적인 상태 그대로 전시한다"는 뜻이다. 무위는 무능력이 아니라 능력이 실행으로 전이되지 않은 휴지상태다. 이 무능력은 언젠가 '할 수 있음'의 양태로 깃들어 있는 것이다. 무위는 무능력의 표지가 아니라 언젠가 할 수 있음의 내부에 깃든 창조와 저항의 힘이다. 따라서 무위는 무능력이나 무실행이 아니라 할 수 있음을 멈춘 채 할 수 있음에 대해 돌아보는 행위다. 무위는 게으름이나 자기방기가 아니라 잠재적 실행이고 실천의 잉여일 따름이다. '무위'에 대한 아감벤의 성찰은 놀라운 바가 있다. 이 통찰은 동양 철학자인 노자와 장자가 입에 침이 마르도록 예찬한 바, 가장 훌륭한 통치자는 아무것도 하지 않는 자, 백성이 그 존재조차 모르는, 아무것도 하지 않음으로 모든 함을 부지런히 실행시키는 '무위의 정치학'과 정확히 하나로 겹친다.

새벽에 출출한 배를 채우는 요기는 사과 한 알, 치즈 한 조각, 두유 한 잔으로 충분하다. 그것으로 충분하다. 홍일립의 『인간 본성의 역사』(에피파니, 2017)를 읽는다. 참고문헌과 주석을 실은 120여 쪽을 포함해서 전체 쪽수가 1,200쪽이 넘는 '벽돌책'이다. 홍일립이라는 저자는 낯설다. 저자 약력에 소개된 인생편력이 다채롭다. 대학에서 사회사상과

정치경제학, 미술사 등을 공부하고 예술사회학으로
박사학위를 받았다. 정치와 사업에 뛰어들어 경력을 쌓고,
스탠퍼드대학교 아시아태평양연구센터에서 연구원을
지냈다. 에드워드 윌슨의 『인간 본성에 대하여』에서 영감을
얻은 '인간 본성에 대한 사유'는 고대 동양과 서양의 철학자,
근대 계몽기 철학자, 현대 사회과학자, 현대 생물학과
신경과학자의 연구 성과에 이르기까지 방대한 독서 내공을
바탕으로 한다. 고대 철학자 맹자, 순자, 한비자와 플라톤,
아리스토텔레스의 철학을 시작으로 마키아벨리, 데카르트,
홉스, 로크, 흄, 루소 등으로 넓히며 '인간 본성의 역사'를
공작의 날개인 듯 펼쳐낸다. 인간 본성에 대한 탐구는
마르크스와 다윈을 거쳐 프로이트의 '본능론'과 스키너의
'환경결정론'에서 절정을 이룬다. 문장은 시종 평이하지만
논의의 통시적 범주는 저자의 독서 내공이 만만치 않다는
증거일 테다.

새벽에 북한 최고 통치자의 장남으로 동남아를 떠돌던
김정남의 피습사건이 뉴스 속보로 쏟아지고 있다. 김정남이
말레이 공항에서 신원 미상의 여성 두 명에게 피습당해
사망한 사건이다. 오, 이것은 오늘의 역사! "오늘 아침의
세계는 역사와 무관하고/어젯밤의 세계는 다만 어젯밤의
세계"(이장욱, 「먼지처럼」), 사건과 사고가 끊임없는 이 세계

안에서 삶은 낡아가고, 우리는 먼지처럼 떠돌며 이동한다.
아내가 증평으로 떠나고, 혼자 밥 반 공기, 뭇국, 김치, 달걀
프라이, 치즈 한 조각으로 아침식사를 한다. 식사를 마치고
밖으로 나서니 날은 쾌청하고 햇볕은 따뜻하다. 카페 '꼼마'의
창가 자리에 앉아 그제와 어제에 이어 『인간 본성의 역사』를
계속 읽는다. 다윈의 공동조상 이론을 잇는 스티븐 핑커와
윌슨의 '아래로부터의 인간학'을 검토한다. 핑커의 마음,
뇌, 유전자, 진화는 새로운 인간학으로 들어가는 키워드고,
윌슨이 제창한 사회생물학적 원리는 인간 본성의 생물학적
기원을 탐색하는 중요한 도구다. 인간 본성에 대한 통시적
이해에 도전하는 이 야심 찬 책을 통독한다 해도 인간이란
무엇이고 어떤 존재인지, 궁금증과 호기심은 여전할 것이다.
이 두꺼운 책을 다 읽지 못하고 덮는다. "왜 다시 '인간
본성'인가?"라는 서론을 곱씹으며 척추를 펴고 일어날 때,
창으로 비껴 들어온 햇볕에 홧홧하게 달궈진 오른쪽 뺨을
무심코 비빈다.

우리는 날씨에 따라 변한다

만물이 소생하고 피어난 꽃은 도타운 햇빛 아래 화려한
자태를 뽐내는데, 머물러도 좋으련만 봄은 덧없이 물러난다.
봄이라고 다 같은 봄이 아니다. 사람마다 형편과 처지가
다르니 맞고 떠나보내는 봄의 정취도 다를 테다. 고려의 문호
이규보는 「춘망부」에서 이렇게 적었다.

경치와 형편에 따라, 어떤 이는 바라보아 기쁘기도 하고,
어떤 이는 바라보아 슬프기도 하며, 어떤 이는 바라보아 흥겹게
노래하고, 어떤 이는 슬퍼 눈물짓나니, 제각기 유형에 따라
사람에게 느낌을 주니, 그 천만 가지 마음의 단서가 어지럽기만
하네.

봄은 살림이 어렵거나 홀로 있는 이에게조차 위안과 기쁨이 되는 바가 있으니, 가는 봄이 아쉬울 수밖에 없다. 봄비가 다녀가며 벚꽃 분분히 진 뒤 뽕나무의 새잎은 윤기가 돌고 버드나무 휘어진 가지로 파릇파릇하니 신록의 기운이 완연하다.

이종묵 교수의 『돌아앉으면 생각이 바뀐다』(종이와나무, 2016)는 가는 봄의 아쉬움을 달랜 책이다. 선비의 운치 있는 삶을 더듬어 살펴 담아내는 문장이 담백하고 단아하며, 생각은 맑고 깊다. 선비는 봄의 정취를 그리고, 전원에 물러나와 사는 즐거움을 노래했다. 봄과 꽃을 즐기며, 산과 물을 보면서 텅 빈 마음을 구하고, 자연에 사는 보람을 적은 글이 많다. 읽을수록 옛글에서 길어낸 안목과 통찰이 어여쁘다. 철쭉, 백일홍, 영산홍, 국화를 거론하며 선비가 화훼를 심어 기른 뜻을 기리는데, 강희안은 『양화소록養花小錄』에서 "심지心志를 확충하고, 덕성德性을 함양하고자" 함이라고 쓴다. 또한 한가로이 꽃을 완상하고 물속에 노니는 물고기를 바라보는 일이 "비록 몸은 명예의 굴레에 매여 있다 하겠지만 또한 정신은 물외物外에서 노닐고 정회情懷를 풀기에 충분할 것이다"라고 쓴다. 순조 시대의 남공철은 "푸른 산은 약 대신 쓸 수 있고 강물은 오장을 튼튼하게 한다"고 썼다. 그는 영의정을 지낸 인물이지만 청계산 자락으로 물러나서 집을

짓고 살며 텃밭을 일궈 채소를 심고 논밭을 개간해 곡식을
심었다. 그는 세상의 영화에 뜻을 두지 않고 매화와 국화,
오동나무와 대나무를 심어 전원에 사는 기쁨을 누리고자
했다.

　　못가의 석상石床에 앉아서 향을 사르고 책을 펼친다. 매화와
살구꽃, 철쭉이 불난 듯 선홍빛을 띠다가 가끔 바람에 흩날려
떨어지려 한다. 금빛 은빛 나비가 옷에 붙어 떨어지지 않는다.

　　선비는 전원에 살며 그 즐거움의 낱낱을 적었으니, 이는
마음의 여유가 없다면 누릴 수 없는 봄의 정취다. 산수
자연에서 살아가는 데도 비결이 있다. 18세기 문인 유언호는
『임거사결林居四訣』을 지었는데, 그 비결 네 가지는 '달達',
'지止', '일逸', '적適'이다. 이는 통달, 만족, 편안함, 마음에 맞는
것을 가리키는 말이다. 그중에서도 '달'을 으뜸으로 꼽고,
"세상에서 이 육신이란 꿈과 환각, 거품과 그림자라,/이렇게
볼 수 있다면 이것이 '달'이라네"라고 적었다. 천지만물을
살펴 상하사방을 통달하는 경지에 이르면 있고 없음, 기쁨과
슬픔의 분별을 뛰어넘어 마음에 누가 되지 않으며 오직
즐겁고 편안할 수 있다고 했다. 그러나 '통'하고 '달'하지
못하면 "술에 취한 듯이 비몽사몽간에 살다 가는" 게
인생이다. 아무리 부지런하다 한들 그 인생에 심오함이 깃들

여지가 없는 것이다.

  알랭 코르뱅 외 여럿이 쓴 『날씨의 맛』(길혜연 옮김, 책세상, 2016)은 비, 햇빛, 바람, 눈, 안개, 뇌우와 같은 변화무쌍한 날씨가 어떻게 사람의 감수성과 감정생활에 관여하고 변화를 일궈내는지를 보여준다. 기상조건에 좌지우지되는 생체리듬의 변화를 따라가며 그에 따라 춤추는 '감정의 사회사'를 기술한 책이다. 사람들은 '나는 더위가 싫어. 여름 오는 게 두려워'라거나 '나는 비가 좋아. 비 오는 날은 기분이 차분해지거든'이라거나 '추위가 싫어. 올겨울은 또 어떻게 견디지?'라고 걱정한다. 궂은 날씨는 궂은 대로, 맑은 날씨는 맑은 대로, 우리는 날씨와 기후를 견디며 살아간다. 이렇듯 사람은 해, 바람, 눈, 안개, 비와 같은 달라지는 기상에 따라, 날씨와 계절의 변화에 따라 기분과 감정에 영향을 받고 산다. 날씨가 중요한 일상조건 중 하나이기 때문에 우리는 날마다 '일기예보'에 귀를 기울인다. 안개는 "야수 같고", "착각을 일으키는 눈속임꾼"이며, 인생과 미래의 모호함에 대한 은유를 불러온다. 뇌우는 "매우 한정된 순간에 '여기' 예기치 못한 뇌우와 '저기' 번개 사이에 집약"되는 것으로 으르렁거리는 날씨, "대기의 광태", 그 음산함을 고스란히 드러낸다. 나날이 변화하는 날씨는 우리 생활상에 미묘한 변화를 만들고, 기후변화는 문명사적인 영속성과 안정성의 문제를 제기한다.

　비는 봄비, 이슬비, 가을비, 장대비, 따뜻한 비, 우박이나 천둥번개를 동반한 비…… 등등 다양하다. 비는 자연이 건네는 속삭임이고 외침이다. 대체로 우리의 감각과 상념을 뒤섞어 차분한 기분으로 이끈다. 주베르는 비가 "끊임없이 귀를 사로잡으며 주의를 끌고 숨 돌릴 겨를을 주지 않는다"고 말한다. 비는 식물의 씨앗을 싹틔우고, "이끼와 잔디는 에메랄드빛으로 뒤덮"으며, 초목을 춤추게 한다. 아울러 풍경에 "음울한 기품을 부여"하고 사람에게는 우수에 젖은 기분과 더불어 영혼의 여행을 가능케 한다. 비는 사물을 적시고 스며 끈적거리게 하면서 사람을 과민하게, 혹은 우울하게, 저마다 다른 '기상학적 자아'를 만드는 효과가 있다. 우리는 비에 따라 달라지는 기분을 갖고, 영혼이 넓어지는 경험을 한다. 화창한 햇빛은 어떤가. 햇빛은 청명한 날씨를 더욱 화사하게 만들어 눅눅해진 기분을 산뜻하게 만들고 대지의 명랑성을 되찾게 한다.

　태양은 인간에게 영향을 미쳐, '막연한 걱정, 왕성한 호기심, 목적 없는 활동'을 일소한다. 인간에게서 '기쁨, 희망, 자애, 그리고 아름다움에 대한 사랑과, 기쁨의 형태가 되는 모든 감정이 생겨나게 한다.'

피와 살을 덥히고 관능적인 기쁨을 주는 햇빛은 자주 쾌락주의와 연결된다. 햇빛은 "휴가의 진리"를 선포하고, 반대로 구름과 강우降雨는 휴가를 망쳐버린다. 일조량이 부족한 북반구 사람은 한 줌의 햇빛에도 열광한다. 그들은 햇빛 속에서 알몸을 드러내고 일광욕을 즐긴다. 하지만 열대 지방의 뜨거운 햇빛은 대지를 마르게 하고, 갈증으로 목구멍이 타오르는 고통을 주며, 종종 살인적인 폭염은 일사병으로 죽음에 이르게 한다.

무라카미 하루키의 『직업으로서의 소설가』(양윤옥 옮김, 현대문학, 2016)는 작가 특유의 재담에 체험의 무게와 진지함을 더하며 '직업으로서의 소설가'로 사는 것, 소설가로서 소설을 쓰는 상황, 문학상, 독창성, 소설의 소재, 장편소설 쓰기 따위 독자가 궁금해 할 만한 것에 대한 속내를 털어놓는다. 와세다대학을 7년 만에 졸업하고 재즈카페를 경영하다가 "작가가 되겠다는 작정도 딱히 없었고 미친 듯이 습작을 써본 적도 없이" 느닷없이 『바람의 노래를 들어라』라는 소설로 문예지 신인상을 받고 소설가가 된 하루키의 '작심 고백'이다.

소설가는 자기 체험에서 작품을 시작한다. 경험의 총량과 역동성, 그 "구체적인 세부의 풍부한 컬렉션"을 갖고 시작한다는 것은 소설가로서 꽤나 유리한 조건이다. 거기에 "자신의 내측에서 스토리를 짜낼 수 있는" 능력이 있다면

금상첨화겠다. 쓴다는 것은 "자신의 의식 속에 있는 것을
'스토리'라는 형태로 치환置換해서 표현"하는 것이고, "원래
있었던 형태와 거기서 생겨난 새로운 형태 사이의 '낙차'를
통해서, 그 낙차의 다이너미즘을 사다리처럼 이용해서 뭔가를
말하려고 하는 것"이다.

　소설을 쓰는 것은 누구나 할 수 있는 일이다. 이른바
'진입장벽'이 낮은 직업군에 속한다. 해마다 수많은
신인작가가 등장하지만 오래 살아남는 경우는 드문데,
그 까닭은 무엇인가? 신인작가의 생존율이 매우 낮고,
교체주기가 아주 빠르다는 사실은 누구나 소설을 쓸
수는 있지만 '직업 소설가'로 사는 건 녹록지 않다는
증거다. 소설가로 살아남으려면 무명시절의 가난에 대한
내구력을 보여야 하고, 소설쓰기의 고독과 불확실한 미래에
대한 견인력의 시험을 통과해야만 한다. 소설가에게는
'기초체력'이 필요하다. 하루키는 "아무튼 닥치는 대로 읽을
것, 조금이라도 많은 이야기에 내 몸을 통과시킬 것, 수많은
뛰어난 문장을 만날 것"을 권유하면서, 이것이 소설가에게
요구되는 '기초체력'을 다지는 훈련이라고 말한다. 생활비를
벌기 위해 일을 하며 날마다 묵묵히 글쓰기를 게을리 하지
않고, 동시에 필요한 '기초체력'을 다져야 한다. 이 첫
단계에서 많은 신인작가가 '앗, 뜨거워라' 하고 비명을
지르면서, 자발적으로 이 직업군에서 떨어져나간다. 첫

단계의 시험을 통과했다 하더라도 "소설을 쓰지 않고는 견딜 수 없는 내적인 충동drive, 장기간에 걸친 고독한 작업을 버텨내는 강인한 인내력"이 있음을 지속적으로 증명해야 한다.

하루키는 '성공한 소설가'지만 그 성공 뒤에는 '흑역사'가 있다. "아침부터 밤까지 육체노동을 하고 빚을 갚는 일로 이십 대를 지새"우고, 재즈카페 영업을 끝내고 돌아온 한밤중에 그저 '소설을 쓰고 싶다'는 단순한 욕망에 의지해 식탁에서 올리베티 타자기를 두드려 쓴 첫 소설로 운 좋게 등단의 관문을 뚫지만 '아쿠타가와상' 수상에는 거듭 실패한다. 게다가 여러 중견작가와 평론가가 하루키 소설에 회의적인 평가를 내놓았다. 하루키는 그런 평가에 휘둘리지 않은 채 "자유롭고 내추럴한 감각"으로 자기만의 형식과 스타일을 가진 소설을 연이어 내놓으면서 '신화'를 써나간다. '직업으로서의 소설가'로 사는 것의 '비공개된' 실상에 호기심을 가졌거나 자신을 '지극히 평범한 인간'이라고 고백하는 작가의 시시콜콜한 인생 역정을 알고 싶은 독자에게 권할 만하다. 술술 잘 읽힌다. 투자한 돈과 시간이 아깝지 않을 것이다. 무엇보다도 하루키라는 작가는 믿고 볼 만한 '페이지터너'가 아닌가!

쓸모없는 것의 쓸모를 생각함

2015년 4월 14일 새벽, 서울에서 원주로 내려가는 영동고속도로에 굵은 장대비가 내린다. 이 비로 봄 가뭄은 얼마간 해갈이 되겠지만 만개한 벚꽃은 덧없이 지겠다. 벚꽃 시절이 속절없이 지나가는 것은 아쉽다. 벚꽃 지면 이제 모란과 작약이 꽃망울을 맺고 피어나기를 기다리는 일밖에 없다. 니체는 30대를 '인생의 봄'으로 보았다.

끓어오르는 수액이 잎을 무성하게 만들고, 모든 꽃의 향기를 구별할 수 없는 나이다. 30대는 지저귀는 새소리만으로도 잠을 깬다. 그리고 처음으로 향수鄕愁와 추억을 구별하는 시기다.[06]

그렇다면 나는 30대를 지나 얼마나 멀리 와 있는가! 50대가
지나면서 '늙음'을 실감하기 시작한다. 그 무렵쯤 피부는
늘어지고 주름은 더 많아졌다. 근력이 예전보다 떨어져서
쉬이 피곤해진다. 하지만 나이 듦이 다 나쁜 것만은 아니다.
나이 들면서 날마다 사과 하나씩을 먹고 모란과 작약을
좋아하는 취향, 일찍 잠들고 새벽에 깨어나는 것, 사물의
이치를 궁구하고 차근차근 따지는 시간이 더 많아진 것,
고독을 내치지 않고 오랜 벗으로 여기는 태도, 몽테뉴와 니체,
들뢰즈와 바르트, 베냐민의 책들에 열광하는 지적 습관은
다행한 일이다. 이것을 누릴 수 있는 여유 때문에 나이 듦에
대해 너그러울 수가 있다. 가끔 나짐 히크메트의 시구를
혼잣말처럼 읊조린다. "가장 훌륭한 시는 아직 쓰이지 않았고,
가장 아름다운 노래는 아직 불리지 않았다." 새벽에 깨어날 때
설렌다. 내 인생 최고의 날은 아직 살지 않은 날이라고 믿는
까닭이다. 어둠과 빗속을 뚫고 용인, 이천, 여주를 차례로 지나
문막 나들목으로 빠져나오니 날이 뿌옇게 밝아온다.

유호식의 『자서전』(민음사, 2015)과 한병철의 『심리정치』
(김태환 옮김, 문학과지성사, 2015)를 잇달아 읽었다. 누구는
자서전을 쓰고, 또 누군가는 이 자서전을 읽는다. 자서전은
'자기에 대한 글쓰기'다. 화자와 주인공의 동일성을
전제하고, 실제 사건이나 사실관계에 바탕을 두고 하는

글쓰기다. 자기가 살아온 삶을 타자에게 고백하는 형식의 글쓰기, 자기 정체성에 대한 탐구의 글쓰기가 자서전이다. 사람들은 왜 자서전을 쓰는가? 이 글쓰기에 작동하는 욕망은 매우 복합적이다. 자기가 겪은 사건을 보고하고, 나는 누구인가 하는 자기 정체성을 성찰하며, 자신의 삶을 정당화하고자 하는 욕구가 핵심이라고 할 수 있다. 유호식은 자서전의 규약과 자서전을 둘러싼 쟁점을 검토하는 가운데 "자서전의 핵심은 '돌아본다'는 것이다"라고 말한다. 자서전을 쓰려는 자는 필연적으로 제 삶을 회고하는 가운데 천천히 되새김질한다. 그 성찰적 회고 속에서 어떤 걸 써야 할지 결정하는데, 그 과정에서 '현재의 나'를 한층 더 뚜렷하게 인식하게 될 테다. 어떤 사람은 좀더 나은 사람으로 나아가고자 마음을 다지게 될 수도 있다. 이로써 자서전 쓰기가 우선 자신에게 매우 유용한 행위임이 드러난다. 그런 맥락에서 "자서전은 삶을 디자인하는 가장 훌륭한 방법이다"라는 유호식의 관점이 공감을 얻는다. 그리고 몽테뉴, 샤토브리앙, 나탈리 사로트, 사르트르, 성 아우구스티누스, 루소, 앙드레 지드, 미셸 레리스, 루이 르네 데 포레 등을 통해 자서전이 어떤 흐름으로 이어지는지를 찬찬히 살펴본다.

한병철은 『심리정치』에서 신자유주의 체제와 심리정치의

관계에 대해 살피는데, 여전히 사유하는 인간의 모습을 보여준다. 이 명민한 철학자에 따르면 신자유주의 체제는 더 많은 부분에서 금지와 규제의 해제를 통해 "자유 자체를 착취하는 매우 효율적이고 영리한 시스템"이다. 이 체제는 억압과 금지가 아닌 친절로 개인을 유혹하고 결국 거기에 종속시키는데, 그런 바탕이 오늘날의 심리정치가 탄생하는 배경이다. 깜짝 놀랄 만한 성찰이 군데군데 빛난다.

> 인간은 사치스러운 존재다. 사치는 본래 소비 행태를 의미하는 말이 아니다. 사치는 오히려 필요와 필연성에서 자유로운 삶의 형식이다. 자유는 일탈, 즉 필연성에서의 이탈에서 시작된다. 사치는 궁지에서 빠져나오려는 의도를 초월한다. 그런데 오늘날 사치는 소비에 흡수되어버렸다. 과도한 소비는 부자유이며, 노동의 부자유에 상응하는 강박이다. 자유로서의 사치는 놀이처럼 오직 노동과 소비의 피안에서만 가능한 것이다. 그렇게 볼 때 사치는 금욕과 가까운 이웃이다.

사치가 소비 행태가 아니라 필요와 필연성의 강박에서 벗어난 자유로운 삶의 형식이라는 성찰은 평범하지 않다. 사치를 자유와 연관시키다니! 그러나 소비 행태로 흡수되어버린 사치란 다시 부자유로 추락한다. 사치와 금욕을 나란히 놓은 문장에서 내 눈은 번쩍하고 뜨인다.

　누치오 오르디네의『쓸모없는 것들의 쓸모 있음』(김효정 옮김, 컬처그라피, 2015)을 읽을 때 내 들숨과 날숨은 편안했다. 오늘의 세상이 호모 에코노미쿠스Homo Economicus(경제적 인간)의 시대라는 사실을 군이 부정하는 것은 아니다. 돈과 권력을 좇고 수익이라는 과실을 남보다 더 많이 따려고 광란의 질주를 하는 사람들! 그들은 유용한 것만을 좇느라 무용한 것의 쓸모, 즉 시, 음악, 그림, 차[茶], 꽃, 독서, 철학, 바둑, 연극, 고등수학, 여행…… 따위 쓸모없는 것에 몰입하는 사람을 도무지 이해하지 못한다. 그들은 '돈과 이익이 생기지 않는 일에 어떻게 열광할 수 있지'라고 의구심을 품는다.

　외젠 이오네스크는 "쓸모없는 것의 유용함과 쓸모 있는 것의 무용함을 이해하지 못한다면 예술을 이해할 수 없다"고 단언한다. 오로지 인간만이 생존 이익과 무관한 예술을 창조하고 즐긴다. 동물은 단 한 번도 생물학적 필요와 무관한 쓸모없는 것에 한눈을 팔고 열중하는 법이 없다. 프랑스의 철학자이자 생물물리학자인 피에르 르콩트 뒤 노위가 했던 "존재의 범위 안에서 오직 인간만이 쓸모없는 행동을 한다"는 말도 같은 맥락이다. 쓸모없는 것을 좇고 그것에 열광하는 것은 인간의 특별한 능력이고, 결국 인간의 창의적 에너지는 바로 거기에서 나온다. 정신분석학자인 미겔 베나사야그와

제라르 슈미트는 이렇게 말한다.

　쓸모없는 것이 유용하다는 점은 창의력, 사랑과 욕망이
유용하다는 사실과 일맥상통한다. 쓸모없는 것은 우리에게 더욱
유용한 것을 생산하고, 사회가 만들어 낸 신기루가 아닌 오랜
시간을 들여서 만들어지는 것을 생산하기 때문이다.

　물질에 대한 탐욕, 쓸모 있음에 대한 과잉 추구는 다
세속적인 범주에 속한다. 유용함만을 섬기고 그런 척도가
떠받들어지는 세계에서는 이윤에 예속되지 않은 시와
예술은 홀대받고, 경제적 이익을 낳지 않는 인문학은 하찮게
여겨진다. 결국 인간 정신의 위대함은 시들고 만다. 쓸모없는
것에 열중할 때, "아무도 예측하지 못했던 본질적인 영역이
나타나며, 결과적으로 더 멀리 나아갈 수 있다. 시와 예술이
그렇다"고 이탈리아 소설가 칼비노는 말한다. 순수한 앎을
위한 노력, 무보상인 듯한 활동, 모든 쓸모없는 행위는 우리를
억압하지 않는다. 뜻밖에도 그런 것 속에 본질이 숨어 있고,
인류는 그 쓸모없는 일에 열광했던 이들에게 큰 선물을
받았다.

　배고픈 나를 너무 동정한 나머지 빵이나 구하라고 내게
충고한 자들에게 우리가 무슨 말을 할까요? 만약 내가

시인들에게 물어보면 그들이 무슨 대답을 할지 같이 생각해
주세요. 그들은 "이야기 속에서 찾아봐" 하고 대답하겠지요.
이미 시인들은 보물 사이를 헤매는 많은 부자들보다 이야기
속에서 더 많은 빵을 찾았습니다. 시인들은 이야기를
따라가다가 그들의 삶을 풍요롭게 만들었어요. 하지만 그와
반대로 더 많은 빵을 찾기 위해 많은 사람들이 노력했던
곳에서는 그 노력이 수포가 되고 말았지요.

누치오 오르디네는 조반니 보카치오의 『데카메론』을
인용한다. 여기서 '빵'은 이익과 효용의 환유다. 대다수는
그 '빵'을 좇아갔다. 하지만 시인은 '이야기'를 좇아간다.
'이야기'는 당장의 생물학적 필요와는 무관한 잉여다. 하지만
인생을 풍요롭게 하는 것은 '빵'이 아니라 '이야기'다. 우리를
쓸모없는 것으로 유혹하고 허방으로 이끄는 것은 '이야기'에
대한 욕망, 미적 취향, 호기심 따위다. 이익과 효용에 목매지
않고 덧없고 쓸모없는 것을 좇았기 때문에 사람이 더욱
사람다워졌던 것은 아닐까. 오르디네의 생각은 확고하다.
그는 "쓸모없음이 우리를 구원한다"는 것, 그리고 "쓸모없는
것을 생산하길 거부한다면, 오직 돈을 벌기 위해 달려가기만
한다면, 우리는 무분별하고 병적인 공동체를 만들고 말
것이다"라는 데 초점을 맞춘다. 인생의 가치가 유용함에 있지
않고, 오히려 쓸모없음이 우리를 구원한다는 사실을 입증하기

위해 플라톤과 장자에서 칸트와 몽테뉴, 칼비노와 시오랑에
이르기까지 수많은 철학자와 예술가의 사유를 우리에게
조곤조곤 들려주는 것이다.

  팀 버케드의 『새의 감각』(노승영 옮김, 에이도스, 2015)을
읽을 때 맥동이 빨라졌다. 아버지의 영향으로 다섯 살
때부터 새를 관찰하고 새에 흥미를 느껴 평생 동안
새를 연구했다는 그는 행동생태학자이자 조류학자다.
일반인에게 생소한 조류 감각생물학 분야를 다루면서
그는 새가 세상을 어떻게 지각하는지를 연구하고, 조류의
시각·청각·촉각·미각·후각·자각磁覺·정서 등등 학계의
최근 연구 성과를 풀어놓는다. 우선 홍학이 수백 킬로미터
밖에서 떨어지는 빗방울 소리를 감지한 뒤 산란을 위한
임시습지가 어디에 있는지 알아차린다는 사실에 나는 놀란다.
홍학이 어떤 감각을 이용해 먼 비를 감지하는지 아무도
모르지만 어쨌든 수백 킬로미터 밖에서 떨어지는 빗방울
소리를 감지한다니, 인간은 감히 상상조차 할 수 없는 비범한
능력이다! 새의 감각 중 사람에게 전무한 감각이 있다는
것도 놀랍다. 새는 자외선을 보고, 방향 정위 능력이 있으며,
지구 자기장을 감지한다! 새에게 자각이 있고, 정교한 후각이
있으며, 다양한 정서생활을 영위한다는 사실은 정말 흥미롭지
않은가? 버팔로베짜는새는 한 번에 30분씩 교미를 하는데

다른 새는 몇 초 만에 교미를 끝낸다. 루피콜새 수컷은 다른 수컷의 집단적 구애과시에 들러리를 서고 새끼는 전혀 돌보지 않는다. 왜 그럴까라는 물음이 생긴다면 이 책을 읽지 않을 수 없다.

새의 눈은 빗pecten이라는 구조를 갖고 있다는 점에서 사람과 구별된다. 빗은 안구 뒤쪽에 있는 시커멓고 주름진 형태의 혈관 덩어리인데, 사람에게는 없다. 빗은 망막이 잘 작동되도록 산소를 비롯한 영양분을 공급하는 장치다. 일반적으로 새가 시력이 좋은 것은 머리뼈가 작은 데 반해 눈이 상대적으로 크기 때문이다. 물수리는 60~90미터 높이에서 작은 물고기를 정확하게 보고 재빠르게 잡아챈다. 오목눈이는 매끈한 나무껍질에서 현미경으로나 볼 수 있는 작은 벌레를 찾아낸다. 아메리카황조롱이는 18미터 거리에서 2밀리미터 길이의 벌레를 탐지할 수 있다. '매의 눈'이라는 말이 널리 쓰일 만큼 매는 놀라운 시력을 가진 새다. 매가 시력이 좋은 까닭은 무엇일까?

매가 시력이 좋은 한 가지 이유는 안구 뒤쪽에 있는 시각적 민감점인 눈오목fovea이 사람과 달리 두 개이기 때문이다. 눈오목은 안구 뒤쪽의 망막에 움푹 파인 작은 구멍으로, 이곳에는 혈관이 없으며 ─ 혈관이 있으면 상이 흐려진다 ─ 광수용기(빛을 탐지하는 세포)가 밀집해 있다. 이런 이유로 눈오목은 망막에서 상이 가장 선명하게 맺히는 부위다. 매의 시력이 뛰어난 데는 두 개의 눈오목이 한몫한다.

더욱 놀라운 것은 새의 자각이다. 수많은 철새가 수백 킬로미터를 날아가는데, 어떻게 방향을 잃지 않고 날 수 있는가? 이들 철새는 지구의 자기장을 느낄 뿐만 아니라 실제로 '본다'. 유럽울새는 별을 나침반 삼아 방향을 감지하는데, 아주 깜깜한 상태에서도 방향감각을 유지한다. 바로 지구의 자기장을 감지하는 능력 때문이다. 자각은 철새뿐만 아니라 닭 같은 텃새나 포유류, 나비 등에서도 그 흔적을 찾을 수 있다고 한다.

눈을 매개로 한 화학반응은 '나침반' 역할을 하고 부리의 자철석 수용체는 '지도' 역할을 하는 것이다. 나침반은 자기장의 '방향'을 감지하고 지도는 자기장의 '세기'를 감지하는 듯하다. 망망대해를 건너거나 드넓은 땅덩어리를 지날 때, 새들은 두 정보를 통합하여 집으로 가는 길을 찾는다.

어쨌든 새는 세포 내부에서 화학반응을 이용해 자기장을 감지할 수 있는 자기 나침반과 더불어 자기 '지도'를 이용해 먼 길을 날아간다.

시간은 거대한 아르페지오를 연주한다

서교동 골목 안을 산책하다가 어느 집 담벼락에 늘어진 장미 줄기를 만났다. 그 줄기에 달린 장미꽃은 붉고 화사하다. 골목은 깊은 고요에 잠겨 있고, 막 봉오리를 연 장미꽃은 아름다운 자태를 뽐낸다. 나는 공연히 기분이 좋아졌다. 왜 꽃은 기분을 좋게 만드는가? 편백나무가 뿜는 피톤치드의 향, 여름의 푸르른 새벽, 어두운 풀숲 위에 반짝이는 반딧불이, 밤이 오기 직전 '아주 긴 검푸른 순간', 바람에 일렁이는 대숲, 천수만 허공으로 솟구치는 새떼, 밤하늘의 은하수와 별무리……. 이것들은 '자연'에 속하고, 자연은 마음에 고요와 평화라는 선물을 준다. 거기에 깃든 고즈넉함은 마음을 고요로 이끌고, 평화 속에서 삶을 삶으로 되돌리며, 나날의 일을 돌아보게 한다. 마음과 경이로운 자연이 상호 조응하며 서로를 고요하게 비출 때 자아는 균형과 조화 속에서 평온해진다. 그 찰나 홀연 충만 속에 잠긴 '나'를 발견한다. 행복은 찰나를 삼킨 뒤 사라진다. 마치 꽃봉오리가 터져 열리는 듯 마음의 가장자리를 기쁨이라는 새가 깃을 스치며 날아가는 것이다.

2015년 5월에서 6월로 넘어가는 길목에서 황정은의 『양의 미래』(아시아), 고미숙의 『고미숙의 로드클래식, 길 위에서 길 찾기』(북드라망), 정수복의 『도시를 걷는 사회학자』(문학동네), 이장욱의 『기린이 아닌 모든 것』(문학과지성사), 함정임의 『저녁식사가 끝난 뒤』(문학동네), 레나타 살레츨의 『불안들』(박광호 옮김, 후마니타스), 장 뤽 낭시의 『나를 만지지 마라』(이만형·정과리 옮김, 문학과지성사), 귄터 그라스의 『양파 껍질을 벗기며』(장희창·안장혁 옮김, 민음사), 알랭 바디우의 『비트겐슈타인의 반철학』(박성훈·박영진 옮김, 사월의책) 같은 신간을 쌓아두고 꾸역꾸역 읽는다. 조용히 흘러가는 날들, 책읽기에 몰입할 때 현실의 근심과 불안에 옥죄인 마음은 홀연 그것에서 벗어난다. 몸은 이완되고 마음은 기쁨으로 물든다. 책읽기의 제일의적 가치는 고요한 가운데 찾아드는 지적인 열락悅樂, 바로 기쁨이다.

2015년 초여름, 중동호흡기증후군이 창궐한 탓에 나라가

온통 어수선했다. 정부 당국은 낯선 전염병에 혼비백산해서 갈팡질팡하고, 병원과 지자체는 초기 대응에 실패했다. 감염자가 속출하면서 불안과 공포가 번지고, 학교는 임시휴업을 하고, 감염자가 생긴 병원은 폐쇄되었다. 에이즈, 에볼라, 사스와 마찬가지로 '메르스'는 전염병이다. 이 중동호흡기증후군으로 우리는 침착함을 잃은 채 불안 속에서 허둥거렸다. 근대 이후 한국인이 잃은 가장 큰 덕목은 침착함이다. 그간 경제성장에 대한 자만심에 취해 침착함을 잃은 것이다. 그 대신 감정조절을 잘 하지 못한 채 들뜸, 지나친 자신감, 경박함, 피상성, 허장성세에 빠져든 것은 아닐까? 침착함이란 '성숙'의 핵심 요소다. 성숙은 절제와 신중함이고, 무리에 휘둘리지 않는 주관적 관점의 확고함을 바탕으로 한다. "성숙이란 침착성을 공통분모로 하는 특질들의 꾸러미로, 절제, 신중함, 반어적인 거리감, 꼼꼼함, 자유재량, 그리고 '관점' 등이 여기에 속한다."[07] 재난이 닥칠 때마다 대응이 졸렬했던 것도 신중함과 꼼꼼함 없이 허둥댄 탓이다. 이렇듯 허둥댄 것은 여러모로 우리 사회가 미성숙에 머물고 있다는 증거다.

인간은 시간사용자다. 아니, 우리가 시간을 쓴다기보다는 시간이 우리를 동반자로 데리고 간다. 실존은 시간과 더불어 시작하고 시간 속에서 끝나는 전대미문의 사건이다. 이

강물이 우리를 스쳐갈 때 시간은 실존의 안과 밖에서, 그 주변에서 '흐르고', '지나가고', '부서지고', '죽는다.' 지금 현재의 인생은 그동안 시간을 어떻게 썼느냐 하는 결과를 반영한다. 자아는 찾는 것이 아니라 시간 속에서 빚어진다. 시간이 꿰뚫고 지나간 뒤 남는 것은 의미 없는 잔해거나 기억의 부스러기다. 그런데 이 시간 기억이 우리의 정체성을 형성하는 핵심 요소다.

시간에 대한 날카로운 고찰을 담은 로버트 그루딘의 『당신의 시간을 위한 철학』(오숙은 옮김, 경당, 2015)은 시간사용자로서의 삶을 다시 돌아보도록 이끈다. "시간은 승리, 패배, 성취, 불만의 전반에 걸친 거대한 아르페지오를 연주한다." 삶에서 아르페지오를 연주하는 시간이라니! 우리는 하루 평균 13.5시간 깨어 있고, 평생 누리는 이 시간대의 수(4만 8,600)는 같은 시간대의 초秒의 수와 거의 같다. "묘한 우연의 일치로, 깨어 있는 낮 시간은 인간의 시간에서 단연 가장 '자연스러운' 시간대이다. 의식적, 무의식적 중요성이 가장 충만한 동시에 우리의 형성 의지에 가장 많이 좌우되는 시간"인데, 이 "낮 시간은 실제로, 시간을 담는 인간적인 그릇이자, 무엇보다 널찍하고 만만하고 안전해 보이는 단위"다. 밤과 잠의 시간은 어떤가? 그것은 "의욕 과잉의 관리인처럼, 어제의 발견을 쓸어버리고 내일의 결심을 헝클어뜨"린다. 우리가 '하루'라는 시간에 매달리는 것은 "시간의 긴 흐름을 지배할 힘도 없고, 시간 안에 숨겨진 방대한 의미를 헤아릴 힘도 없기 때문"이다. 우리는 시간 안에서 성장과 노화를 겪는다. 나이는 "우리 주변과 우리 내부를 관통하며 짜인 그물"인데, 우리를 아주 천천히 조인다. "나이가 들수록, 우리의 젊음은 소리 없이 시간 속으로 확장되는 반면, 우리의 노년은 거꾸로 축소된다." 우리는 시간과 싸울 수 없다. 이것이 무용한 것은 해보나마나 백전백패이기 때문이다. 우리가 할 수 있는 유일한 일은 꿋꿋한 인내뿐이다. 인내야말로 우리가 찾아낸 "시간의 지혜이며, 시간의 방대함과 조용한 힘을 인간 의지의 자산으로 바꿀 수 있는 유일한 수단"이다.

이신조의 연작소설 『크리에이터』(문학과지성사, 2015)는 흥미롭다. 작가는 열두 명에 대한 '순간의 전기傳記'를 써서 책 한 권에 담았다. 그 열두 명은 화가, 소설가, 시인, 사진작가, 가수, 화학자, 동화작가, 배우, 영화감독, 시학자 등으로 이름을 얻은 사람들이다. 그들의 불운, 증오와 굶주림, 영광과 갑작스러운 전락, 극한 지옥 체험, 몽상과 평화가 작가의 문장 속에서 살아난다. 다른 한편으로 그들은 남자, 여자, 아버지, '174517', ×, 아내, 선생이다. 이들 중에 오에 겐자부로, 김수영, 프리모 레비, 에드워드 호퍼, 가스통 바슐라르와 같이 내가 좋아하고 그 생의 편력을 어느 정도는 아는 사람도

있고, 오스카 코코슈카나 틸타 스윈튼처럼 잘 모르는 사람도
있다. 작가는 이들을 '크리에이터', 즉 예술가라는 공통점으로
한자리에 소환한다. 그들이 겪은 생의 한순간은 작가의
상상력으로 재현되어 고착된다. 그 순간이란 "문득, 어둠
속에서 흰빛이 다가"오거나 "활짝 열어둔 밤의 창밖에서, 홀로
타들어가는 담배 연기 속에서, 어디선가 흰빛이 일렁이며
가까이 다가"오는 것이다. 그것은 흰빛으로 일렁이는 찰나다.
흰빛은 어디선가 일렁이며 작중인물들 가까이 다가온다.
작가는 흰빛에 감싸인 하루를 꼼꼼하게 따라가며 문장으로
빚어낸다. 생의 한 찰나를 덮쳐 물들인 흰빛이란 검은빛을
삼켜 그 빛을 옅게 만든다. 검은빛이 불행과 절망, 모욕과
수치를 암시한다면 흰빛은 망각, 경이로운 순간의 기쁨,
순진무구함 그 자체일 것이다. 하지만 흰빛은 연약하고
꺼지기 쉬운 빛이다. 팔뚝에 "푸르스름한 빛깔로 피부
속에 박혀버린 여섯 자리 숫자" '174517'과 '172364'라는
문신을 가진 채 평생을 산 두 사람, 즉 제2차 세계대전 중
나치의 유대인 대학살에서 기적같이 목숨을 구해 돌아온
프리모 레비와 장 아메리의 이야기를 담은 「174517은 어느
날……」은 다시 읽어도 고통스럽다. 인간 내면에 도사린
악덕의 끝은 알 수 없다. 인간은 잔인하고 악하며 그런 까닭에
작가는 "나는 인간이 되기가 어려웠기에, 그 어떤 비인간도
되지 않았다"라는 장 아메리의 한 문장을 소설에 문신처럼

새겨놓는다.

　절에는 절의 시간이 흐른다. 강석경의 『저 절로 가는
사람』(마음산책, 2015)을 앉은 자리에서 미동도 하지 않은 채 다
읽는다. 이런 통독은 흔치 않은 경험이다. 세 시간이 꿈결인
듯 흘러가고, 내 안에 투명함이 가득 차오른다. 생로병사는
인간의 피할 수 없는 업이다. 육신이라는 물질에 정신을
가둔 탓에 괴롭다. 물질과 정신이 길항하는 가운데 육신의
욕망이 정신을 억누른다. 몸, 느낌, 마음, 현상은 모두 업의
족쇄에 갇혀 괴로운데, 더러는 이 괴로움에서 벗어나려고
출가出家한다. 세운 뜻이 굳세어 머리를 깎으며 출가를 하는
것이다. 이는 "습관이란 실로 짠 옷", 즉 세속의 인생과 일체
인연을 끊고 벌거벗은 채 선정禪定과 지혜의 정토淨土로
드는 일이다. '저 절로 가는 사람'은 바로 작가 자신이다.
작가는 홀린 듯 절로 향한다. 절을 찾는 걸음은 "진아眞我로
가는 여정"이다. 절에 들어 세월의 기척과 담쌓고 수행하며
사는 삶이란 중생의 번뇌와 망상 안으로 들어가 깨달음을
얻고 거기서 벗어나고자 하는 노력이다. 번뇌와 망상이 곧
깨달음이니, 번뇌와 망상에 드는 걸 두려워하지 않는다.
　'절'에 들려는 사람은 반드시 일주문을 지나야 한다. 작가는
그 일주문이 "고苦의 세계에서 깨달음의 세계로 들어서는
경계"라고 말한다. 작가는 이 경계를 넘어 청정도량인 '절'집

안팎의 공양, 예불, 울력, 종무회의 같은 자잘한 살림에서 수행, 입적, 다비 따위를 톺아보고, 그 안에서 수행하는 이들의 구구절절한 내력을 더듬어 풀어놓는다. 저마다 출가의 내력도 갖가지다. 절로 향하는 발걸음의 기록인 이 책은 궁극의 깨달음을 찾는 이들을 연모하는 마음의 궤적을 뒤쫓는다. '선정의 고요'를 좋아하고, 나아가 "깨달음이라는 궁극을 추구하는 종교", 더 정확하게는 "선불교가 지향하는 것은 언어가 끊어진 자리 즉 의미장(인과로써 밀폐된 공간)을 넘어서는" 일의 간절함이 마음을 물들여 움직인 탓이다. 이 책을 읽는 즐거움은 그 다채로움이 주는 놀라움과, 그것을 받아 적는 작가의 맑은 문장에서 나온다.

훌쩍 봄이 사라지더니 어느덧 여름이다. 연일 30도가
넘는 폭염으로 숨이 막힌다. 가뭄이 이어지며 저수지가
쩍쩍 갈라진 바닥을 드러낸다. 밭작물이 타들어가고, 마른
하천에는 떼죽음당한 물고기가 썩어간다. 농업용수는
물론이거니와 식수마저도 걱정할 지경이다. 고온의 햇빛은
침묵의 살인자와 같이 도처에 번쩍인다. 아파트 담장마다
늘어진 푸른 줄기 속 장미꽃은 붉고, 향일성 식물은 태양을
향해 뻗쳐오르며, 햇빛에 달궈진 돌은 데일 듯 뜨겁다.
교하도서관을 갈 때면 땡볕이 내리꽂히는 백회가 타는
듯하다. 어쨌든 여름이라는 열매는 공중에서 금빛으로
익어간다. 나는 이 여름이라는 열매를 따 내려 깨물고 삼킬

것이다. 여름의 맛은 피 비린내와 비극의 달콤함, 그리고
약간의 우수를 함께 품는다. 여름의 맛은 비리고, 달고, 쓰다.

　황석영의 자전自傳『수인 1, 2』(문학동네, 2017)를 단숨에
읽으며 독서의 몰입을 경험했다. 두 권 합쳐서 900여 쪽에
이르는 책인데, 대단한 흡인력을 가졌다. 그것은 아마도 제
삶을 부끄러운 부분까지 투명하게 응시하고 드러내려는
작가의 정직한 태도 때문일 것이라고 짐작한다. 이 책은 여러
겹으로 되어 있다. 편모슬하에서 살아가기, 분단 시대 정치적
난민으로 살아남기, 역사의 풍랑 속을 관통하기, 시간과
언어의 수인으로 살아가기. 헤르만 헤세는 "인간의 삶이란
자신을 향해 걸어가는 길이요, 길을 위한 연습이며 좁은 길의
스케치다"라고 했다. 누구나 삶은 자기에게로 향하는 길의
편력으로 이루어진다. 황석영의 삶은 복잡하게 얽히고설킨
길과 우여곡절을 품은 편력이 펼쳐내는 '파란만장' 그 자체다.
그는 분단의 역사가 만든 금기와 경계를 뛰어넘어 스스로
'불꽃 속으로' 나아갔으며, 그 속에서 파란만장을 감당한다.
　자전이니 당연히 개인의 출생에서 성장과정, 청소년기의
가출과 방황, 베트남전 참전, 월남과 방북, 망명과 투옥 따위
운명의 변곡점이 되었던 한반도 역사 현실과의 불가피한
마찰이 펼쳐진다. 분단국가의 작가로서 남북을 오가며 운명의
파장을 온몸으로 감당한다. 그가 걸어온 개인사, 가족사,

가정사가 역사라는 큰 흐름에 녹아들며 부침을 거듭하는 모습을 유려한 문장으로 녹여낸다. 그의 행보는 거침없다. 5월 광주항쟁 이후 문화패를 조직해 활동하고, 방북해서 김일성과 만나고, 독일과 뉴욕 등지를 떠돌며 군부독재와 맞서 싸운다. 국가보안법 사범으로 5년간의 수형생활을 감당하는 모습에서 그는 분명 우리 시대를 온몸으로 뚫고 나가는 작가라는 생각이 든다. 역사의 한가운데를 관통하는 와중에 불거진 두 번의 이혼과 자식과의 이별도 담담하게 털어놓는다.

내 방에서 글을 쓰다가도 광주에 남겨두고 온 아이들 때문에 마음이 허공을 날아다니는 것 같았다. 한밤중에 호준이와 여정이 앞으로 긴 편지를 쓰기도 했다.

분단국가가 만든 여러 경계를 거침없이 넘나드는 경계인의 운명을 겪는 늠름함 속에 한 가족의 가장이 감당하는 슬픔도 섞여드는 것이다.

황석영은 좋은 작가다. 그는 생과 영혼 전체로 어떤 갈망에서 비롯된 외침을 내지르고, 그의 작품들은 그 외침에 대한 실천의 기록이라는 생각이 든다. 그의 소설은 어지러운 편력의 궤적 속에서만 비로소 온전한 의미가 해명될 수 있으리라. 그가 「에필로그」에서 쓴 "시간의 감옥, 언어의 감옥, 냉전의 박물관과도 같은 분단된 한반도라는 감옥에서 작가로서 살아온 내가 갈망했던 자유란 얼마나 위태로운 것인가"라는 문장은 이 책 제목이 왜 '수인囚人'일 수밖에 없는지를 드러낸다.

학습과 기억을 연구한 신경생물학자 이반 이스쿠이에르두의 『망각의 기술』(심심, 2017)은 기억과 망각의 원리를 다룬다. 나는 신경과학이 기억과 망각에 대해 연구하며, 그 연구는 신경해부학, 신경생리학, 신경과학, 신경정신약리학, 신경심리학 등과의 협력 속에서 이루어진다는 것을, 최근의 신경과학에서 신경언어학, 신경공학, 신경경제학, 신경교육학으로 가지를 뻗어나가고 있음을 처음 알았다.

왜 우리의 뇌는 어떤 경험은 기억하고, 어떤 경험은 삭제하거나 결락시켜버리는가. 인간이나 동물에게 기억의 지속성은 생존과 깊이 상관되는 일이다. 기억이 지속되지 않는다면 우리는 그저 피와 살덩어리, 약간의 지방과 단백질 따위로 이루어진 덩어리에 지나지 않는다. 누구나 기억을 바탕으로 누군가를 사랑하고 미워하며, 숭고한 뜻과 이상을 펼친다. 우리의 뇌는 날마다 기억을 정리하고 보존한다. 그 과정에서 어떤 기억은 뇌의 해마나 편도체에 응고시키고, 어떤 기억은 선택해 지워버린다. 기억과 망각의 드라마는

"뇌에서 벌어지는 서커스"다.

망각에 대해 말하려면 먼저 기억에 대해 알아야만 한다. 기억이란 일반적으로 기억 흔적이나 기억 파일로 뇌의 해마에서 응고화된 정보를 가리킨다. 그 유형에는 서술 기억, 절차 기억, 작업 기억이 있다. 서술 기억은 "의미, 이해, 개념을 기반으로 하는 지식에 대한 기억인 의미 기억과, 일화에 대한 기억인 일화 기억(삽화 기억) 또는 자전 기억"으로 이루어진다. 이 서술 기억이 우리가 일반적인 의미로 말하는 기억이다. 누군가 자서전이나 회고록을 쓸 때 이 서술 기억에 크게 의존해야 할 것이다. 측두엽 안쪽에 자리한 해마, 편도체, 내후각피질은 특히 서술 기억을 만드는 데 관여한다. 절차 기억은 감각이나 운동 기능에 관련된 것으로 선험적인 기억이다. 본능이나 습관으로 형성되는 기억 일반을 가리킨다. 작업 기억은 특수한 형태의 기억으로 학습과 인출을 처리하는 짧은 기억이다. 작업 기억은 기억 파일을 형성하지 않은 채 몇 초나 몇 분이 지나면 사라져버린다. 누군가의 전화번호를 물어 통화를 한 뒤 곧 잊어버린다. 이런 기억이 작업 기억이다. 또한 기억은 지속 기간의 관점에서 단기 기억과 장기 기억으로 나뉜다. 여섯 시간 이하의 기억은 단기 기억, 여섯 시간에서 이십사 시간 이상의 기억은 장기 기억이다.

기억은 왜 우리 뇌에서 지워지는가? 망각은 새로운 기억을

위해 쓰이지 않는 기억을 지우는 정리 기술이다. 진짜로
망각하는 것은 해마나 편도체에 응고된 기억을 지워내는 것이
아니라 기억을 담은 뉴런이나 시냅스 자체를 없애는 것이다.
따라서 기억과 망각의 메커니즘을 아는 것은 우리 생존
이익에 보탬이 될 것이다. 이 신경생물학자에 따르면 인류는
기억 인출을 억제하는 데 습관화, 소거, 차별화, 억압이라는 네
가지 방법을 쓴다고 한다.

망각에 저항해서 기억을 더 좋게 만드는 기억 훈련practicing
memory 방법은 읽기다. 읽기는 시각 기억, 언어 기억, 청각
기억에 관여하는 시냅스를 동시다발적으로 활성화한다.
"읽기는 모든 뇌 영역과 기억 형태를 사용하고 실행하는
유일한 활동이다." 우리는 무언가를 읽으면서 감각 기억, 작업
기억, 언어 기억, 시각 기억, 영상 기억, 의미 기억 따위와 같은
모든 기억의 형태를 실행한다. 그러니 절대 잊어서는 안 될
기억을 잘 유지하기 위해서라도 읽고, 읽고, 또 읽으라는 이
신경생물학자의 조언은 새겨둘 만하다.

이종건의 『깊은 이미지』(궁리, 2017)는 깊이와 아름다움의
본질에 대한 성찰에서 돋보인다. 그는 소비주의에 물든
가볍고 뜻 없는 이미지가 차고 넘치는 시대에 깊은 함의와
아름다움을 가진 이미지를 찾아나서는 미학적 모험을
펼친다. 이를 위해 소설과 영화를 두루 참조하고, 칸트에서

메를로퐁티, 베냐민, 랑시에르에 이르기까지 여러 철학적
사유를 인용한다.

우리는 '깊이' 있는 경험에 주목하고 그것에 더 높은 의미와
가치를 부여한다. 깊이 없는 것은 진부하고 상투적이어서
아무런 미학적 쾌감을 주지 않는다. 반면 깊이 있는 것은
그것과 마주치는 찰나 감각적으로 인식되며 낯선 충격과
즐거움을 준다. 아름다운 것은 깊이가 있으며 즐거움을
준다. 아름다움과 숭고는 한 짝이다. 그것들은 "'주어져 있지
않은' 사태가 야기하는 심미적 경험"이다. 도스토옙스키는
『백치』에서 "아름다움이 세상을 구원할 것이다"라는 구절로
아름다움의 효용성을 드러낸다. 우리는 강아지나 고양이와
같은 동물을 보고 '아, 예쁘다'라고 말한다. 이때 '예쁨'은
아름다움의 층위에서 가장 낮은 단계에 속한다. 그보다 높은
층위에 숭고, 웅장, 미, 아치雅致가 있다.

이미지는 비실재적인 것으로 나타나는 '가상'이다.
이미지는 헛것, 유령, 부재하는 것으로 그 생성 바탕은
상상의식이다. 광고나 '이미지 정치'는 이미지의 기만성에
기댄다. "탈脫진실의 세계에서, 이미지는 어느 때보다
더 강력한 프로파간다"로 작동한다. 이미지 효과를 아는
정치가는 피상적인 이미지로 자신을 치장한다. 대중은 쉽게
이미지 정치에 휘말리고 속는다. 이미지 정치에 속아 최고
지도자를 뽑은 지난 정권 시절 우리는 그것이 어떤 폐해를

가져올 수 있는지를 뒤늦게 깨달았다.

예술가는 깊이 있는 이미지를 좇는다. 그 이유는 깊은 이미지가 "우리의 내면을 건드리고 생각을 자극하고, 우리를 둘러싼 세계를 새삼 다르게 보도록" 이끌기 때문이다. 반면 현대 예술가 중 일부는 흥미롭게도 '고안된contrived 깊이 없음'의 원리를 좇는다. 허스트나 쿤스 같은 작가가 그렇다. 두 화가는 깊이와 아름다움에 대한 우리의 선입견을 깬다. 이것은 낯익은 낯설음이고, 진부한 것의 생경함이며, 감성의 새로운 전복을 야기한다.

한여름의 더위 속에서

연일 폭염주의보가 내려지고 — 매체들은 올여름(2017년) 더위를 가마솥더위라고 한다! — 한낮 최고 기온은 날마다 새로운 기록을 세우고 있다. 금속 같은 여름의 빛으로 넘치는 낮과 열대야로 잠 못 이루는 괴로운 밤이 이어진다. 한여름의 열탕 같은 낮밤이 사라진 자리에 선선한 바람이 불고 계절도 바뀌리라. 지금은 무더위를 견뎌야 할 때다. 여름의 넘치는 빛 속의 단단한 침묵. 바람 불 때마다 쇳조각 부딪치는 소리를 내는 숲속의 나무. 한동안 더위에 지쳐 허덕대느라 산에 오를 생각조차 하지 못했다. 집에서 물을 마시고 수분이 많은 녹색 둥근 과일의 배를 갈랐다. 기쁨과 위안을 주던 '초록 고래'들아(칠레의 시인 파블로 네루다는 「수박을 기리는 노래」에서 수박을 여름의 '초록 고래'라고 표현했다), 너희가 있어 여름 무더위도 견딜 만했어, 정말 고마웠어!

저녁이면 물가를 서성이고 황금빛으로 번쩍이는 태양의 아름다움에 넋을 잃었다. 아, 붉게 물든 지평선! 여름의 한낮 태양이 지고 어둠은 길과 지붕과 나무와 웅덩이 위로 내려앉는다. 낮의 짐승이 지친 다리를 이끌고 제 굴로 숨을 때 야행성 동물은 기지개를 켜며 먹잇감 사냥에 나설 채비를 한다. 사위에 밤이 내리면 나는 어둠의 명석함 속에서 낙오자로 주저앉은 채 침울함에 빠져든다. 아무리 애를 써봐도 밤의 명석함을 따라갈 수가 없다. 오, 산 자들의 오래된 벗, 너 시간이여! 너는 더위와 권태에 지쳐 우리를 새 계절로 데려다주는구나. 시간에서 탄생하고 시간 너머로 사라지는 한에서 시간은 우리의 자궁이자 무덤이다.

우리는 어떤 존재인가. 우리의 정체는 시간이 밝혀줄 것이다. 시간이란 "우리가 입고 있는 옷, 다시는 벗어버릴 수 없는" 것(아도니스)! 우리는 시간의 옷을 입은 채 먹고 자고 사랑하며 살아간다. 이 옷은 죽은 뒤에나 벗을 수 있다. 한 번 벗고 나면 절대로 다시 입을 수 없는 옷! 산다는 것은 시간의 옷을 입고 한바탕 추는 무용舞踊이다. 춤은 덧없다. 공중의 바람 속에서 활강하는 조류가 기어코 땅으로 내려앉듯이 우리도 춤을 끝내야만 하는 순간을 맞는다. 우리가 시간을 살아내는 동안 말랑말랑한 꿈은 덧없이 사라지며 추억이라는 화석으로 굳는다.

올여름 더위의 위세는 실로 대단했다(그나마 나는 남반구의 한 도시로 도피해 그 위세를 피할 수 있었다). 더위에 겁을 먹은 사람들은 서둘러 피서 행렬에 동참한다. 피서는 책과 함께! 책을 읽는 보람으로 더위를 이기려는 사람들에게 작년 여름에 읽은 몇 권을 추천한다. 세라 메이틀랜드의 『침묵의 책』, 에드워드 윌슨의 『인간 존재의 의미』, 신용목의 『우리는 이렇게 살겠지』, 찰스 부코스키의 산문집 세 권, 은희경의 『중국식 룰렛』, 최은영의 『쇼코의 미소』, 보후밀 흐라발의 『너무 시끄러운 고독』, 이반 일리치의 『텍스트의 포도밭』, 페르난도 페소아의 『불안의 책』, 오르한 파묵의 『다른 색들』, 앤서니 그래프턴의 『각주의 역사』, 헤더 안트 앤더슨의 『아침식사의 문화사』, 젊은 시인 여럿이 쓴 『나는 매번 시 쓰기가 재미있다』, 로마노 과르디니의 『삶과 나이』, 김병익 산문집 『기억의 깊이』, 프랑크 베르츠바흐의 『무엇이 삶을 예술로 만드는가』 등등이다. 이 책들은 저마다 다른 이유로 기억에 남아 있다. 지난여름 나는 이 책들에게 "책들아, 고마웠어!"라고 인사했다. 자, 새로운 책을 만나보자.

요시모토 바나나의 『바다의 뚜껑』(김난주 옮김, 민음사, 2016)은 여름 더위를 잊기에 안성맞춤이다.

여름의 마지막 해수욕 누가 제일 늦게 바다에서 나왔나/그 사람이 바다의 뚜껑을 닫지 않고 돌아가/그때부터 바다의 뚜껑 열린 채 그대로 있네/벚꽃, 달리아, 맨드라미/해바라기, 데이지, 개양귀비/꽃들은 왜 또 피고 지는가.

하라 마스미의 아름다운 시를 프롤로그로 소개하면서 제목이 이 시에서 왔음을 보여준다. 이 소설은 여름이라는 계절에 대한 예찬이고, 흘러가 사라지는 시간이 자아내는 애수에 대한 기록이다.

한때 대중식당과 스트립쇼를 하는 가게와 사격장이 호황을 누리던 관광지로, 봄엔 불꽃축제를 맞아 인파로 북적이던 해안도시가 배경이다. 과거의 영화는 사라지고 폐허처럼 쇠락하는 고향.

동네에는 길 양쪽으로 문 닫은 가게들이 즐비하고, 오후에도 셔터를 내리고 있는 곳이 참 많았다. 그런 가게들이 햇살 속에 하얗게 뜨겁게 반짝거리는 광경은 정말 폐허 같아서, 간혹 열려 있는 가게가 오히려 스산하고 애처로워 보였다.

'나'는 도쿄의 단기 미술대학을 졸업하고, 이런 스산하고 애처로운 고향에 돌아와서 빙수가게를 낸 젊은 여성이다.

'나'는 집에 손님으로 와 지내는 젊은 여자 하지메와 자매애 같은 짧은 우정을 나눈다. 빙수가게는 그럭저럭 성업이고, 두 여성은 여름 한철 담백한 우정을 나눈 뒤 헤어진다. "버드나무는 변함없이 살랑살랑 흔들리고, 강물은 흐르고, 바다도 똑같이 아름다운 호를 그리고 있었다." 이런 고요한 문장을 읽을 때 행복했다. 두 사람의 여름은 덧없이 끝나고, 사라지는 것은 항상 애틋해서 그리움의 모체가 된다. '나'는 시간의 흐름 속에서 지금 이 여름이 주는 행복에 겨워 가슴이 미어질 것 같은 충일감과 "아주 작은 부분이나마 '꿈을 이룬' 신비한 반짝임"은 아련해진다. 계절이 사라지듯 지금 이 순간의 행복도 순식간에 사라지며 "언젠가는 또 눈물겨운 추억"으로 변하고 말 것이다. 여름의 냄새, 여름의 느낌이 물씬한 소설인데, 행복에 겨운 작중인물의 느낌을 반추하며 단숨에 읽었다!

권여선의 소설집 『안녕 주정뱅이』(창비, 2016)는 불행에 깊이 침윤된 이들의 얘기다. 한참 읽다보면 이것은 불행에 대한 서사인가, 아니면 술에 대한 서사인가 헷갈린다.

어떤 불행은 아주 가까운 거리에서만 감지되고 어떤 불행은 지독한 원시의 눈으로만 볼 수 있으며 또 어떤 불행은 어느 각도와 시점에서도 보이지 않는다. 그리고 어떤 불행은 눈만 돌리면 바로 보이는 곳에 있지만 결코 보고 싶지가 않은 것이다(「실내화 한 켤레」).

이 소설집을 통독하고 불행의 서사가 남긴 묵직한 여운으로
한동안 가만히 앉아 있었다. 불행의 양태는 참 다양하구나!
사람들은 저마다 다른 상처와 질병을 안고 사는데, 그게
덧나면서 존재의 안쪽에 불행이라는 천공穿孔을 만든다. 성병,
실명, 환청 따위는 구체적인 질병이고, 그 질병의 안쪽에는
질투, 강박, 의심 따위의 병리적 흐름이 있다. 술로 도피하는
것은 자기방어의 능력에 취약한 자가 그 질병에서 벗어나는
유일한 도주선이다.

책을 펼치면 작품마다 술꾼이 나오고 질펀한 술자리가
벌어지는데 마치 술이 인생의 수고와 불행을 견디게 하는
묘약이라고 속삭이는 듯하다. 작가는 먼저 인간이 짊어진
불행의 아득하고 막막한 언저리를 더듬는다. 이 불행의
서사 밑바닥에는 술에 얽힌 사연이 곡진하게 괴어 있다.
불가피하게 불행에 들린 이들이 달아나 찾은 안식처가 바로
술이다. 산다는 게 얼마나 끔찍한 일인지, 그래서 취하지
않으면 인생은 견디기 힘들다는 듯 술을 마시는 사람에게
술은 그 도피처요, 안식처인 셈이다. 그러나 술은 아무
자비심도 없이 불행에서 달아나려는 방편으로 저를 찾은
이들을 삼켜버린다. 술이 불행은 아니지만 불행이 얼마만큼
깊어질 수 있는지를 드러내는 매개물이다. 이 소설집의

단편은 다 수작으로 꼽을 만하다. 특히 「이모」와 「봄밤」을 읽을 때 황홀했다. 「이모」에서는 가족 뒷바라지에 평생을 바치고 속절없이 늙어버린 '이모'의 시난고난한 인생의 우여곡절을 조곤조곤 펼쳐낸다.

'이모'의 인생에 빨대를 꽂고 피를 빨아먹는 흡혈귀는 다름 아닌 가족이다. '이모'는 말년에 이르러 이 가해자들과 관계를 단절한 채 서울 위성도시의 오래된 소형 아파트에서 텔레비전도, 컴퓨터도, 휴대전화도, 집전화도 없이 혼자 고독하게 삶을 꾸린다. 결국 '이모'는 막막한 어둠 속에서 칩거하다가 췌장암에 걸려 죽음을 맞고서야 이 불행을 끝낸다. 어떤 불행은 끈질기고 지독해서 죽음만이 그것을 끝낼 수가 있는 것이다.

내가 처음부터 이렇게 철도 침목처럼 규칙적으로 살았던 건 아니다. 그렇다고 자유롭게 살았냐 하면 그것도 아니지. 희망이 없으면 자유도 없어. 있더라도 막막한 어둠처럼 아무 의미나 무늬도 없지. 그때 나는 방탕하게 돈을 다 써버리고 얼른 죽어버리자 하는 생각밖에 안 했던 것 같다. 그러다 조금씩 변해서 지금처럼 살게 됐는데, 그게 아무리 생각해도 그날 밤 이후부터인 것 같구나.

권여선의 작중인물 중에서도 「봄밤」의 두 인물 영경과

수환이 생생하다. 작가는 두 사람이 참혹할 만큼 섬뜩한
불행과 싸우다가 결국은 슬프고 아름다운 '마음의 죽음'에
이르는 과정을 선연하게 펼쳐낸다. 두 사람은 인생의
마지막을 요양병원에 의탁하는데, 수환이 죽은 뒤 모텔에서
의식불명인 채 쓰러진 영경은 요양병원에 실려 온다. 중증의
알코올중독과 간경화, 알코올성 치매 상태로 영경은 의식을
되찾지만 제 비극을 비극으로 인지하지는 못한다.

　　고레에다 히로카즈 감독의 〈환상의 빛〉을 신촌 이화여대
안의 극장 아트하우스 모모에서 보고 온 날, 영화의 원작인
미야모토 테루의『환상의 빛』(송태욱 옮김, 바다출판사, 2014)을
꺼내들었다. 영화가 정말 슬프고 아름다워 보는 내내 눈물이
흘렀다. 일상은 평온함 저 너머 어딘가에 섬뜩할 만큼
날카로운 비극을 품고 있다. 영화에서 받은 감동이 기어코
원작소설을 꺼내도록 부추긴 것이다.『환상의 빛』에는 표제작
말고도「밤 벚꽃」,「박쥐」,「침대차」, 이렇게 네 편의 중단편이
실려 있다. 표제작인「환상의 빛」이 가장 좋았다. 유미코가
효고현 아마가사키에서 오쿠노토의 소소기라는 해변 마을로
시집온 지 만 3년이 되었다. 여자는 두 번 결혼한다. 첫 결혼은
한동네에서 자란 남자와 하는데, 불가해한 비극으로 막을
내린다. 남자는 납득할 수 없는 이유로 가정의 행복을 뒤로한
채 선로 위에서 기차에 치여 죽는다. 시신에서는 약물도

알코올도 검출되지 않았다. 남자는 건강했고, 도박도 하지 않았으며, 여자관계도 없었다. 스스로 목숨을 끊을 이유가 단 하나도 없었는데, 죽어버린 것이다.

「환상의 빛」은 바닷가 마을의 일상을 서사의 축으로 삼는다. 젊은 아내와 갓 태어난 아들을 두고 자살한 남자의 속내는 누구도 알 수 없다. 유미코는 "당신은 왜 그날 밤 치일 줄 뻔히 알면서 한신 전차 철로 위를 터벅터벅 걸어갔을까요"라고 중얼거린다. 그런 비극을 안은 채 여자는 두 번째 결혼을 하고 이 해변 마을까지 흘러온다. 여자는 이 바닷가 마을에서의 두 번째 결혼생활에도 차츰 익숙해진다.

해명의 울림에도, 바람 소리에도, 멀리 바라다볼 뿐인 거친 바다에도, 뒤쪽에 있는 좀 높은 이시구로 산의 나뭇잎이 흔들리는 쓸쓸함에도, 그리고 그것에 휩싸여 고요히 흩어져 있는 민가의 분위기에도 어느새 위화감을 느끼지 않게 되었습니다.

시종 고요하고 평화로운 바닷가 마을의 정경을 배경으로 일상 이야기가 애틋한 슬픔을 남기며 흘러간다. 나중에 꼭 다시 읽어보고 싶은 마음이 들 정도로 좋았다.

슬픔을 맛본 사람만이
자두 맛을 안다

    여름은 속절없이 끝난다. 막바지에 들어선 여름 날씨는
고르지 않았다. 돌연 더위가 물러나고 바람이 선선해졌다.
폭우가 쏟아지고, 반짝 햇빛이 나고, 다시 폭우가 쏟아졌다.
땅은 젖었다가 마르고, 다시 젖었다. 새소리가 비 그친
숲속에서 명랑한 모차르트 음악처럼 퍼졌다. 잡초 사이에서
잎이 큰 호박 넝쿨이 번지고, 까만 열매를 단 까마중이 서
있다. 키가 성큼 자란 해바라기는 까만 씨앗이 박힌 꽃판의
무게 때문에 고개를 숙였다. 그 옆 텃밭엔 흰 꽃과 보라색 꽃을
피운 도라지가 군집을 이룬 채 무심히 몰려 있다.
    모처럼 날이 말끔하게 갰다. 햇빛의 열기는 식지 않았지만
모공을 열어 땀을 뽑게 하던 무더위의 기세는 확연하게

누그러졌다. 늦더위가 사라지고 소슬바람 불 때 가을은
돌이킬 수 없는 사태로 다가온다. 아내는 잘 익은 자주색
자두를 먹을 때 달콤하고 시디신 맛에 몸서리를 친다.
날씨에도 맛이 있다면 청명한 가을 초입 날씨는 잘 익은 자두
맛이다. 이 맛은 슬픔과 행복이 뒤섞인 맛이다. 두어 개를 먹은
뒤 돌아서면 금세 아련해진다. 인생의 슬픔을 모르는 사람은
이 자두 맛도 모를 테다. 나는 인생의 슬픔을 아는 사람만이
자두 맛을 안다고 믿는다.

　책상 위에는 책이 쌓여 있다. 내가 고른 이 책들 한 권
한 권은 내 취향을 반영한다. 잊기 전에 그 목록을
적어두자(모두 2017년에 나왔다). 줄리언 반스 외『그럼에도
작가로 살겠다면』(한유주 옮김, 다른), 문성준의『와인, 예술,
철학』(새잎), 올리버 티얼의『비밀의 도서관』(정유선 옮김,
생각정거장), 김진애의『여자의 독서』(다산북스), 올리비아
랭의『외로운 도시』(김병화 옮김, 어크로스), 이다혜의
『여기가 아니라면 어디라도』(예담), 정혜윤의『인생의
일요일들』(로고폴리스), 데이비드 색스의『아날로그의
반격』(박상현·이승현 옮김, 어크로스), 도코 고지 외『문학상
수상을 축하합니다』(송태욱 옮김, 현암사).

　오늘은 김애란의 소설집『바깥은 여름』(문학동네, 2017)을
읽는다.『비행운』이후 5년 만에 내놓는 신작 소설집이다.

「입동」,「노찬성과 에반」,「건너편」,「침묵의 미래」,「풍경의 쓸모」,「가리는 손」,「어디로 가고 싶으신가요」 등 근작 단편 일곱 편이 실려 있다. '바깥은 여름'이라는 표제는 "안에선 하얀 눈이 흩날리는데, 구 바깥은 온통 여름일 누군가의 시차를 상상했다"(「풍경의 쓸모」)라는 문장에서 나왔을 테다. 바깥이 여름일 때, 계절의 순환이나 풍경의 변화를 따라가지 못하는 이들은 존재 안쪽에서 앞으로 나아가지 못하고 멈춘 자아로 불행의 시차時差를 받아들인다. 그 자아의 바깥으로 미끄러지는 것은 불행이고, 그 안쪽에는 그 불행의 구심력 속에서 애잔해지는 마음이 있다.

「입동」,「노찬성과 에반」 두 편을 읽었을 뿐인데, 어느덧 서늘한 슬픔이 깊이 번진다. 작가는 바깥으로 미끄러지는 불행이 아니라 그 불행으로 말미암아 작중화자의 마음에서 깊어지는 애잔함을 꼼꼼하게 되살려낸다.

　어느 땐 그런 일이 일어났다는 걸 알아차리지 못할 정도로 강렬하고 빠른 속도로 휙. 그렇지만 각자 내부에 무언가가 타서 없어졌다는 건 알아. 스쳤지만 탄 거야. 스치느라고. 부딪쳤으면 부서졌을 텐데. 지나치면서 연소된 거지. 어른이란 몸에 그런 그을음이 많은 사람인지도 모르겠구나. 그 검댕이가 자기 내부에 자신만이 온전히 이해할 수 있는 암호를 남긴(「풍경의 쓸모」).

불행이 뭉툭하게 다가왔다가 멀어지지만 그 때문에
우리 안의 연약함은 아주 빠른 속도로 타버린다. 어른이란
제 안에 그런 연소의 흔적을 가진 사람인지도 모른다.
아이를 잃고 상실의 고통을 견뎌내며 이사해서 도배를 하는
부부거나(「입동」), 남편을 잃은 아내거나(「노찬성과 에반」),
아버지를 잃은 뒤 다시 늙은 유기견을 잃은 아이거나(「어디로
가고 싶으신가요」), 이들은 돌연한 죽음과 상실의 불행으로
애잔해진다. 무언가를 잃은 뒤 그 애잔함 속에서 어디로 가야
하느냐, 어디로 갈 수 있느냐는 물음은 독자를 겨냥한다.
우리가 불행이 주는 수모를 견디고 살아낼 수 있는 것은
불행의 내역과 상관없이 존재의 바깥으로 계절이 어김없이
순환하기 때문이다. 김애란은 황정은, 김금희, 최은영 등과
더불어 한국 문학을 이끌 차세대 작가다. 문장은 명석하고,
상실이나 이별을 통해 드러나는 인간의 고통과 불행에 대한
관찰은 날카롭다. 그런 까닭에 김애란의 다음 작품이 더
기다려진다.

너새니얼 필브릭의 『사악한 책, 모비 딕』(홍한별 옮김,
저녁의책, 2017)은 표제가 암시하듯 1851년에 나온 허먼 멜빌의
소설 『모비 딕』에 바치는 일종의 헌사다. 존 스타인백의
『분노의 포도』가 미국 소설 중 가장 내륙적인 성분으로
빚은 소설이라면 『모비 딕』은 해양적 요소를 혼합해 빚은

가장 탁월한 해양 소설일 테다. 허먼 멜빌은 향유고래의 공격을 받아 침몰한 낸터킷 포경선 이야기를 듣고 거대한 고래를 뒤쫓는 포경선 선장의 모험에 대해 쓸 구상을 한다.『모비 딕』은 흰 고래를 쫓는 포경선 선장의 장엄한 모험담과 불가항력에 맞선 인간의 의지를 다룬 소설이자 "암울하고 비통한 형이상학의 세계"를 파고드는 철학서다. 우울한 영혼의 청년 이슈마엘이 포경선에 승선한다. 야망을 품은 청년에게 바다는 일종의 황무지, 꿈을 이룰 수 있는 미개척지일 테다.

바다는 스스로를 잡아먹는다. 바다의 모든 짐승들은 서로를 잡아먹으며 천지개벽 이래 끝나지 않는 전쟁을 벌인다.

선장 에이허브는 "제왕적 위험을 지닌 강력한 비애"를 품은 인물이다. 그가 쫓는 '모비 딕'은 "생각이 깊은 사람을 갉아먹어 심장 반쪽과 폐 반쪽으로 살아가게 만드는 모든 사악함의 편집광적 현신"이다. 악마의 현신인 '모비 딕'이 몸통에 두른 흰색은 세계의 잔혹함과 악마성을 떠올리게 한다. 필브릭은 "우주의 무정한 공허함과 광막함을 그림자처럼 보여주고, 그리하여 소멸에 대한 생각으로 우리의 등을 찌른다"고 쓴다.

선장 에이허브는 이 거대한 흰 고래와 최후의 일전을

치르는데, 이 흰 고래가 모습을 드러내는 찰나 그 장엄함에 감탄하며 "위대하고 장엄한 최고신 주피터의 광영도 마치 신처럼 헤엄치는 흰 고래를 능가하지는 못했다"라고 말한다. 흰 고래가 제 등에 작살을 꽂은 채 요동칠 때 포경선 피쿼드호 역시 "마치 사탄처럼 하늘의 살아 있는 일부를 끌고 들어가 그걸로 기어이 자기 머리를 감싸고 지옥으로 떨어지"듯이 침몰한다. "모두 가라앉았고, 바다라는 거대한 수의가 5000년 전에 그랬던 것처럼 일렁였다." 청년 이슈마엘만이 피쿼드호의 유일한 생존자가 되어 신성神性과 악마성을 동시에 지닌 존재, 저 가공할 만한 힘을 가진 고래를 쫓는 모험담을 들려준다.

『모비 딕』은 고전의 위대함을 두루 갖춘 소설이다. 이 소설의 위대함은 문장의 아름다움("멜빌의 문장이 어찌나 아름다운지, 단어들을 소리 내어 읽고 또 읽고 또 읽고 운율과 교묘하게 숨겨진 각운, 자음과 모음을 다루는 기적 같은 방법")과 절묘한 은유("60장 「밧줄」에서 흔하디흔한 물건을 가지고 뽑아내는 인간의 조건에 대한 끝없이 발전하는 은유"), 위대한 성찰("사람은 누구나 고래잡이 밧줄에 감긴 채 산다") 등이 훌륭한 직조기술로 엮이는 데서 찾아볼 수 있다. 시시각각으로 변하는 바다는 우리 삶이 펼쳐지는 장場, 현실 세계를 은유한다. 『모비 딕』은 절망을 넘어서 오는 한 줄기 희망의 빛은 짧고 무의미하며 부조리한 삶의 조건을 꿰뚫는다.

아서 단토의 『미를 욕보이다』(바다출판사, 2017)를 읽는다. 미국의 예술철학자인 그는 "예술미가 심미적이 아닐 때 그것은 정확히 무엇일까?"라고 묻는다. 한때는 예술미가 감각, 감정, 직관, 상상 앞에 홀연히 출현할 때 관조하는 자에게 쾌감을 안겨주는 것으로 알려져 있었다. 그러다가 어느 시점부터는 예술가가 미적 쾌감에 반하는 아름다움을 취하게 되었다. 이로써 고전적 의미에서 미美라고 일컬어지는 것에 대한 자각과 지위는 폐위되었다. 다다이즘이나 마르셀 뒤샹의 〈샘〉, 기괴하게 일그러지고 뭉개진 프랜시스 베이컨의 초상화, 1991년 포름알데히드가 가득 찬 유리 진열장 속에 죽은 상어를 매달고 모터로 움직이게 한 데미안 허스트의 〈살아 있는 자의 마음속 죽음의 육체적 불가능성〉, 팝아트에서 아름다움과 기형, 미덕과 악덕, 고상한 것과 천박한 것의 명백한 차이가 지워지면서 미의 요소인 균형, 비례, 질서가 더는 합목적성을 얻지 못한 채 미의 어둠을 벗겨내며 '추의 미학'이 돋아났다. 그것은 전통적인 미의 개념에 반기를 드는 행위로 일종의 도덕적 반항이었다. 그리하여 흉하고 추한 것을 묘사하고 표현하는 '혐오 미술abject art'이 새로운 미학적 범주에서 새롭게 논의되었다.

왜 이런 사태가 벌어졌는가? 트리스탕 차라가 "나에겐 미를 암살하고 싶은, 별처럼 빛나는 미친 욕망이 있다"고 선언하고, 랭보는 시집 『지옥에서 보낸 한 철』에서 "우스꽝스런 그림들,

문설주 장식, 무대 배경, 어릿광대의 그림, 간판, 통속적인 채색화, 유행에 뒤진 문학, 교회 라틴어, 철자가 엉망인 외설 서적, 노부인들의 연애소설, 옛날이야기, 아이들의 작은 책들, 오래된 오페라, 하찮은 후렴구, 단순한 리듬"을 노래하며 이 하찮은 것이 새로운 미의 규범 안으로 들어올 것을 예견한다. 고급 예술과 저속한 예술 사이의 경계는 희미해지고, 포스트모더니즘의 물결이 세계를 덮친다. 인류가 두 번의 세계전쟁, 집단살육, 인종청소, 역겨운 폭력과 테러를 겪으며 자기 안의 추함과 잔혹성을 맞닥뜨렸을 때 예술은 이에 대한 환멸의 표현으로 정치적·도덕적으로 강하게 반발한다. 예술의 숭고 따위는 개에게나 줘버려라! 단토는 광기, 병적인 것, 역겨움의 구체적 양태로 '추의 예술'이 나타나는 사태를 예의주시한다. 그는 미의 살해와 더불어 오는 "미를 욕보이는" 현대 예술의 변화를 따라가며 추, 숭고, 비속 등과의 관련성 속에서 미학의 의미를 새롭게 구축한다.

당신은 살아 있으라!

    파주로 거처를 옮긴 뒤 처음 맞는 가을이다. 여름의 백색
화염火焰이 사라지자 곧 가을이 들이닥친다. 가을이 오자 파주
일대 하늘의 길이 다 지워졌다. 하늘의 내장內臟과 실금이
사라지고 파주 서쪽 하늘은 텅 비어 투명하다. 더위가 언제
있었느냐 하고 어리둥절할 만큼 기온이 갑자기 떨어졌다.
새벽 풀 끝에 찬 이슬이 맺혔다. 파초 줄기는 높이 자라 올라
붉은 꽃을 피우고, 핏방울 같은 달리아 꽃은 한들한들한다.
가을이 왔으므로 더 많은 망각이 왔다. 내 망각은 의심으로
빚어진다. "내 기억에게 나는 쓸모없는 청중이다."08 한낮
햇빛이 내리비치는 교하 들판을 가로질러 출판도시까지
걸었다.

논둑길에서 죽은 새끼 뱀을 봤다. 새끼 뱀은 납작하게 눌렸는데, 한 뼘 길이로 형태는 또렷했다. 아마도 자동차 바퀴에 깔린 듯했다. 한번 생명을 받은 것은 죽는다. 온 것은 가고, 간 것은 반드시 돌아온다. 새끼 뱀아, 너무 일찍 숨을 그쳤구나! 너는 죽기 전에 삶에 몰두하며 불멸의 연습을 더 오래 했어야만 했다. 미물이라도 그 싸늘한 주검은 우리를 슬프게 한다. 오래 써서 닳은 무릎이 주저앉았다. 오래된 무덤이 그렇듯이 들판은 쓸모를 다한 무릎을 방치한다. 수십억 년 동안 땅 표면이 식물 한 포기 없이 황폐한 채로 있었다는 사실이 믿기지 않는다. 인류는 세월이 한참 지나서 나타난다. 교하 들판은 잡풀로 뒤덮여 있고, 심학산 기슭에는 여뀌, 땅귀개, 흰진교, 투구꽃, 자주쓴풀, 개발나물, 개박하, 각시취 따위의 가을 야생화가 지천으로 널려 있다. 들꽃은 누가 돌보지 않아도 스스로 피고 진다.

가을이 지나가는 들판에 죽은 별이 함부로 떨어져 있다. 이제 곧 얼음이 얼고 눈보라도 칠 것이다. 한해살이 초본식물은 추위 속에서 시들어 죽는다. 그러나 죽는 것은 거죽이다. 여러해살이 식물의 뿌리와 마른 풀숲 아래 떨어진 씨앗은 죽지 않는다. 씨앗은 생명 정보를 품은 배아를 딱딱한 껍질로 둘러싼 채 혹한을 견뎌낸다. 여러 해에서 수백 년을 견디는 씨앗의 인고忍苦는 놀라운 데가 있다. 중국의 토탄 늪지에서 찾아낸 한 톨의 연꽃 씨앗은 2,000년을 기다려

싹을 틔우는 기적을 보여주었다. 대지 위에서 여러 왕조가
흥망성쇠를 거듭하는 동안 연꽃 씨앗은 세월을 견디며
기다렸다. 과학자들이 그 연꽃 씨앗의 껍질을 열고 배아를
성장시켰다. 연꽃 씨앗은 실험실에서 꽃을 피웠다.

모든 시작은 기다림의 끝이다. 우리 모두 단 한 번의 기회를
만난다. 우리는 모두 한 사람 한 사람 불가능하면서도 필연적인
존재다. 모든 우거진 나무의 시작은 기다림을 포기하지 않은
씨앗이었다.[09]

호프 자런의 『랩걸』(김희정 옮김, 알마, 2017)에서 읽은
'씨앗'에 대한 에세이는 놀랄 만큼 아름답고 감동적이다. 모든
씨앗이 다 싹을 틔울 수 있는 것은 아니다. 씨앗 중 일부는
새의 먹잇감이 되고, 일부는 나쁜 조건 속에서 싹을 틔울 수
있는 기회를 잃은 채 썩어버린다. 삶과 죽음은 우연에 따라
엇갈린다. 자작나무 한 그루가 해마다 만들어내는 씨앗이
25만 개인데, 그중 싹이 나서 자작나무로 자라는 것은 100여
개에 불과하다. 씨앗의 드라마는 늘 나를 감동시킨다.

어느 날 아침 역시
그 젊은이는 잊었다.
부서진 날개들과 조화造花로

그의 심장은 가득 차올랐다.

자기 입 속에 말을 간직했으나
한마디 하찮은 말만이 남았다.

장갑을 벗자
손에서 더욱 엷은 재가 떨어졌다.

발코니에서 그는 탑을 바라보았다.
그는 자기가 발코니이자 탑이라고 느꼈다.

물론 그는 보았다. 탑신의 시계틀 속에서
멎은 시계가 어떻게 자기를 보고 있는지를.

흰 빛으로 반짝이는 소파 위에 제 그림자가
조용히 뻗어 있는 걸 그는 보았다.

단단하고 기하학적인 그 젊은이는
도끼로 거울을 깼다.

그게 깨지자, 거대한 그림자의 흐름이
그의 환상의 방에 넘쳤다.

어디선가 한 젊은이가 자기 생명을 파괴하려고 한다.
그가 무엇에 절망했는지, 그가 세계의 어떤 부분에서 환멸을
느꼈는지는 알 수 없다. 죽으려는 욕망을 뒤집으면 그것은
살려는 욕망이다. 저토록 죽으려는 자는 살려는 자고, 무심히
살려는 자는 죽으려는 자다. 지금 죽으려는 자의 심장엔
"부서진 날개들과 조화"로 가득 차 있다. 소파 위로 제
그림자가 길게 드리워졌다. 그가 도끼로 거울을 깼다. 거울
속에 비친 인물이 사라진다. 자살은 부정적 열정의 한 형태고,
심리적 아노미 상태에서 저지르는 자기 파괴다. 아, 천지간에
빛이 넘치는 이 오후의 시각, 누가 자기 살해를 하려는가?
우리는 "무덤의 평온과 동시에 태양의 빛을"[11] 가질 수 없다.
자살하려는 자여, 그러니 그 손을 당장 멈춰라!

수마트라오랑우탄과 먼 친척뻘인 한 남자가 산책을 마치고
돌아오고 있다. 교하 들판의 어두운 풀숲에서 풀벌레가
츠으츠으츠으츠으, 쓰쓰쓰쓰쓰쓰쓰, 치이치이치이치이 하고
울었다. 풀벌레의 야윈 소리는 불협화음을 이룬다. 풀숲에서
숨어 우는 풀벌레 소리는 어둠을 부르는 주문呪文이다. 공중에
달이 뜨고, 바람이 풀을 흔들며 지나갔다. 저 깊고 깊은
밤은 모든 태초를 품어 안은 자궁이다. 우리는 한 여인의 밤

속에 열 달간이나 머물다가 태어났다. 나는 밤에 반수半睡로 머문다. 잠은 작은 죽음이다. 이 세상 여행을 끝낸 뒤 우리는 밤의 커다란 아가리 속으로 들어간다. 밤 저 너머에 무엇이 있는지는 아무도 모른다.

지금 내 안에서 몸부림치는 자는 누구인가? 내 안에서 울고 웃었던 바로 그자다. 내 안에서 재치기를 하고 열병을 앓았던 바로 그자다. 그는 물고기를 잡고 가축에서 얻은 고기를 굽거나 날것으로 먹던 자다. 그는 먹은 것을 소화하는 자다. 소화란 제 안에 들어온 다른 개체의 정보를 최소단위까지 쪼개는 일이다. 그는 먹고 삼킨 뒤 소화하고 남은 찌꺼기를 바깥으로 배설해낸다. 땀, 오줌, 똥이 그것이다. 그는 육체라는 막사幕舍 안에서, 심장과 폐와 피 속에서 날뛰었다. 나는 가끔 그가 징그럽다. 그에게서 멀리 달아나고 싶었다.

인생의 시계에서 나의 시간은 어느덧 가을이다. 가을은 가장 바깥쪽에서부터 가을로써 깊어진다. 천지간에 음의 기운이 번지고 단풍은 들건만 세상에는 아직 도착하지 않은 것이 많다. 이 세상은 늘 실패하는 시작의 자리에 불과하다. 문득 내 안쪽에 와 있는 가을을 가만히 들여다보는데, 갈비뼈 안쪽에 낯선 누군가가 웅크리고 앉아 있다. 그 낯선 자가 나 자신을 연기演技하려는 내 자아를 불편해한다.

나는 예순 번의 가을을 보내면서 예순 개의 꽃송이를 피웠다. 꽃송이는 덧없이 시들고 땅으로 추락한다. 늘 새로운

가을이 돌아올 때마다 우수가 함께 쳐들어온다. 내가 맞은
가을은 늘 첫 가을이었다. 가을이 오자 불가능하던 것이
이제 불가능하지 않게 되었다. 내 몸에 먼저 가을이 와 있기
때문이다. 대체로 온순한 딸들의 조울증이 깊어질 때 가을은
처연하다. 파주 북쪽 밤하늘에서 별은 불멸의 신호를 짧게
보낸다. 파주 동쪽에서 지구는 다른 행성의 지옥이 되기에는
아직 분별이 없는 어린 별이다.

　무수한 죽음 위에서 탄생이 이루어진다. 거꾸로 탄생
위로 죽음이 쏟아진다. 우리는 유한성이라는 존재조건을
영원이라는 벽에 쿵쿵 박으면서 나날을 살아간다. 죽음의
불안을 안고 그 불안 속에 머물다가 불멸의 가능성을 찾아
떠나듯이. 나는 죽는다. 그러나 나는 결코 죽지 않는다. 이것이
자연이다. 이 흐름을 거스르지 마라.

　당신은 부디 살아 있으라.
　더 많이 살아 있으라.

가을의 기척

파주의 가을이 빠르게 깊어간다. 기온이 떨어지자 건조한
공기에서는 식초 냄새가 난다. 날은 그제보다 어제보다 더
빨리 저문다. 지금은 개척교회 사람들이 기도할 시각이다.
가을은 가을의 일로 전면화한다. 건너편 집 거실에서
들려오는 아이의 울음소리, 저녁놀 너머로 나는 새떼, 횃대에
오르는 수탉의 날갯짓, 붐비는 술집, 심원한 것에 대한 동경,
사교생활의 덧없음, 개의 고독, 들길에 떨어진 새의 주검,
사막전갈의 노여움, 별의 노랫소리, 이 모든 게 다 가을의
일이다. 들길에서 새의 주검을 발견하고 무릎을 굽혀 주의
깊게 살펴봤다. 작은 새의 주검에 옅은 가을 오후의 빛이
바글거렸다. 식어버린 오후의 빛이 기르는 것은 공허와

결핍감이다.

가을엔 도처에서 고요와 그늘이 번성한다. 무엇을 시도하고 실패하기에 시간이 충분하건만 가을의 연애는 돌연 끝난다. 산수유 열매같이 붉던 연애가 끝나니 엉거주춤하던 일도 끝난다. 사랑만큼 사람을 혼란에 빠뜨리는 일도 없다. 잘 모르는 사람은 앞으로도 잘 모르는 사람으로 남고, 아직 도착하지 않은 사람은 끝내 오지 않을 것임을, 나는 안다. 오전에 "인간은 슬퍼하고 기침하는 존재"라는 세사르 바예호의 시집을 읽다가 라디오에서 나오는 〈핀란디아〉에 귀를 기울이고, 오후에는 홍차를 마시며 가을의 먼 쪽을 바라보다 말았다. 별자리나 구름의 안부가 궁금했다. 내 신상에는 아무 일도 일어나지 않았다. 교통사고 열일곱 건, 경주 인근에 진도 2~3도의 지진, 주택이 전소한 화재사건 여섯 건뿐. 누가 언덕에서 휘파람을 불고 있었다. 가을의 기적인 듯 풀밭에는 노랗게 익은 모과 두어 개가 떨어졌다.

가을의 비극은 비극 없음이고, 가을의 역경은 역경 없음이다. 기차역에서 기차가 떠나고, 부두에서는 배가 출항한다. 오늘은 교하 일대가 가을 안개로 자욱하다. 오후 늦게 교하 들을 가로질러 산책을 나갔다. 나는 조바심을 내지 않고 걸었다. '산책하다'라는 뜻을 가진 그리스어는 '페리파테인peripatein'이다. 이 단어에서 '소요학파逍遙學派, peripatecien'라는 말이 나왔다. 소요학파에서 칸트나 니체에 이르기까지 철학자는 걷기를 좋아했다. 니체는 염소의 이동로를 따라 걷다가 『차라투스트라는 이렇게 말했다』의 영감을 얻었다. 니체는 "차라투스트라가 내 머리에 쿵 떨어졌다"고 했다. 어느덧 교하 들녘의 콩과 고구마와 들깨 수확이 다 끝났다. 텃밭의 해바라기는 잎이 말라 바스라지고 검은 씨앗이 박힌 꽃판이 무게를 이기지 못한 채 땅을 향해 기울었다. 제철을 만난 황국과 여뀌는 요염하고, 단풍 든 산색은 고운 빛깔을 드러냈다. 중력을 이기지 못한 버드나무 가지는 버드나무가 비통하게 토해내는 초록 울음 같다.

저문 하늘에 청록색 어둠이 가득 차고, 초저녁별이 어린 눈동자처럼 반짝거렸다. 가을의 조락은 오래된 관례여서 불가피하다. 저 산자락 아래 선 활엽수는 잎을 떨구고 벌거벗는다. 서리 몇 차례 내린 뒤 환삼덩굴이나 칡덩굴 따위 초록 식물은 기진氣盡한다. 곧 서리 내리고 북풍이 들이닥칠 테다. 산막山幕에 살며 양봉을 하고 검은 염소를 기르며 살던 남자가 보이지 않았다. 그는 짐승의 뼈로 만든 피리를 자주 불었는데, 어느 날부터인가 산비탈 쪽에서 들려오던 피리소리가 그쳤다. 가을이 끝나기 전 문상 갈 일이 두어 번은 더 있을 테다. 첫눈은 이방인처럼 멀리에서 온다.

가을날 오후 종일 좋은 시집을 읽고 싶다. 다행히 세사르 바예호의 시선집 『오늘처럼 인생이 싫었던 날은』(다산북스, 2017)을 손에 쥐었다. "오늘처럼 인생이 싫었던 날"에서 노골적으로 환멸의 감정을 강조한다. 환멸은 은총과 고통으로 직조한 다정한 옷이 아닌가! 우리가 건너온 세월은 같은 곡조를 되풀이하는 노래와 닮았다. 그래서 감정은 늘, 항상, 언제나 따위에 매여 있다. 산다는 것이 늘 좋을 수는 없다. 바예호는 죽음의 신이 지배하는 이승에서 간헐적으로 환멸을 맛보고, 그 나른한 쾌락을 헤쳐 나온다.

시는 세계의 평균적 사고를 깨는, 관습의 저편에서 울려 나오는 외침이다. "인간은 슬퍼하고 기침하는 존재./그러나 뜨거운 가슴에 들뜨는 존재./그저 하는 일이라곤 하루하루를 연명하는/음습한 포유동물, 빗질할 줄 아는/존재라고/ 공평하고 냉정하게 생각해 볼 때……" 같은 바예호의 시구를 읽을 때 그런 생각이 더 단단해진다. 바예호에 따르면 인류는 감정노동을 하는 음습한 포유동물에 지나지 않는다.

이 슬픔과 환멸을 명석한 표현으로 빚어냈던 시인은 1892년 페루의 광산촌 산티아고 데 추코에서 태어났다. 1915년 대학을 졸업하며 시를 발표하기 시작했다. 중남미의 인민혁명 게릴라전에 뛰어든 체 게바라가 즐겨 읽은 시인 중 하나다. 바예호는 놀랍게도 자신의 죽음을 예언했다. 「흰 돌 위의 검은 돌」이라는 시에서 "비가 억수로 쏟아지는 파리에서 죽겠다"라고 쓰고, 진짜로 1938년 4월 15일, 파리에서 46세의 나이로 죽었다. 그날은 금요일이고, 그의 예언대로 파리에는 비가 뿌렸다. 바예호의 시는 인생의 부조리에 대한 다정한 환멸, 그리고 탐미와 연민으로 빚어졌다.

최일남의 『국화 밑에서』(문학과지성사, 2017)는 속이 꽉 찬 게살을 발라내어 입에 넣는 듯 맛있는 소설집이다. 작가의 나이 여든여섯, 소설을 쓰고 산 세월만도 환갑을 채우고 남을 만한 시간이다. 작가가 빚은 향기로운 일곱 편 어느 구석에도 인생의 희로애락에 대한 어설픈 달관이나 객쩍은 관념은 일절 없다. 대개는 노년기의 작중인물이 겪는 일화를 엮는데, 표제작인 「국화 밑에서」는 하루 두 군데 문상을 다녀오는 이야기고, 「물수제비」는 아내를 먼저 떠나보낸 퇴직 교장이 주인공이다.

옛 직장 동료 가족의 부고 소식을 듣고 문상을 간다. 영안실과 문상 풍경이 묘사되고, 그 자리에서 장례 풍습과 장례 방식 따위가 화제에 올라 어딘가 모르게 쓸쓸하지만 음습하지는 않다. 죽음을 코앞에 둔 노인이 죽음을 두고 눙치며 익살을 떠는 까닭이다. 작중인물은 나이가 들었고, 작가는 그 인물의 나이 듦을 빙자해서 자주 과거의 기억을 불러낸다. 저 멀리 유년기에 겪은 일제 강점기의 말과 노래, 풍속부터 '인공人共' 치하에서 겪은 살기등등한 작태에 이르기까지. 아마도 "노인장일수록 회상의 거처를 자신의 유년에 매어두는 경향이 농후"(「아침바람 찬바람에」)하기 때문일 테다.

노년의 삶 안팎을 두루 톺아보는 작가의 시선은 매정하다 싶을 만큼 가차 없을뿐더러 사리 분별로 웅숭깊다.

노년에 들면 마음이 너그럽고 사리 분별에도 밝다고들 하던데 믿을 것이 못 된다. 도리어 갈팡질팡 줏대 없이 구는 수가 많다. 남을 신뢰하지 못하는 만큼 자신의 언행에 미리 핑계를 대고 알리바이성 변명을 준비하기 일쑤다. 누가 뒤를 밟을세라 조심하며 은근짜를 찾아가는 푼수로 소심해도 입으로는 경륜과 원만함을 구가하지 말란 법 없다(「밤에 줍는 이야기꽃」).

어디 그뿐인가. 영국 프리미어 리그에서 활약하는 한국 선수의 근황을 두루 훑고, 미국 메이저리그에서 강속구로 우뚝 솟은 박찬호 선수를 포함한 일본 선수의 활약까지 두루 꿰어낸다.

가와바타 야스나리, 시바 료타로, 요네하라 마리, 무라카미 하루키, 오다 마코토, 루쉰, 도스토옙스키, 임화, 이태준, 박태원, 정지용의 책에서 문학 바깥의 히틀러나 마오쩌둥과 아인슈타인을 품고, 젊은 작가 박민규의 소설에 이르기까지 폭넓게 섭렵해서 쌓은 독서력으로 물 흐르듯이 풀어내는 문장의 넉넉한 품격은 요즘 찾기 힘든 국가 문화재급이다. 칙살스럽다, 듬성드뭇하다, 호도깝스럽다, 깨복쟁이, 초벌잠, 아시잠, 헤실바실, 들이당짝 따위의 우리 옛말을 되살려내

적재적소에 꽂아 쓰는 솜씨가 또한 일품이다. 말해 무엇
하랴! 노년, 죽음, 장례, 문상의 말과 절차와 마음가짐, 염,
입관식, 시안屍顔, 시신 따위를 주르륵 늘어 놓고, 늙음을
처연하게 돌아보며 "죽은 친구를 장송할 때마다 내 차례가
머지않구나 다짐"(「밤에 줍는 이야기꽃」)하는 것이다. 그렇건만
삶을 에두르고 감싸는 맵찬 손맛에 소설은 암담하거나
칙칙함에 빠지지 않는다. 오히려 어느 젊은 작가의 소설보다
더 생동하고 맛깔스럽다. 인상 깊은 한 구절. "말은 단색이고
노래는 채색인가 한다. 노래는 머리보다 가슴에 잘 스며들기
때문에도 추억의 반려로 그만이다."(「말이나 타령이나」)

헤르만 헤세의 『어쩌면 괜찮은 나이』(프시케의숲, 2017)는
'늙음'에 대한 사유를 보여주는 글을 따로 모은 책이다. 나이를
먹는다고 저절로 지혜로워지는 것은 아니다. 헤세는 늙음의
부정적인 측면과 긍정적인 측면을 두루 아우르고, 지혜와
나이는 무관하다고 딱 잘라 말한다. "고어古語, 오래된 집과
도시, 늙은 나무, 유서 깊은 모임, 옛 풍습에 대해 말할 때
'늙음'이라는 의미는 사뭇 다르다." 늙음은 신체의 둔감함과
몸의 이완 속에서 겪는 낯설고 당혹스러운 경험이다. 젊음의
활력과 쾌락에서 멀어진 뒤 사람은 늘어진 피부, 동맥경화,
관절의 뻑뻑함, 기억의 유실과 망각, 잦은 질병의 시기를
견뎌야 한다. 노년이 주는 환멸과 낙담에서 어떻게 벗어날

수 있을까. 이 얇은 책은 그 지혜를 담고 있다. 헤르만 헤세는 노년과 다가오는 죽음에 대해 그윽하게 성찰한 뒤 그 의미를 차분하게 짚어낸다. 마침내 죽음의 고통마저도 탄생과 같이 삶의 한 과정으로 받아들여 긍정한다.

처음 겪는 노년은 저주이자 축복이다. 자주 끊기는 기억, 쇠잔한 육체의 둔중함, 늘어진 살들, 고통과 힘겨움에 허덕이는 노년의 모습은 아직 늙어보지 못한 혈기 방장한 젊은이의 비웃음을 산다. 그러나 노년에는 긍정의 일면도 있다. "지금, 노년의 정원에는 전에 우리가 미처 가꾸지 못한 많은 꽃송이들이 피어나고 있다. 고귀한 인내의 꽃이 만발하면 우리는 더 여유롭고 관대해질 것이다." 노년과 죽음에 대한 헤세의 시와 에세이를 읽는 것은 대작가의 빼어난 문장의 아름다움과 더불어 풍부한 인생 경험에서 길어낸 원숙함과 달관의 지혜를 만날 수 있는 기회이리라.

가을이 끝나자 해가 부쩍 짧아졌다. 밤은 빨리 와서 오래 머문다. 동지 무렵 날씨는 차고 스산하다. 천지간에 음의 기운이 가득 차고, 뜰에 서 있는 후박나무와 모과나무 잎은 다 진다. 빈 논 물 괸 자리마다 살얼음이 끼고, 찬 기운이 도는 건조한 밤하늘의 별자리는 더 찬연하다. 천억 개도 넘는 젊은 은하와 늙은 은하가 이룬 우주의 웅장함은 감히 상상조차 불가능하다. 작고 창백한 푸른 점으로 반짝이는 지구별에서 사는 동안 나는 기쁘고 슬펐으며 행복하고 불행했다.

12월 중순, 나는 충북 증평의 21세기문학관에 입주작가로 들어와 있다. 텔레비전이나 신문을 들여다볼 일이 없으니, 이곳은 속세와 담을 쌓은 채 격리된 수도원 같다. 문학관 숙소를 나서면 소나무, 단풍나무, 왕벚나무, 구상나무, 명자나무, 회향나무, 향나무, 측백나무, 살구나무, 박태기나무, 이팝나무, 모과나무, 애기사과나무, 산수유, 목수국, 남경도목, 황금소나무 따위의 다양한 수종樹種이 늘어선 넓은 정원이 나온다. 정원 끝자락에 엷은 얼음으로 덮인 연못이 있고, 정원 너머로 공장 건물 몇 동이 우뚝 서 있다. 문학관 숙소와 공장 건물 사이에 넓은 정원이 완충지대처럼 자리하고 있는 것이다.

나는 글쓰기에 집중하는 오롯함 속에서 쪼개지지 않은 온전한 시간의 충만함을 맛본다. 이 시간은 어디에서 와서 어디로 사라지는 것인가? 시간은 늘 현재에 머문다. 지금 이 순간이 사라진 다음에도 그것은 우리 기억의 잔상으로 남는다. 뤼디거 자프란스키는 "기억을 수단으로 일정 시간 길이를 붙잡아두는 영혼의 능력이 곧 우리의 내적 시간이며, 이 내적 시간으로 우리는 외적 시간을 지각한다"[12]고 했다. 우리는 외적 시간을 감지하면서 내적 시간을 사는 존재라는 뜻이다. 지금 21세기문학관에는 열한 명의 작가가 입주해 있는데, 작가들은 제 방에 틀어박혀 나오지 않는다. 경전을 필사하는 수도사같이 고적한 시간 속에서 자기 일에 매달리다가, 끼니때가 되면 넓은 정원을 가로질러 구내식당으로 모인다. 식당에는 공장 노동자들을 위한 텔레비전이 늘 켜 있다. 나는 소음을 흩뿌리며 바깥세상

소식을 전하는 텔레비전에 잠깐 눈길을 내주었다가 이내 외면한다. 바깥세상 소식에 마음이 산란해질까 경계하기 때문이다.

지난가을과 겨울에 걸쳐 여러 책을 구해 꾸역꾸역 읽었다. 정치권에서 벌어진 비리와 농단, 거기서 비롯한 현실의 커다란 소란은 개별자의 내면을 뒤흔든다. 이 소동의 당사자에게 본 것은 다름 아닌 교양 없음의 뻔뻔하고 추악한 민낯이다. 그들에게는 자기 성찰이나 객관화의 능력이 전무해 보였다. 한마디로 교양이 바닥을 드러냈다고 할 수밖에 없다. 이들이 가진 것은 끝도 없는 탐욕과 도에 넘는 패악뿐이다. 이들의 교양 없음과 파렴치함에 놀라고 환멸을 겪으며 내 생의 에너지와 쾌활함은 바닥이 나버렸다. 어쩌면 그 환멸을 딛고 고갈된 정신적 쾌활함을 되찾으려고 책에 더 매달렸는지도 모른다.

문광훈의 『가장의 근심』(에피파니, 2016)이라는 미학 에세이는 580쪽이 넘을 만큼 두껍다. 두꺼운 책을 읽으려면 세상과 어느 정도 절연의 시간이 필요하다. 문광훈은 소포클레스, 제인 오스틴, 프란츠 카프카, 윤동주문학상 수상자인 벨라루스의 작가 스베틀라나 알렉시예비치, 퇴계 이황, 프리드리히 실러, 이마누엘 칸트, 김우창과 같이 고전과 현대 저자를 넘나들며 읽고 바흐나 차이콥스키와 같은 고전음악에 심취하면서 사색한 것을 매우 세밀하게 적고 있다. 사유는 들뜸이나 흐트러짐 한 점 없이 늘 가지런하다. 깊이 읽고 세상의 이치 속에서 움직이는 개별자의 삶에 대해 사유를 펼치는데, 그의 에세이에서 가장 많이 나타나는 것은 책을 읽고 그 소회를 적은 것이다.

책을 읽는 것은 무슨 의미가 있는가? 책을 읽는 데는 "그 책을 읽게 만드는 그 무엇 —찬탄할 만한 것에 대한 숨은 갈망이 있다. 우리는 읽으면서 어떤 다른 삶을 엿보고, 어떤 현자에 귀 기울이며, 또 다른 생활을 추체험한다. 그러면서 삶의 바탕과 세계의 모태 그리고 그 고향을 떠올린다. 좋은 책과의 만남에는 마음의 이런 깊은 움직임 —을 갈구하는 마음이 자리하는 것이다." 이 에세이가 수려한 것은 과장 없이 꾸리는 자기 삶의 안팎을 두루 정직하게 응시하고 깊은 성찰 끝에 얻어낸 맑은 담담함을 투명하게 드러내는 데 있다. 그것은 때때로 슬픔, 부끄러움, 덧없음, 안타까움 같은 감정으로 굴절된다. 거기에는 처남의 죽음에 대한 담담한 회고가 있고, 이런저런 삶의 국면에서 쌓인 해묵은 피로와 회한이 녹아들고, 예술을 통해 일어나는 마음의 파장과 충만함이 불가피하게 스민다. 그가 강조하는 것은 "내가 내 삶을 살아가고, 내 스스로 그 삶을 만들어가야 한다"는 실존의 엄중한 요청이다. 삶을 자기 책임 아래 두고 꾸릴 때 거기에 비로소 윤리적 올바름이 단단하게 자리할 것이기 때문이다.

"내가 내 삶을 산다는 것은 스스로 묻고 판단하고 결정하면서 자기를 좀 더 높은 진선미의 수준에서 변형시킨다는 뜻이다. 비록 서투르고 때로는 위태롭지만, 매일매일 자기 삶을 하나하나 만들어 가는 일만큼 놀랍고 기쁜 일이 어디 있는가?" 자기 마음의 결을 세세하게 살피면서 적어가는 문광훈의 에세이를 읽는 것은 분명 자기 성찰로 이끄는 의미 있는 독서 경험이다.

프랑수아 줄리앙의 『풍경에 대하여』(김설아 옮김, 아모르문디, 2016)는 '풍경이란 무엇인가'라는 물음에 대한 형이상학적인 화답이다. 풍경은 항상 먼 곳이다. 풍경은 손을 뻗어도 닿을 수 없는 곳에 있는데, 중국의 산수화에는 늘 멀리 있는 산과 물이 등장한다. 이 산과 물은 우리에게서 멀리 벗어나 있고, 멀리 있음으로 해서 우리 자아를 비추고 감정을 보여주는 거울의 소임을 떠맡는다. 사람은 저마다 풍경 속에서 태어나 그 속에서 살다가 사라진다. 이때 풍경은 장소의 펼쳐짐이고, 그 안에 있는 산과 물의 어우러짐이며, 그 안에서 움직이는 빛과 바람의 유희를 포함하는 그 무엇이다. 풍경은 장소의 물질적 외관을 가리키지만 그 안에는 정신적인 것이 깃들어 있다. 풍경은 이곳에 있으면서 저 너머까지 연결된다. 풍경은 눈앞에 펼쳐진 물질성으로 생생하지만 그 펼쳐진 세계 저 너머의 보이지 않는 부분을 품고 있다. 풍경의

참다운 전모는 보이는 것과 보이지 않는 두 세계를 통합해
봄으로써 비로소 드러나는 것이다. 풍경은 조망할 수 있는
먼 것의 외부성으로써 지금-여기의 삶을 비추고 그것을
내면화하도록 이끈다. 그게 풍경의 힘이다.

우리가 풍경에 찬탄하는 것은 "풍경 너머의 풍경"
때문이다. 현재에 이미 미래가 내재되어 있듯 지금의 현실
풍경에는 꿈속 이상향이 깃들어 있다. 중국 산수화의 중심은
산과 물이다. 하나는 위로 솟구치고 다른 하나는 아래를 향해
흐른다. 이 둘은 "종적인 것과 횡적인 것, 높음과 낮음"으로
대립하면서 동시에 조화를 이룬다. 중국 산수화의 풍경은
실경 저 너머의 이상향에 대한 감성을 자극하는 바가
있다. 이상향은 항상 현실에서 먼 곳이다. 풍경에서 만나는
아우라는 먼 것의 가까움으로 겪는 그 무엇이다. 풍경이
윤리적 감각에 직접 매개되는 법은 없지만 그것이 지금
여기에서 멀리 벗어남으로써 근경에 속한 삶의 반성적 매개가
되어 우리를 올바름으로 이끈다.

뤼디거 자프란스키의 『지루하고도 유쾌한 시간의
철학』(김희상 옮김, 은행나무, 2016)은 우리가 겪는 시간 현상에
대해 말한다. 우리는 시간의 통제 아래 삶을 꾸린다. 사회화한
시간은 우리를 붙잡고 가속화하며 압박한다. 반면 우주
시간은 순환을 통해 "일직선으로 흐르는 무한함, 곧 모든

사건이 일회적이며 절대 되풀이하지 않고 전혀 없었던 것처럼 사라지는 시간의 무한함"에 대한 섬뜩함을 누그러뜨린다. 누구도 시간의 지배를 벗어나 살 수는 없다. 한데 우리 존재 바깥에 흐르는 시간은 마음대로 포착할 수 없다. 실은 이것은 우리 내면에서 움직이는 시간이기 때문이다. 이 시간은 "지향적 긴장"으로 하이데거가 현존재의 "펼쳐진 자기 펼침"이라고 명명한 바로 그것이다. 우리는 균질한 시간을 사는 게 아니다. 우리가 겪는 시간에는 지루함의 시간, 출발의 시간, 몰입의 시간, 기다림의 시간, 근심의 시간, 사회화한 시간, 경제화한 시간, 종말의 시간, 유희의 시간이 다 들어 있다.

우리가 지루함에 사로잡힐 때 "자아는 경직되고, 탈脫인격화"한다. 우리는 미칠 듯한 지루함에서 허우적이면서 "세계로부터 일탈할 뿐만 아니라, 자신의 자아로부터도 멀어"지는데, 이때 남는 것은 삭막한 견딤의 시간이다. 시간은 지루할수록 꼼짝도 않거나 더디게 흘러간다. 이 지루함은 공허감과 더불어 겪는 "포괄적 마비"다. 반면 새 출발의 시간은 희망과 설렘을 동반한다. 이 역동하는 시간은 주체와 시간이 하나로 합쳐져 "횃불처럼 환한 순간"의 경험을 안겨준다. 새 출발의 시간은 "사회의 속박을 떨치고 새로운 삶의 영역을 열어"나갈 기대로 가득 차는 까닭이다. 근심의 시간은 "시간의 불확실성, 예측 불가능성"에서 비롯된다.

하이데거는 우리가 "항상 미리 앞당겨 근심한다"라고 말한다. 근심은 실현되지 않은 것, 언제가 될지도 모르는 시간에 일어날 것을 두고 걱정하는 태도를 포괄한다. "근심은 아직 없는 것을 바라보는 태도다. 아직 일어나지 않은 일이거나 일어난 일일지라도 그 소식이 아직 나에게 전해지지 않은 것을 두고 근심은 속을 썩인다." 근심은 항상 과거가 아니라 미래를 겨눈다. 지금 이 찰나에도 시간은 흐른다. 우리가 시간이라는 유한 재화에 대해 사유하는 동안 인생 시간과 더불어 우주 시간이 흘러가는 것이다.

눈 쌓인 새벽에 시집을 읽다

2017년 12월 21일 새벽이다. 어제 파주에는 오후 내내 폭설이 내렸다. 저녁 무렵까지 내린 눈이 발목을 덮을 만큼 쌓였다. 파주 일대의 도로와 건물 지붕, 가로수가 속수무책으로 눈을 뒤집어썼다. 파주는 눈 많은 일본 북해도같이 변했다. 잎 진 나뭇가지에는 눈꽃이 피고, 눈 덮인 지붕은 고요하다. 이 동절기 밤의 진경珍景은 눈이 반사하는 빛 때문에 아주 어둡지는 않다. 눈 쌓인 밤은 어느 곳이든지 하얗고 고적하다. 늙은 스트립댄서와 당신이 청혼한 여자와 그 여자가 기르는 개와 고양이도 다 잠들었다. 어쩌다가 나는 찬 새벽 이마에 찬물을 맞은 듯 말똥한 정신으로 깨어나 식탁에 놓인 소금이나 후추 통처럼 우두커니 앉아 있다. 방긋 웃고,

반짝이고, 노래하는 것은 멀리 있건만, 이 새벽 갈데없는 내
마음은 추위로 움츠린 채 요양병원의 찬 복도에서 서성거리는
듯하다. 당신은 급류였나? 당신이 서둘러 떠나고 혼자 남기
전 나는 혼자라는 사실을 깨닫지 못했다. 오, 자지러지게
우는 아가야, 울지 마라. 여름은 그럭저럭 살 만했고, 지금은
네 아버지와 어머니가 곁에 있으니 말이다. 이 새벽의
고적함 속에서 누군가는 어깨뼈를 탈골시켜도 좋을 만큼
속수무책으로 외롭다.

비강으로 밀려드는 공기는 식초 몇 방울 떨어뜨려놓은 듯
따갑고, 뭇별은 어디론가 다 쓸려가 세상은 얼어붙은 대지
위에 선 정신병동 같은데, 나는 어쩌자고 갑각류같이 깨어나
최근 도착한 시집이나 뒤적이고 있다. 시인은 어디에 살든지
전력을 다해 쓰고 있는 중이다. "갑자기 등골이 서늘해질
때의 감각에 의존하라"는 블라디미르 나보코프의 말을
알든지 모르든지 간에 그들은 그 말의 신봉자임에 틀림없다.
좋은 시를 읽을 때면 등골이 서늘해진다. 장석남의 『꽃 밟을
일을 근심하다』(창비, 2017), 김연아의 『달의 기식자』(문예중앙,
2017), 안정옥의 『그러나 돌아서면 그만이다』(문학동네, 2017),
정원도의 『마부』(실천문학사, 2017), 이해존의 『당신에게 건넨
말이 소문이 되어 돌아왔다』(실천문학사, 2017). 이 다섯 시인은
저마다 다른 말법으로 다른 세상을 펼쳐 보여준다. 한 시인은
"바람을 데리고 개울가 돌밭을 걷다가 참한 돌멩이 하나를

주워다 머리맡을 맡겼더니 밤새 개울 소리를 내며 울더라고/
늙은 색골色骨처럼 울더라고"(장석남,「우는 돌」)라고 전하고,
다른 시인은 "나는 밤의 세탁소, 달의 리듬으로 지구를
돌리지"(김연아,「그것은 내 이름처럼 지나갔다」)라고 말하고, 다른
시인은 "풋 능금이 달빛에 익어가던 밤/사과나무 실한 가지에
올가미"를 걸어 개를 잡으려는 한 사내의 잔인한 식욕을
일러바치고(정원도,「잔인함에 대하여」), 또 다른 시인은 "젊은
날은 질긴 나무껍질 같아 어깃장 놓듯/내가 바라는 대로 된
적이 거의 없었다"(안정옥,「생로병사」)라고 탄식을 한다. 어떤
시집은 말과 이미지의 아름다운 조탁으로 넋을 빼앗고, 어떤
시집은 비루먹은 개와 바보를 향해 내리꽂히는 벼락 같고,
어떤 시집은 봄날에 피어난 작약 꽃같이 선명한 자각몽의
찰나를 보여준다.

　시인이란 그리 대단한 존재가 아니다. 그저 경험을
들이마시고 시를 내쉬는 자다. 월트 휘트먼은 『풀잎』에서
이렇게 노래한다.

　　충분히 오랫동안 당신은 경멸받을 만한 꿈을 꾸어 왔다.
　　이제 내가 당신의 눈에서 눈곱을 씻어 주니,
　　당신은 눈부신 빛과 당신 삶의 모든 순간으로 당신 자신의
　　옷을 입어야 한다.

시인은 경멸받을 만한 꿈을 꾸며 사는 이의 눈에서 눈곱이나 떼어주는 사람이다. 그가 눈곱을 뗀 뒤 제 앞의 눈부신 빛을 보게 하고, 제 삶의 모든 순간으로 제 삶에 맞는 옷을 지어 입게 도움을 준다. 이토록 하찮은 업에 종사하는 시인은 언어의 마술사도, 노래하는 방랑자도 아니다. 시는 패배자의 숨결이고, 꿈을 상실한 자의 노래이며, 세상에 분노한 자의 행동이다. 어쩌면 시인은 "우울한 야생의 뇌/자신의 깃 속에 눈을 묻은 검은 백조"(김연아, 「시인을 찾는 등장인물들」)거나, "더듬이 끝에 의심의 눈을 달고 달팽이처럼 느리게 몸 밖을 살"피는 사람(이혜존, 「탐문」), 그도 아니면 "나는 긴 비문碑文을 쓰려 해, 읽으면/갈잎 소리 나는 말로 쓰려 해/사나운 눈보라가 읽느라 지쳐 비스듬하도록"(장석남, 「불멸」)이라고 말하듯 비문 쓰는 자일 테다. 죽은 것의 행장行狀을 새겨 남긴 비문을 눈보라도, 사철 바람도, 꽃도 읽고 간다. 시인은 죽은 사람뿐만 아니라 사물과 기후, 나고 죽는 모든 생물, 눈사람의 스러짐도 비문으로 새긴다. 시인은 그저 세상이 나쁜 꿈인 것을, 그리고 나쁜 꿈속을 걸어가는 "당신이라는 시"를 문득 읽게 해준다. 그렇지 않다면야 빵도 굽지 않고, 외과수술도 할 줄 모르고, 더덕도 심을 줄 모르는 채 늘 빈둥거리며 몽상에 젖어 사는 시인을 누가 거들떠나 보겠는가?

12월에는 헛되이 한 해를 보낸 것에 대한 후회와 탄식 속에
잠겨 있을 수도 있다. 하지만 후회와 탄식을 하는 사이에도
세월이 멈추는 법은 없다. 들뜬 연말 분위기에 편승해
흥청망청 시간을 흘려보내는 것은 멍청한 짓이다. 새해에는
어떻게 되겠지 하는 막연한 기대에 취해 있으면 안 된다.
부디 우연과 운명에 미래의 성공을 맡기지 마시라. 왜냐하면
우연과 운명은 대개 실패의 편이기 때문이다.

그리스 신화 속 이카루스의 이야기는 새겨둘 만하다.
아테네의 장인匠人 다이달로스는 감옥을 탈출할 때 아들
이카루스에게 새 깃털을 밀랍으로 붙여 만든 날개를 주면서
태양 가까이 가지 말라고 경고한다. 이카루스는 그 경고를

잊고 태양 가까이 날아갔다가 밀랍이 녹으며 날개를 잃고
바다에 추락했다. 우리는 저마다 이카루스의 날개를 달고
안전지대safety zone를 찾아 날아간다. '경영 구루'로 널리 알려진
세스 고딘은 안전지대가 "당신의 비즈니스가 우호적인
환경에서 순조롭게 굴러가는 영역"이라고 말한다.[13] 위험을
피하고 안전지대를 찾는 게 사람의 본성이지만 그것은
사회환경의 변화에 따라 수시로 이동한다. 제자리에 정체되어
있는 순간 당신은 안전지대에서 밀려난다. 새의 깃털로 만든
날개가 떨어져서 바다에 추락한 이카루스는 혁신과 새로운
패러다임에 적응하는 데 실패한 자의 표상이다.

세스 고딘은 우리에게 '새로운 안전지대를 찾아라!'
하고 말한다. 새로운 안전지대에서는 "아트와 혁신, 파괴와
재탄생이 일어나고 있다. 그리고 계속해서 더욱 깊은
인간적인 관계"[14]가 만들어지고 있다. 기존 질서에 순응하고
그것에 안주하지 말고 아티스트의 삶을 살아라! "아티스트란
기존 질서에 도전하는 용기와 통찰력, 창조성과 결단력을
갖춘 사람"[15]이다. '아트'란 늘 새로운 것을 찾아 떠나는
모험의 연속이다. 예술의 세계에서 똑같은 것의 반복은
죽음이나 마찬가지다. 아티스트는 기존의 방식을 답습하는
대신에 그것을 허물고, 무너뜨리고, 바꾼다. 당연히 실패라는
위험이 도사리고 있지만 아티스트는 실패를 두려워하지
않는다. 오히려 무수한 실패를 통해 창조적 도약을 할 수

있다는 확신을 갖고 나아간다.

대개 보람과 의미가 큰 일은 힘들고 모험이 따른다. 그렇더라도 실패를 두려워하지 않는 용기 있는 사람으로 거듭나시라. 진정 용기 있는 자는 갈망하고, 시도하고, 실패해도 주저앉지 않는다. 실패할 수는 있지만 똑같은 실패를 반복하지 말자. 실패를 되풀이하면 자존감이 낮아지고 자포자기할 수도 있다. 실패에 맥을 놓고 주저앉을 때 사회적 성장판이 닫히고 성장의 동력을 잃는다. 마치 날개를 잃은 이카루스같이 영구적 추락에 이르는 것이다. 심리학자 브레네 브라운은 "용기란 비판에 익숙해지는 게 아니라 자신의 이야기를 하는 것이다"라고 말한다. 더 자주 시도하고 행동하라! 자신만의 스토리를 만들라! 그게 용기 있는 자의 일이다.

새해에는 새로운 도약을 준비하라. 새로운 틀을 구축하고, 사람과 아이디어를 연결하고, 정해진 틀에서 벗어나 새로운 시도를 해야만 한다. 두려움과 반사작용으로 차 있는 파충류의 뇌와 결별하라. 이 파충류의 뇌는 원시 인류가 생존할 수 있도록 도왔지만 이제 생존에 거의 도움이 되지 않는다. 옛날의 익숙한 관습과 규칙에 사로잡혀 안전지대에 주저앉히는 파충류의 뇌에서 과감하게 벗어나라. 아티스트의 뇌를 열망하라. 아방가르드 시인처럼 전복적이고 혁명적인 상상을 하고, 불가능성의 가능성을 꿈꾸며 행동하라. 산다는 것 자체가 예술 행위다! 작가 레이 브래드버리는 "생각하지 말라! 생각은 창조의 적이다"라고 말한다. 생각은 항상 늦다. 더구나 자기의식적 생각에 사로잡힌 사람에게서 예술가의 창의성을 기대하기는 어렵다. 멈춰서 생각하지 말고 움직이면서 생각하라. 예술가처럼 상상하고 직관으로 혁신의 방식을 찾아내라. 새해에는 어쩌면 당신에게 일생일대의 기회가 기다리고 있을지도 모른다. 새해를 새롭고 맑은 정신으로 맞으시라.

한 해의 끄트머리에서 지난 시간을 톺아보는 것은 당연한
일일 테다. 올 한 해 당신은 어땠는가? 나는 새벽에 깨어나
책을 읽고, 날마다 사과 한 알을 먹고, 갈봄여름 없이 쉬지
않고 걸었다. 대상포진을 앓거나 끔찍한 더위와 싸우고, 긴
여행을 다녀왔으며, 가을의 빛 속에서 우수를 느꼈다. 나이를
한 살 더 얹고 피부의 주름도 더 늘었으리라. 그사이 대통령이
탄핵되고 새 정부가 들어서면서 세상이 나아지리라는
기대를 품었다. 교수 1,000명이 올해의 사자성어로
'파사현정破邪顯正'을 선정했다고 한다. 삿된 것을 깨고 바름을
펼친다는 이 사자성어를 대하는 순간 문득 가슴이 뭉클해지는
바가 있어 몇 자 거침없이 휘갈겼다.

한반도에 연일 맹추위가 몰아칠 때 실내에 웅크려 책을 읽었다. 나는 '책바보'이고 책에 걸신들린 자다. 책을 읽는 일은 익숙한 일상이지만 제정신을 잃을 정도로 밤을 새워 미친 듯이 읽지는 않는다. 나는 책을 공들여 골라 천천히, 쉬엄쉬엄 읽는데, 요즘 읽은 책 중 기억에 남는 것은 찰스 부코스키의 『사랑에 대하여』(박현주 옮김, 시공사, 2016), 알베르토 망구엘의 『은유가 된 독자』(양병찬 옮김, 행성B, 2017), 안정효의 『세월의 설거지』(세경북스, 2017) 등이다. 이 책을 읽은 소회에 대해 몇 마디 쓰지 않을 수 없다.

『사랑에 대하여』는 사랑에 관한 시편을 모아 엮은 책이다. 찰스 부코스키는 1920년 8월 16일, 독일에서 태어나 세 살 때 미국으로 이주했다. 대공황과 제2차 세계대전을 겪으며 최하층민으로 온갖 비천한 직업을 전전했다. 잡역부, 철도노동자, 트럭운전사, 경마꾼, 주유소 직원, 우편집배원 같은 직종을 거치며 암담하고 우중충한 삶을 이어갔다. 날마다 술을 마시고 알코올중독자로 지내다가 내출혈을 일으켜 입과 항문으로 피를 분수처럼 쏟아내고 병원에 실려 갔다. 군 종합병원 자선병동에 입원해 치료를 받고 퇴원한 뒤에도 여전히 술을 마셨다. 거칠고 비루한 삶의 외양만 보자면 그는 건달, 알코올중독자에 지나지 않을지도 모른다.
대학을 중퇴하고 스물다섯 살 때 첫 단편을 발표했지만

반응이 신통치 않았다. 그 뒤 10년 동안 글쓰기도 작파해버리고 술주정뱅이로 전락하고 말았다. 알코올중독 치료를 받은 뒤 어느 날 타자기를 구해 다시 글을 쓰기 시작했다. 쉰 살이 되자 "우체국 의자에 앉아 죽고 싶지 않아!"라며 사표를 던지고 나와서 14년 동안 우체국에서 일한 경험을 바탕으로 『우체국』이라는 장편을 써냈다. 1994년 3월 3일, 백혈병으로 로스앤젤레스에서 죽을 때까지 시집 서른 권, 장편소설 여섯 권, 산문집 열 권을 펴냈다.

『사랑에 대하여』를 처음 대하는 독자라면 여자친구, 애인, 아내, 창녀, 전직 매춘부, 살짝 미친 여자와 나눈 사랑과 섹스에 대해 아무런 수사적 분식 없이 거칠게 작렬하는 언어에 놀랄 수도 있겠다. 그는 사춘기 때 도서관에서 여러 작가의 책을 빌려다 읽었다. 밤늦게 등을 켜고 책 읽는 그를 향해 아버지는 "불 꺼!"라고 소리치곤 했다. 그는 전쟁, 인플레이션, 실업, 알코올중독, 도박, 악화된 신경증을 겪었지만 그럭저럭 "꽤 잘 살아온 것" 같다고 고백한다. 그가 몸담은 현실은 "메마른 정신병원"이다. 그 안에서 "어쩌면 사랑은 섹스야, 어쩌면 사랑은 곤죽/그릇이지. 어쩌면 사랑은 꺼져버린 라디오", "사랑은 배신/사랑은 뒷골목 술주정뱅이의/타오름", "사랑은 바닷가재처럼/우리가 삶아지는 방식", "사랑은 입에 물었으나/잘못 불붙인/담배"라고 노래한다. 이것은 점잖은 표현에 속하고 이보다 훨씬 더 노골적인 표현이 춤춘다.

『은유가 된 독자』에는 '여행자, 은둔자, 책벌레'라는 부제가
붙어 있다. 알베르토 망구엘에게는 작가이자 '세계 최고의
독서가'라는 별칭이 따라다닌다. 이 책은 구약성서에서
중세 교부철학, 단테와 셰익스피어와 세르반테스, 그리고
플로베르와 톨스토이에 이르기까지 종횡으로 다루며 독자와
독서 행위에 대한 사회적 인식의 변화와 그 의미를 파헤친다.
　세상을 책으로 은유하는 것은 오래된 관습 중 하나다.
이때 신은 세상이라는 책의 저자다. 그리고 세상이 한 권의
책이라면 세상을 읽는 행위는 독서 행위일 테다. 인류가
세상을 읽어내는 방법으로 고안한 것은 "소설, 수학,
지도 제작, 생물학, 시, 신학" 따위고, 이것은 책의 형태로
만들어졌다. 인류가 책을 만든 것은 책이 상상과 희망의
매개체인 까닭이다. 인류가 살아남고 문명을 번성으로
이끌기 위해 책에 의지한 바가 크다. 과연 책은 "천의 얼굴"을
갖고 있고, "기억의 저장소, 시공간적 한계를 극복하는 수단,
계승과 창조의 장場, 자신 및 타인의 경험의 보관소, 깨달음과
행복과 (때로는) 위로의 원천, 과거·현재·미래 사건의
연대기, 거울, 동료, 교사, [사자死者의 혼령을 부르는] 심령술사,
엔터테이너"일 테다.
　많은 이가 '책을 읽은들 무슨 소용이 있나!'라고 탄식한다.

책을 읽는다고 삶이 갑자기 좋아지지는 않는 까닭이다. 우리가 책을 읽을 때 '독자'라는 지위를 얻는다. 독자란 세상의 번잡과 소음에서 떠나 이 장소에서 저 장소로 이동하는 여행자다. 그 여행은 장소의 이동이 아니다. 독자로서 치르는 여행은 '끊임없는 현재'라는 지평에서 시간 이동을 하는 것이다. 독자는 늘 현실에 부재한다. 그는 짧고 덧없는 삶에서 벗어나 지금 여기가 아닌 저곳의 시공을 떠돈다. 그렇게 문장과 행간이 불러일으키는 몰입과 몽상의 시간을 떠도는 동안 독자는 직접 경험해보지 않은 삶을 살며 '준불멸적 존재'로 거듭 태어난다. 독서는 세계라는 책의 여행, 거듭 태어나기다. 책을 읽을 때 우리는 책이라는 피난처 안에서 '준불멸적 존재'로 살며, 자신만의 삶을 설계하는 작고 소박한 기쁨을 누리는 것이다.

『세월의 설거지』는 번역가 겸 소설가로 알려진 안정효가 삼인칭으로 쓴 자서전이다. 아침에 읽기를 시작해서 어둑어둑해질 무렵까지 완독을 하고 일어섰다. 한 인간이 겪는 "가난하고 슬픈 나날과 힘든 도전의 시련이 막을 내려 깨달음의 소를 풀어주고" 노년기의 평화와 안식에 이르는 이야기가 흥미로웠으며 몰입감도 대단했다.

삼인칭 화자의 회고에 담긴 전후戰後의 궁핍 속에서 보낸 유년기에서 청소년기까지는 행복과 불행이 교차하는 시기다.

행복은 할리우드 키드로 사는 동안의 공상과 환상, 한 만화가 지망생과의 우정에서 비롯된 비상한 활력과 모험이 빚은 것이고, 불행은 지독한 가난과 가정 폭력의 원흉인 '나쁜 아버지' 탓에 시작된 파탄과 비극의 가족사에서 찾을 수 있을 테다.

그는 1960년대에 서강대 영문과에 입학한 뒤 영문 소설을 써서 미국 출판사에 보내는 무모한 도전을 거듭한다. 고등학교 시절 1,000쪽이 넘는 만화를 창작하던 필력과 상상력이 소설 건축학의 기초 재능으로 녹아든 것이다. 영문 소설의 미국 출판 도전기는 번번이 실패하지만 그 덕분에 탄탄한 영어 실력을 얻는다. 대학 졸업 뒤 영자 신문인 코리아헤럴드 기자를 거쳐 베트남전에 통역 겸 보도기자로 참전한다. 이 경험을 풀어 쓴 작품을 미국의 여동생 집에 머물며 영문으로 번역해 미국 현지 출판사를 통해 출간하는 일화는 흥미롭다. 「에필로그를 위한 전쟁」이라는 원고가 미국 에이전시의 눈에 띄어 『하얀 휘장 *White Badge*』이라는 제목으로 바뀌어 뉴욕의 한 출판사에서 출판되고 그 책이 유력 매체의 주목을 받기까지의 과정은 한 편의 드라마 같다. 『뉴욕타임스』와 『로스앤젤레스타임스』 등의 선정도서가 되어 비평가의 긴 서평이 실리고, 보도채널 〈CNN〉에 출연해 인터뷰를 하는 등 한국 작가로서는 드물게 큰 성공을 거두지만 국내 반응은 냉담했다. 국내 매체 어디에도 『하얀 휘장』의 미국 출간 소식이나 미국 매체의 반응은 단 한 줄도 알려지지 않은 것이다. 그 이해할 수 없는 사태에 작가는 어리둥절해하며 쓰디쓴 실망을 맛보는데, 그것은 그가 한국 사회와 국내 문단의 체제와 질서에 섞여들지 못한 채 그 주변에서 비전통 열외자로 서성거리는 '몽유하는 추방자'였던 탓이다. 우리가 용병으로 참전한 '베트남전'의 의미를 되짚어본 『하얀 휘장』은 국내에서 나올 때 『하얀 전쟁』으로 제목이 바뀐다. 이 소설은 뒤늦게 베스트셀러 목록에 올랐고, 1992년 정지영 감독에 의해 영화화되며 대중에게 널리 알려졌다.

02

여행과 일상
사이에서

벽난로 앞에서

시드니는 겨울이라도 기온이 0도 이하로 떨어지는 법이 거의 없다. 한국에서 온 이민자들은 시드니의 겨울 추위를 뼛속까지 파고드는 한기寒氣라고 했다. '이 정도 날씨로 저렇게 호들갑을 떨다니!' 하지만 시드니에서 한 주일 지나고 나서 나 역시 그 '뼛속까지 파고드는 한기'를 실감했다. 이곳의 추위는 집요하고 지랄 맞다. 그래서 자주 거실의 벽난로에 불을 피운다. 장작을 얼기설기 쌓은 뒤 착화제 한 덩이를 넣고 불을 피우는데, 처음엔 불이 잘 붙지 않고 매캐한 연기만 잔뜩 피어오른다. 매캐한 연기로 한바탕 눈물을 쏟고 나니, 어디 벽난로 잘 피우는 법 강좌라도 있다면 가장 먼저 등록하고 싶은 마음이 절로 솟는다. 몇 번의 실패를 거치고 나면 곧 벽난로에서 불을 붙이는 요령을 터득하기 마련이다.

무엇보다 첫 불씨를 살리는 게 중요하다. 불씨는 세상이 낯선 듯 깜빡이고 망설이며 조심스럽게 두리번거린다. 불씨를 다루는 자는 집중을 해야 한다. 불꽃이 마른 장작에 올라붙고 솟아나온 붉은 혀가 연신 넘실대며 다른 장작으로 옮겨 붙을 때까지 불꽃은 우리의 참을성을 시험이라도 하듯 더디게 자라난다. 불꽃은 차츰 기세를 올리며 다른 불꽃을 격려하면서 스스로 늠름하고 대범해진다. 불꽃은 화사해짐과 동시에 놀라운 활력으로 수십 개, 수백 개로 갈라져 마른 장작을 공략한다. 한 점의 망설임도 없는 저것은 억압에 저항하는 소요騷擾, 견고한 연대連帶, 영웅적 전쟁이다. 불꽃의 행태를 보라! 이것은 늑대처럼 사방으로 달아나고, 독수리처럼 높이 비상한다. 이것은 거침없이 수직으로 도약해서 제 먹잇감을 재빨리 낚아채고, 속수무책인 장작을 장악한다. 불꽃이 마른 장작을 거머쥐고 탐욕스럽게 집어삼킬 때, 이 불의 혀, 불의 꽃은 사방에 제 명성을 떨치며 그 전리품으로 빛과 온기를 퍼뜨린다. 이 불꽃으로 말미암아 공기가 덥혀지고 언 무릎과 발이 따뜻해지는 것이다.

불꽃은 늘 향일성이다. 향일성이라는 점에서 불꽃과 나무는 닮았다. 왜 아니겠는가? 나무는 땅에서 수직으로 솟는 녹색 불꽃이다. 저 태고 이래로 불꽃이 하향하는 법은 단 한 번도 없었다. 그런 전대미문의 사태가 벌어진다면 불꽃 가문의 명예를 떨어뜨리는 추문으로 남을 것이다. 불꽃은 위로 숏구치며 수직운동을 하면서 규모가 다른 불꽃송이를 피운다. 불꽃은 모범생처럼 제 규모를 키우기에 여념이 없지만 이내 다른 불꽃과 협업과 연대에 나선다. 불꽃은 내면의 수줍음을 떨쳐낸 뒤 난폭해지는데, 불꽃 속 어딘가에 저 많은 분노와 적의가 숨어 있었던가! 나는 새삼 놀라고 감탄한다. 불꽃은 최후의 절정을 향해 치닫는다. 마침내 여러 불꽃이 견고한 연대를 이루며 장엄한 화엄華嚴 세계를 이뤄낸다.

불꽃 앞에서의 고독한 몽상을 처음 가르쳐준 스승은 가스통 바슐라르라는 프랑스 시학자다. 내가 20대 초반 시절이다. 바슐라르 덕에 나는 비평을 써보고 싶은 욕망을 품었다. "불꽃은 인간에게만 하나의 세계이다." 이 문장은 바슐라르의『촛불의 미학』초반에 나온다. 벽난로 앞에서 불꽃을 응시하며 이 말을 실감한다. 벽난로 안에서 타오르는 저 불꽃 앞에서 나 역시 하나의 고독한 불꽃에 지나지 않는다. 고독한 불꽃이 홀로 깨어서 제 앞의 불꽃을 바라본다. 불꽃을 바라보는 이가 시적 인간이라면 그는 곧 몽상에 빠져든다. 불꽃의 몽상에 빠진 자는 곧 불꽃의 아름답고 덧없는 운명에 잠기면서 몽상 속에서 길을 잃으리라. 바슐라르는 "불꽃의 명상은 몽상가의 정신 현상에 수직성의 양식糧食, 수직화하는 자양을 준다"고 쓴다.

내 기억에 바슐라르의『촛불의 미학』은 국내에 네 번

번역되었다. 나는 1970년대 한 잡지에 불문학자 민희식이
우리말로 옮겨 그 전문을 게재한 것을 처음 읽었다. 이때 나는
바슐라르의 깊고 아름다운 문장 앞에서 무릎을 꿇었다. 내
영혼은 놀라고 전율했다. 제목이 「초의 불꽃」이고, 나중에
삼성출판사 전집에 수록되었다. 시인이자 불문학자인
이가림이 두 번째로 『촛불의 미학』을 우리말로 옮겨
문예출판사에서 펴내는데, 지금 내 손에 쥐어진 것은 세
번째로 국역된 것이다. 가스통 바슐라르, 『촛불의 미학』,
김웅권 옮김, 동문선, 2008. 내 기억에서 가장 아름다운
번역은 단연코 첫 번째 것, 민희식의 번역이다.

나는 장작이 타오르는 벽난로 앞을 떠나지 않는다. 불꽃은
장작을 감싸며 타오르는데, 귀 기울이면 정적이라는 안감에
작은 한숨이 쉼표 같은 무늬를 새긴다. 불꽃은 타다닥거리며
타오른다. 가끔 제 소리에 소스라치게 놀라는 듯하다. 불꽃에
의해 분리된 장작 조각이 아래로 떨어지면 불꽃은 이내
숨을 죽이고 가끔 한숨이나 작은 신음을 토해낸다. 불꽃의
몽상가라면 이 작은 소리조차 놓칠 리가 없다.

불꽃은 소리를 내고 신음한다. 불꽃은 괴로워하는 존재이다.
어두운 중얼거림이 이 극심한 고통에서 나온다. 모든 작은
고통은 세계의 고통을 나타내는 기호이다.[16]

장작은 검게 타 숯으로 변해간다. 숯과 함께 남은 에너지를
다 소진시키면 불꽃은 마지막 신음을 내지르고 숨을 거둔다.
불꽃은 목숨을 다하고 자진自盡한다. 숯에는 불꽃의 장렬한
최후의 흔적만이 희미하게 남는다. 숯은 불꽃의 희생자가
아니라 차라리 불꽃의 반려, 불꽃과 운명공동체라고 보는
게 맞다. 둘은 어느 한쪽만 죽는 게 아니라 다 함께 죽는다.
숯은 불꽃의 주검이다. 숯은 무無에 대한 권리는 제게 있다고
고집스럽게 주장하는 듯 보인다.

불꽃이 사그라들 무렵 나는 벽난로 앞을 떠날 채비를
서두른다. 벽난로 안을 들여다보니 장작은 다 타고 숯덩이만
남았다. 불꽃은 경련하면서 최후를 맞는다. 숯덩이가 된
장작에 달라붙은 작고 희미한 불꽃은 곧 닥칠 거대한 죽음의
전조前兆다. 불꽃의 심장은 이내 멈춘다. 더러 숯덩이가 불씨를
품고 있지만 그마저도 곧 사라진다. 불꽃의 드라마는 이제
펼쳐지지 않는다. 어느덧 내 등 뒤로 거대한 밤이 다가와
있다. 불꽃의 몽상이 막을 내린다. 나는 금세 으스스한 추위를
느낀다. 벽난로를 열어 불씨가 다 사라진 것을 확인한다.
숯덩이 몇 개와 하얀 재. 마치 숙련된 외과의사처럼 섬세하고
단호한 손길로 불길의 잔해를 정리하고 벽난로를 닫는다.
나는 벽난로 앞을 떠나 침실로 발길을 옮긴다.

다시 시드니에서

시드니에 온 지 3주차가 넘어서니 아내는 파주의 집이 그립다고 말한다. 여행이란 나날의 업무나 책임, 더 나아가 생존투쟁으로 짜인 일상을 벗어나 "질서와 아름다움/호사와 고요와 쾌락"(보들레르, 「여행에의 초대」)을 찾아 떠나는 것이다. 하지만 아무리 멀리 떠나도 우리는 집이라는 중심에서 벗어나지 못한다. 본디 여행이란 돌아오기 위해 떠나는 게 아니던가! 나도 슬슬 파주 집이 그립기는 하다. 파주 집에 있는 서가의 책, 교하도서관 뒤편으로 이어지는 긴 숲속 산책길, 커피발전소, 출판도시 안의 '행간과여백' 같은 카페의 커피도 그립다. 아내는 파스칼 키냐르의 신간 『음악 혐오』가 보고 싶다고 아우성이고, 나 역시 김애란의 신작 소설집

『여름은 바깥』이나 새로 나온 책 몇 권을 이미 점찍어두었다.

시드니에서는 재스민 쌀로 밥을 지어먹고, 책상 앞에 앉아서 원고를 쓴다. 울창한 숲에 둘러싸인 글레노리가 답답하면 시드니 시티로 나가 달링하버나 오페라하우스 일대를 걸으며 도시바람을 쐬고 돌아온다. 더러는 파간스 파크의 드넓은 풀밭이나 유칼립투스 나무가 울울창창한 컴벌랜드 공원으로 산책을 나간다. 어떤 날은 고등학교 동창을 만나거나, 시드니에 사는 지인과 점심이나 저녁식사 자리를 갖는다. 어제 점심때 칼스힐에서 중·고등학교 동창인 전홍진 군을 만나 그의 집에 따라가서 아보카도 새싹과 양상추, 명란이 들어간 알밥을 얻어먹었다. 전홍진 군네 부부와 함께 시드니 외곽 카브라마타를 다녀왔다. 아내는 휴대폰으로 나와 전홍진 군이 걸어가는 뒷모습을 찍어 보여주었다.

카브라마타는 '월남촌'이라고 부르는 곳으로 베트남 사람이 꾸리는 식품가게, 잡화점, 수산 시장, 청과물 시장, 전문 음식점이 밀집해 있는 곳으로 이국적 정서를 듬뿍 느낄 수 있는 장소다. 우리는 카브라마타 거리와 시장을 둘러보고 베트남 레스토랑에 들어가 저녁식사를 하고 돌아왔다. 베트남이 공산정권의 수중으로 들어가자 많은 이가 목숨을 걸고 보트피플로 도망 나와 시드니에 정착한 것이다. 이국에서 뿌리를 내리기 위해 이들은 얼마나 많은 땀을 쏟으며 고투했을 것인가. 새삼 베트남인들의 생존력에 경외감이 느껴진다. 카브라마타 거리를 걷다보니 어느덧 하루가 저물고 하늘에 황혼이 걸렸다. 사진 속 내 얼굴을 보니 볼살이 통통하게 올라 있다. 매일 저녁 쇠고기나 양고기 스테이크를 먹었는데, 그 탓인지도 모른다. 다음 주에 2박 3일의 블루마운틴 여행, 월말에는 동창 부부와 뉴질랜드 오클랜드로 일주일간의 여행이 잡혀 있다. 대체로 호사와 고요와 쾌락으로 짜인 평화로운 나날이다. 우리는 둘 다 전업작가이니, 읽고 쓰는 게 일이다. 우리는 여행을 떠나와서도 한국에 있을 때와 마찬가지로 읽고 쓰는 일을 한다. 쓰기 이전에 생각이 먼저다. 생각함은 잠재적 쓰기다. 거실에 가만히 앉아 있을 때조차 우리는 머릿속으로 무언가를 쓰고 있다.

모든 작가는 쓰기 이전에 '생각의 삶'을 산다. 에드몽 자베스는 "생각의 삶은 존속을 위해 희생된 일련의 비참한 매듭"이라고 쓴다. 그리고 "생각된 것과 생각할 것은 하나의 끈일 따름으로, 생각할 길이 없는 것이 그 올을 한데 묶었다. 우리는 생각의 부재에 매듭을 씌워 졸라매기에, 생각의 부재에는 그 매듭의 저항이 새겨진다"고 덧붙인다. 아마도 생각의 부재 속에서 행복한 사람도 있겠으나, 우리는 기어코 '생각의 삶'을 선택하고 사는 사람들이다. 생각의 삶은 책을 남긴다. 다시 에드몽 자베스.

우리 안에서 죽는 것은 우리와 함께 죽을 수밖에 없다.
책이란 그저 이 모든 죽음을 알리는 일상의 부고일 따름이다.[17]

아내는 책상 앞에 엉덩이를 붙이고 앉아 쉬지 않고 원고를 쓴 보람이 있어 우리가 함께 쓰는 책의 초고를 끝냈다. 나는 내 몫의 원고를 끝내고 시드니로 날아왔다. 이 책은 우리가 함께 쓴 『우리는 서로 조심하라고 말하며 걸었다』(난다, 2015)에 이어지는 두 번째 작업이다. 나는 국내 매체에 보내는 연재원고와 새 책 원고를 쇄빙선이 얼음을 깨고 앞으로 나아가듯이 조금씩 쓰면서, 다른 한편으로 9월에 나올 700쪽이 넘는 책의 최종 교정을 보는 중이다. 사실 말이 여행이지 우리 두 사람은 베짱이처럼 마냥 노는 게 아니라 일을 하고 있다. 물론 국내에 있을 때보다는 제약이 느슨한 형태이긴 하지만 일손을 놓고 있지는 않는다.

서울은 연일 폭염이라는데, 시드니는 새벽이면 찬 기운으로 무릎이 시리다. 새벽엔 영하까지는 아니더라도 4~5도까지 내려가지만 한낮엔 18도 안팎까지 올라간다. 그럴 때는 실내보다 실외에 있는 게 훨씬 낫다. 우리는 오전에는 집에 머물고 오후 2~3시쯤 가까운 글레노리 베이커리 카페에 나가 롱블랙이나 라테를 마시거나 피시 앤 칩스를 먹으며 테이블 위에 노트북을 올려놓고 원고를 쓴다. 돌아올 때는 울워스에 들러 쇠고기나 양고기, 채소와 과일, 생수 따위를 사갖고 돌아온다. 동절기로 접어든 시드니는 오후 4시면 해가 져 풀밭에 땅 그늘이 내린다. 우리는 서둘러 저녁을 먹고 전기장판이 깔린 거실 바닥에 앉아 책을 읽는다. 읽을 책이 태부족이니, 읽은 책을 곱씹으며 거푸 읽는 수밖에 없다. 유발 하라리의 『사피엔스』(조현욱 옮김, 김영사, 2015)를 두 번째 읽고, 시드니 교외주택의 서가에 꽂힌 한국경제신문 논설위원실에서 펴낸 『시대의 질문에 답하다』(한국경제신문, 2016)를 천천히 아껴가며 읽는다(국내에 있었다면 이 책을 읽는 일은 없었을 테지만, 기대했던 것보다 재미있었다). 밤이 오면 시드니 외곽의 교외주택은 어둠 속에서 무인도처럼 고립된다. 우리는 밤의 한가운데에서 고독에 잠겨 서로의 털을 골라주는 원숭이같이 다정해진다.

시드니로 떠나오기 전 파주 집 근처의 '타샤의 정원'이라는 레스토랑에 저녁을 먹으러 갔다가 우연히 사진 한 장을 찍었다. 휴대폰에 저장해둔 이 사진을 들여다보다가 멀리 있는 파주 집에 대한 그리움을 다독이며 페이스북에 올리고 몇 자 적어 내려갔다. 우리는 세계의 이곳저곳을 방랑하는 수수께끼 같은 노마드가 아니라 저 멀리 돌아갈 집이 있는 정주민이다. 돌아갈 곳이 있다는 사실에 깊은 안도감이 든다. 그나저나 한국의 많은 친구와 파주 집 베란다의 식물들은 이 여름의 혹독한 더위와 습기를 견디며 다들 잘 있겠지?

제주 겨울 바닷가에서

　제주도 입도 이틀째. 어제 김포공항에서 아침 일찍
비행기를 타고 제주도에 왔다. 한라일보사에서 2018년도
신춘문예 당선자를 위한 시상식이 열리는데, 거기서 문학
강연을 해달라는 요청을 받았다. 제주 시내에 마련된
시상식장에 가서 '문학, 이 하염없는 것'이라는 주제로
강연을 마쳤다. 당일 돌아가는 게 아쉬워 제주도에서 2박을
하기로 하고 숙소를 구했다. 제주시의 탑동공원 바닷가
리젠트마린제주호텔에서 하룻밤을 묵었다. 호텔은 깨끗하고
조용했다. 이튿날 새벽에 일어나 책을 읽다가 7시 무렵 두꺼운
옷을 껴입고 아침밥을 먹으러 나갔다. 하늘에 담요를 드리운
듯 낮은 구름이 깔려 사방이 어둑어둑하다. 옷깃을 파고드는

해풍은 세차고, 허공에는 성긴 눈발이 희끗희끗 날린다. 거친 바람에 파도가 성난 듯 일렁이고, 파도가 방파제에 부딪쳐 공중으로 포말이 흩어졌다.

해안가 식당을 기웃거리며 아침 영업을 하는 곳을 찾는다. 대부분 식당 문이 닫혀 있고, 겨우 한 군데 문을 열었다. 난롯가에 앉아 몸을 녹이며 복맑은탕을 시켰다. 주인이 친절하다. 반찬으로 나온 작은 생선 튀긴 것 한 마리를 먹었는데, 말없이 한 마리를 더 갖다주었다. 복맑은탕 한 그릇을 비우고 나니 뱃속이 든든하다. 아침식사를 마친 뒤 서울에서 온 이제하 선생이 아침 비행기로 돌아간다기에 제주공항에 나가 배웅하려고 택시를 기다렸다. 한참을 바람 부는 거리에 서 있다가 택시가 없어 결국 공항 나가는 걸 포기하고 호텔로 돌아왔다. 오전 내내 호텔에 머물며 '시극 대본' 원고를 들여다봤다.

제주 탑동공원 앞바다는 종일 무섭게 으르렁대고, 날씨는 여전히 을씨년스럽다. 간간이 날리는 눈발에 여행자의 마음은 스산하다. 애초 계획은 자동차를 빌려서 서귀포로 넘어가 미술관이나 박물관 따위를 둘러보고, 바닷가 찻집에서 커피도 한 잔 마시고 싶었다. 하지만 눈발이 날리고 바람도 거센 탓에 바깥 나들이를 포기하고 호텔에서 책이나 뒤적이다가 '시극 대본' 퇴고를 했다. 점심때 숙소를 나서서 바닷가 횟집에 눌러앉아 제철이라는 방어회를 한 접시 시켰더니 따라 나오는 게 한 상 푸짐하다. 방어회 한 접시에 전복, 갈치, 소라……
여러 가지 회와 매운탕 한 냄비가 줄줄이 나온다. 금주한
지 오래지만 큰맘 먹고 방어회를 시킨 김에 제주도 소주인
한라산 한 병도 시켰다. 소주 첫 잔을 입에 털어 넣는다.
찬술이 들어간 뱃속에서 쩌르르 기척이 왔다. 식당에는
손님이 없고 한산하다. 하긴 이 추운 날 바닷가에 나올 사람은
없을 것이다. 혼자 방어회를 씹으며 소주를 들이켜니 어느 새
술병이 빈다. 거센 바람이 식당 문을 우악스럽게 열어젖힐
기세다. 문짝이 연신 덜컹대고, 나는 소주를 들이켰다. 이윽고
술기운이 혈관을 타고 온몸에 돌자 몸이 훈훈해졌다. 소주 한
병을 비운 뒤 식당을 나와 바닷가 카페에 들러 커피 한 잔을
마시고 호텔로 돌아왔다. 실내 소파에 몸을 기대고 앉아 책
두 권을 잇달아 읽었다. 창 너머로 보이는 제주 겨울 바다는
여전히 사납게 일렁이고 있었다.

　　호텔 소파에서 이자벨 랭보의 『랭보의 마지막 날』(백선희
옮김, 마음산책, 2018)을 읽었는데, 한 인간이 겪는 불행이 마음을
찔러 아프게 한다. 스무 살 무렵 한때 뜻도 모른 채 빠져
읽었던 랭보의 시! 아홉 살에 라틴어로 시를 쓰고, 열여섯
살에 대표작 「취한 배」를 내놓은 천재 시인이라는 면류관을
쓴 랭보! 폴 베를렌과 단짝을 이뤄 시인들의 카페 모임을
휘젓고 다니다가 열아홉 살에 첫 시집 『지옥에서 보낸 한

철』을 펴내고, 스물한 살 때 마지막 작품 「일뤼미나시옹」 원고를 베를렌에게 맡긴 뒤 문학을 등지고 북아프리카와 중동 지방을 떠돌며 더는 아무것도 쓰지 않은 채 노동자, 용병, 무기 밀매상으로 생을 소비했다. 1891년 대퇴골에 암이 생겨 프랑스로 돌아온 뒤 같은 해 7월 23일 병원에서 다리를 절단했다. 랭보의 병세는 호전되지 않았다. 불면과 환각상태가 계속 이어졌다. 『랭보의 마지막 날』은 죽음을 앞둔 랭보를 옆에서 지켜보며 병간호를 했던 여동생 이자벨 랭보가 쓴 기록이다. 랭보는 자주 혼수상태에 빠지고, 정신이 멀쩡할 때 고통으로 비명을 질렀다. 눈은 퀭해지고, 눈 그늘도 짙었다. 자주 머리가 아프다고 호소했다. 그 고통을 잊으려고 밤에는 모르핀 주사를 맞아야 했다. "그는 깬 채 계속되는 꿈속에서 자기 삶을 이어가요. 아주 부드럽게 이상한 얘기를 하지요"라고 이자벨 랭보는 적는다. 1891년 11월 10일, 랭보는 암이 온몸으로 전이된 채 서른일곱의 생을 끝냈다. 앙드레 브르통이 "젊은이의 신"이라 하고, 폴 베를렌이 "바람구두를 신은 사내"라고 했던 랭보의 마지막 날은 질병과 고통으로 얼룩져 있다.

마르셀 프루스트의 『프루스트의 독서』(백선희 옮김, 마음산책, 2018)는 산문 세 편을 묶은 책이다. 더 정확하게 말하자면 세 편의 서문이다. 첫 번째 산문 「독서에 대하여」는 프루스트가 유일하게 번역한 존 러스킨의 『참깨와 백합』의 역자 서문으로 쓴 글이다. 프루스트는 러스킨 작품에 대한 얘기보다는 자신의 어린 시절 독서 기억을, 즉 여름방학 내내 이어지던 독서를, "식당 불가에서, 내 방에서, 뜨개질한 머리받침을 씌운 안락의자에서" 책과 함께 보낸 시간을, 그 "피난처가 되어줄 만큼 평화롭고 신성한 시간"을 회고하는 것으로 채운다. 어린 프루스트는 저 너머로 수레국화와 개양귀비가 핀 들판이 내다보이는 나무가 만든 자연 정자에 숨어서 책을 읽는다. 그 시간은 달콤했다. "정자 속 정적은 깊었고 발견될 위험이 거의 없어 저 아래 멀리서 들려오는 나를 찾는 헛된 외침은 안전함을 더 달콤하게 만들었다." 이따금은 집과 침대에서 책을 읽었다. 저녁의 마지막 시간을 독서로 채우고도 모자라 "밤새도록 이어질지도 모를 불면을 감수하고 부모님이 잠자리에 들자마자 나는 다시 촛불을" 켜는 것이다. 이 못 말리는 어린 독서광에게 독서란 "눈의 광적인 뜀박질"이다. 이 뜀박질은 책이 끝남과 동시에 막을 내린다. 책에 사로잡혀 있는 동안 "그 책 속의 존재들 때문에 조마조마 숨을 죽이거나 흐느껴 울었는데", 독서가 끝나고 책에서 밀려나는 순간은 늘 잔인하다. 왜냐하면 "더는 그들을 보지 못할 테고 그들에 대해 아무것도 알지 못하게 될 것"이기 때문이다.

프루스트는 독서를 "독자에게 꽃핀 에움길에서 늑장

부리며 '독서'라고 불리는 독특한 심리적 행위를 머릿속에서 창조하도록 충분한 힘을 안"기는 일이라고 말한다. 나는 프루스트의 이 얇은 산문집에서 눈을 떼지 못한 채 저 어린 시절의 내 독서 경험을 떠올렸다. 책을 읽는 동안 몰입이 주는 깊이를 헤아릴 수 없는 기쁨으로 온몸을 떨며, 그것을 맛있는 빵인 듯 조금씩 아껴가며 삼켰다. 독서는 현실 저 너머의 아폴론적 황금빛에 감싸인 먼 세계를 힐끗 엿보는 일이고 그 세계에 대한 동경을 키우는 일이다. 아울러 독서는 책에 빠진 자를 고독에 빠뜨리는 일이다. 고독은 독서의 본질적 속성인지도 모른다. 나는 그 고독의 오롯함을 좋아했다. 현실의 삶이 메마르고 가난할수록 나는 독서가 만드는 고독의 풍요에 빠져들기를 갈망한다. 그것이 비록 누추한 현실에서 도피하는 것일지라도 말이다.

여행과 서점

나를 충일감으로 이끄는 것 중 하나가 여행이다. 여행할
때마다 낯선 사람과 풍경에 빠져든다. 한 해 동안 열심히
일하고 떠나는 여행을 인생의 커다란 즐거움으로 삼는다.
세계를 한 권의 책으로 상상하는 일은 특별하지 않다. 한
장소에 붙박인 채 사는 것은 책의 한 페이지에 머무는 것이나
마찬가지다. 내가 여행에 나서는 것은 한 페이지짜리에
머무는 인생을 살고 싶지는 않은 탓이다. 낯선 나라를 여행할
때 자주 발길이 가는 곳이 그 지역의 작은 서점이다.

핀란드가 자랑하는 건축가 알바 알토가 설계한 헬싱키의
'아카데미아 서점'이 좋아 헬싱키에 머무는 동안 날마다
벼룩시장을 거쳐 서점엘 들렀다. 책을 둘러보고 2층 카페에서

커피를 마시며 책을 읽다가 숙소로 돌아오곤 했다. 체코 프라하 골목길의 작은 서점이나 지난여름 뉴질랜드의 오클랜드 바닷가에서 만난 헌책방 '북마크BookMark'도 기억에 남는다. 『세상에서 가장 아름다운 서점』이라는 책은 눈에 넣어도 아프지 않을 만큼 아름다운 서점들을 찍은 사진이 눈길을 사로잡는다. 세상은 넓고 그 안에는 크고 작은 아름다운 서점이 숨어 있다. 이 서점들을 다 가보지 못한 것은 억울한 일이나 눈으로나마 사치를 누릴 수 있어 다행이다.

서점이란 그저 책을 쌓아두고 파는 공간이 아니다. 책을 잔뜩 쌓아놓고 판매하는 기능적 공간에 지나지 않는 서점이란 영혼이 없는 서점일 테다. 서점은 책이 아니라 책에 담긴 꿈과 영감을 나누는 곳이다. 내 꿈은 이 책에 소개된 세계 이곳저곳에 흩어져 있는 서점을 순례하는 것이다. 파리의 센 강 왼편으로 학생들이 많이 찾는 라탱 지역에 있는 '셰익스피어 앤 컴퍼니'나 포르투갈 리스본의 '레르 데바가르Ler Devagr'는 정말 꼭 가보고 싶다. '레르 데바가르' 안 공중에는 하얗게 페인트로 칠한 자전거가 매달려 있고, 자전거 위에는 소녀가 앉아 있다고 한다.

'에게 해 기적의 서점'으로 소개된 산토리니 섬의 '아틀란티스 북스Atlantis Books'는 몇 해 전 여름에 들른 적이 있어 반가웠다. 산토리니의 이아 마을로 통하는 골목에서 마주친 '아틀란티스 북스'는 자그마한 서점이다. 신간보다는

헌책이 더 많았는데, 대부분 이곳을 찾은 여행자가
기증한 책이다. 서가 한쪽에 한국 책도 몇 권 꽂혀 있었다.
'아틀란티스 북스'에는 산토리니의 아름다움에 취한 외국의
젊은이들이 서점에서 몇 달 동안 먹고 자며 일한다고 한다.
내가 들렀을 때도 미국에서 대학을 다닌다는 20대 여성이
서점의 카운터에 앉아 있었다.

바다는 거침없이 모래와 자갈이 섞인 바람을 서점 안으로
몰고 와, 서점 앞에 진열해 놓은 책은 금세 색이 바래고 만다.
하지만 옥상에는 바다가 한눈에 보이는 테라스가 있어서 책을
산 이들에게 쉬었다 가기를 청한다. 그리스의 눈부신 태양,
둥글게 보이는 수평선, 그저 탁 트인 바다, 그곳은 더할 나위
없는 독서 공간이다.[18]

'아틀란티스 북스' 안쪽 서가에는 바닷가에서 주워온
나무토막이나 돌이 마치 근사한 예술품처럼 전시되어 있다.
책을 두어 권 사들고 옥상 테라스에 올라가니 푸른 에게 해가
한눈에 들어왔다. 해가 질 무렵이라 치자 몇백 개를 으깨서
물들인 듯한 오렌지색 황혼과 푸른 바다가 어우러진 풍경이
아름다워 한동안 눈길을 뗄 수 없었다.
서울에 머무를 때도 자주 서점 순례에 나선다. 서울의 작고
아름다운 서점 중 기억에 남는 곳은 선릉 부근의 '최인아

책방', 서교동의 '땡스북스', 망원동의 '어쩌다책방', 시집을
파는 신촌의 '위트 앤 시니컬', 신촌의 오래된 서점 '홍익문고',
신촌의 뒷길에 있는 헌책방 '숨어있는 책', 화가 장욱진의
아내가 시작한 혜화동의 '동양서림', 파주 교하의 '땅콩문고'
등이다. 간혹 늙은 뒤 동네 책방을 꾸려 평생 모은 장서 일부를
서가에 내놓고 한가롭게 시간을 보내고 싶다는 꿈을 꾼다.
어쩌다 굶주린 늑대같이 지식에 주린 눈빛이 형형한 젊은이가
찾아오면 책을 두고 객쩍은 농담이나 주고받는 상상은 정녕
실현되기는 어려운 낭만적 허영이겠지만 말이다. 자유란
하고 싶은 무엇이든 다 할 수 있는 자격증이 아니라는 것쯤은
알 만한 나이가 되었으니 서점 주인이 되어 노년기를 보내는
공상이나 맘껏 펼쳐보는 것이다.

책에 추천사를 쓴다는 것

간혹 출판사나 저자에게서 책 추천사를 써달라는 부탁을 받는다. 책 써서 밥 먹고 사는 동업자 처지이니 몸을 둘로 쪼개 써도 안 될 만큼 바쁘지 않다면 추천사를 쓴다. 추천사는 책 전체를 읽고 써야 하니 의외로 시간과 품이 많이 든다. 독자에게 책을 소개하되 독서 욕구를 불러일으켜야 한다는 것, 그게 추천사의 암묵적 책무겠다. 추천사는 익명의 독자에게 띄우는 초대장이고, 이 책이 아름다운 낙원이라는 것을 알리는 짤막한 안내서다. 때로 엉뚱한 추천사는 이슬람교도에게 성경을 내밀고, 불교도에게 쿠란을 내미는 불상사를 낳기도 한다.

추천사를 쓸 때 내용을 너무 구체적으로 소개해서는 안

된다. 무릇 추천사는 약간 두루뭉술하게 써야 하는 법. 그 책이 어떤 기후에서 읽어야 좋을지를 말하는 정도에서 그치는 것이 좋다. 그 책이 영혼에 속하는 것인지 육체에 속하는 것인지를, 그리고 사랑, 증오, 감탄, 기쁨, 슬픔, 욕구와 같은 정념 중에서 어느 것에 충실한지는 알려줘도 좋겠다. 사실 사냥꾼에게 낚시 안내서를 보내거나 감기 환자에게 우울증 처방전을 내주는 격으로 궤도에서 이탈한 추천사를 본 적이 있다. 추천사를 쓰는 이는 조급한 결혼 중매쟁이와 비슷하다. 중매쟁이는 결혼을 성사시키려는 욕심을 앞세워 없는 것을 지어내고 있는 것은 한껏 치장하는 법이다. 그러니 책 추천사를 곧이곧대로 믿는 것은 어리석다. 나 역시 추천사를 믿고 책을 구매했다가 낭패를 본 경우가 드물지 않았다.

대개는 출간 전 원고를 읽고 추천사를 쓴다. 출간 전 책을 읽는 기쁨은 추천사를 쓰는 덤으로 주어지는 선물이다. 일일이 세어보지는 않았지만 그동안 꽤 많은 책에 추천사를 썼는데, 몇 개만 소개한다. 주의! 이 추천사들은 마음을 다해 썼다. 간혹 헬리콥터의 프로펠러에 대해 써야 할 때 물고기의 지느러미에 대해 쓰는 경우가 종종 있었던 점을 고려해서 읽으시기를!

정지우의 『고전에 기대는 시간』(을유문화사, 2017)은 매력이 넘치는 독서록이다. 문장은 정갈하고 사유는 차분하다. 먼저

『월든』, 『섬』, 『결혼』, 『위대한 개츠비』, 『참을 수 없는 존재의
가벼움』, 『젊은 시인에게 보내는 편지』, 『데미안』, 『예언자』,
『삼십세』…… 같은 예전에 읽은 책의 목록을 일별하니,
가슴이 설렌다. 젊은 날 문학에 대한 꿈을 지피며 밤새워
읽던 책이 아닌가! 탐독과 남독으로 지샌 밤들! 책을 읽은
뒤 창밖이 밝아올 때 심장은 환희로 터질 듯했다. 나 역시
책을 끼고 삶의 불가해함과 싸우며 불안을 견뎌냈다. 운명과
타인을 견디며 살아남는 방법을 묻는 누군가에게 말할 수
있으리라. 꿈꾸고, 갈망하며, 살아라! 생의 여정이 자기에게로
가는 길이라면 이 책은 그 길을 찾아 진실의 힘에 기대어
암중모색하는 젊은이에게 맞춤할 테다.

밥 딜런의 『다시 찾은 61번 고속도로』(서대경·황유원
옮김, 문학동네, 2017)를 읽는다. 자, 여기 눌리고 빼앗긴 이의
슬픔과 울분을 담은 시가 있다. 부자는 늘 부자고, 가난한
자는 늘 가난한 양극화 사회의 부조리를 비판하는 시인이
있다. 밥 딜런은 노래가 된 시를 쓰고, 혹은 시가 된 노래를
부른다! 광기로 뒤덮인 세상 변두리에는 부랑자, 노동자,
외판원, 무명인, 떠돌이 노름꾼으로 넘쳐난다. 현실이 좋았던
적은 단 한 번도 없다. 늘 불경기이고, 일자리는 턱없이
부족하며, 슬프고 울적한 기분은 여전하다. 세상은 "커다란
형무소 마당"이고, 우리 중 일부는 "죄수들", 나머지는

"교도관들"이다. 밥 딜런은 집 없이 사는 이들의 암담한
기분을 살핀다. "구르는 돌"의 실의와 낙담을 중계하고,
그들의 성난 목소리를 들려준다. 밥 딜런은 호메로스에서
찰스 부코스키에 이르는 찬란한 시인의 맥을 잇는다.
노벨문학상은 그의 위대한 시적 재능에 대한 때늦은
인증이다!

　프리츠 게징의 『마음을 흔드는 글쓰기』(이미옥 옮김, 흐름출판,
2016, 개정판)는 1994년에 초판이 나온 이래 여러 번에 걸쳐
개정판이 나왔다. 이번에 나온 것은 네 번째 개정판이다.
이 책은 글쓰기의 착상에서 퇴고에 이르기까지 친절한
안내서라고 할 수 있다. 삶과 읽기와 글쓰기는 하나다!
글쓰기는 삶을 새롭게 빚는 일이고, 이것에는 규칙이 있다. 이
규칙을 알아야 글을 쓸 수 있다. 이 책은 글쓰기에 관련된 모든
기술과 규칙에 대해 놀랄 만큼 세세하게 알려준다. 글을 잘
쓰고 싶다면 반드시 이 책을 읽어라!

　『문학은 노래다』(제갈인철, 북바이북, 2015). 한국 문학이
이토록 곤궁한 처지에 빠진 적은 없었다. 한데 아직도 한국
문학을 향한 사랑을 만천하에 고백하는 책이 있다.
북뮤지션 제갈인철은 한강·천명관·김영하에서
박경리·이청준·박상륭에 이르기까지 한국 문학의 길을

더듬는다. 이 책의 전언에 따르면, 문학은 여전히 힘이 세다. 문학은 길을 잃은 사람의 나침반이요, 어둠 속을 헤매는 이의 등불이다. 범박하게 말하자면, 문학은 트라우마·비극·슬픔의 악장으로 이루어진 레퀴엠이다. 소설은 그 곡절과 사연을 구구절절 풀어내고, 시는 운명이 숨긴 회오리를 예감과 직관의 언어로 드러낸다. 문학은 저마다 수정의 메아리를 울려내는데, 이 수정의 메아리는 곧 문학이 품은 마법적 음악이다. 모든 문학에 '침묵의 음악'이나 '노래'가 있다고 믿는 이 한국 문학의 의인으로 말미암아 빈사상태의 한국 문학이 조금이나마 위로를 받을 수 있겠다.

『옷장 속의 인문학』(김홍기, 중앙북스, 2016). 영혼의 갑옷이라는 이것! 옷은 제2의 피부이자 우리 내면에서 작동하는 무의식의 욕망과 자아를 표출하는 도구다. 저자는 옷뿐만 아니라 구두, 안경, 단추, 지퍼, 포켓 따위를 아우르는 패션의 유구한 역사를 더듬는다. 옷 입기라는 소소한 주제에서 시작해 패션을 중심으로 한 문명사 탐험으로 확장하며 독자의 인식을 틔우는 데 기여한다. 책을 읽는 내내 저자의 인문학적 성찰에 감탄했고, 활달한 글쓰기에 깊은 감명을 받았다.

비평을 쓴다는 것

성 아우구스티누스는 『고백록』에 "아무도 내게 묻지 않는다면 나는 시간이 무엇인지를 안다. 누가 내게 그것이 무엇이냐고 묻는다면 나는 모른다"라는 문장을 남겼다. 이 문장에서 '시간'을 '비평'으로 바꿔도 뜻은 매끄럽게 통한다. 나는 비평을 잘 안다고 생각하지만 누가 비평이 무엇이냐고 대놓고 묻는다면 모른다고 할 것이다. 첫 평론을 쓴 게 스물세 살 때다. 푸른 노트에 습작을 하던 그해 가을, 한 시립도서관 참고열람실에서 알 수 없는 열정에 이끌려 첫 평론을 썼다. 라이너 마리아 릴케의 "단 한 구절을 쓰기 위해서는 많은 도시와 사람들과 사물들을 눈으로 보아야 한다. 동물들과 교감해야 하며, 새들은 어떻게 나는지 느껴봐야 하고,

꽃망울이 아침마다 열리는 몸짓 하나하나를 알아야 한다"는 문장을 금과옥조로 새기며 시를 쓰다가 비평의 세계로 성큼 첫걸음을 떼었던 것이다. 나는 이듬해 일간지 두 군데의 신춘문예에 당선자로 이름을 올렸는데, 한 곳에서는 시가 당선하고 다른 한 곳에서는 평론이 입선하며 마흔 해 동안 두 길을 걸어왔다.

1980년대는 시의 시대였으나 한편으로 셀 수도 없이 많은 문학비평가가 시에 들러붙어 바글거렸다. 그랬으니 1980년대는 노다지를 찾아 너도나도 금광개발에 뛰어들던 황금광 시대와 닮은 비평의 시대였다. 하지만 비평은 열정과 금욕적인 노고에 견줘 세속적 소득이 그다지 크지 않다는 사실이 곧 드러났다. 21세기로 들어오자 많은 비평가가 곡식을 다 갉아먹은 메뚜기 떼가 사라지듯 자취를 감췄다. 이들이 떠나며 우리 비평계는 서리 맞은 늦가을 배추밭같이 쇠락의 길로 접어든다. 진보이념과 정치분파에 줄을 대고 사나운 기세로 필봉을 휘두르던 비평가들은 대학교나 생업 일선으로 잠적했다. 우리나라에서 비평이 '장르로서의 비평'이라는 지위를 얻지 못한 것은 이들 정말 재능 있는 비평가들이 떠난 탓이다. 안타깝지만 그게 오늘 우리 비평이 처한 현실이다.

비평은 창작의 주변에서 기웃거리며 기생하는 장르로 업신여김을 받을 뿐만 아니라 돈이나 명예 같은 소득을 건질

게 없다. 그런 탓에 재능 있는 비평가들이 그 업을 접었을 테다. 당대 문학은 좋은 비평 없이 도약을 하거나 융성하기 어렵다. 비평은 과거와 오늘의 문학 사이에 소통의 출구를 열고, 대중과 문학에 가교架橋를 놓으며, 문학이 기아飢餓에 빠지는 것을 막는다. 나는 비평을 하는 내내 좋은 시를 찾아 읽고 그것을 많은 이에게 알리는 일에서 보람을 찾았다. 나는 비평 행위가 문학에 대한 내 하염없는 사랑의 특이한 실천의 한 방식이라고 여겼다. 그 믿음이 여기까지 이끌고 왔으니, 그간 수많은 작가의 작품을 읽고 비평을 쓰며 보낸 세월을 후회하지 않는다.

젊은 시절 미하일 바흐친이나 게오르그 루카치, 에드워드 사이드 같은 이의 책을 읽거나 다른 한편으로 마르크스주의 비평가로 알려진 테리 이글턴이나 프레드릭 제임슨의 번역서를 읽으며 그 박람강기博覽强記에 주눅이 들곤 했다. 나는 마르크스 추종자는 아니지만 공부 삼아 그 책을 읽었던 것인데, 물론 지적 배경이나 성향이 나와는 달랐기에 별다른 영향을 받지는 않았던 듯싶다. 근간으로 나온 테리 이글턴의 『비평가의 임무』를 구해 읽으며 비평과 문학에 대한 내 초심을 돌아볼 수 있어서 감회가 새로웠다. 비평에 덧씌워졌던 아우라가 사라지고, 문학이 엔터테인먼트의 한 곁가지 정도로 치부되며 비평의 쇠락과 죽음의 기미가 점점 더 또렷해지는 이 시대에 문학과 비평에 대한 진지한

성찰이라니! 테리 이글턴은 여전히 지식 소비주의를
경계하며 비평가의 임무에 대한 진지한 성찰을 펼친다.
그의 미덕은 편안하게 읽힌다는 점이다. 인터뷰라는 책의
형식 때문일지도 모르겠다. 테리 이글턴은 문학의 중요성을
"근대성의 분화와 파편화로 인해 실제적으로 타자와
차단되어 있는 우리로 하여금 간접적인 텍스트를 통해 타자의
삶에 접근할 수 있도록 해준다는 점"에서 찾았다. 그런 문학의
기능을 잘 수행하도록 이끄는 촉매제가 바로 '상상력'일 테다.
테리 이글턴은 상상력이 "역설적으로 어떤 결핍 혹은 빈곤을
감추는 것"이거나 "심리적 보상의 형식", 그리고 "타자의
상황을 내면으로부터 이해할 수 있게 하는 힘"이라고 말한다.
그리하여 상상력은 우리를 "다른 사람들의 정체성 속으로
들어감으로써 그들이 자신을 아는 것보다 타자를 진정 더 잘
알게" 이끄는 힘이 되는 것이다.

　따지고 보면 나를 키운 것은 지식이 아니라 상상력이다.
문학은 불가사의한 문제를 펼치고 가르치는 계몽의 장이
아니다. 그것은 삶의 부조리와 불가사의한 것에 들러붙어
번성하는 상상력을 펼쳐낸다. 프란츠 카프카와 사뮈엘
베케트, 그리고 호르헤 루이스 보르헤스를 읽을 때마다
실감하는 것이 바로 그것이다. 내게 상상력의 중요성을
가르쳐준 것은 우리 시대의 위대한 비평가인 김현과
김우창이다. 두 사람에게 배운 바는 없으나 그들이 쓴 책을

두루 찾아 읽으며 비평의 첫 걸음마를 떼었다. 늘 배움에 대한 갈망이 컸던 탓에 없는 돈을 기꺼이 털어 두 비평가의 책을 사서 읽을 때마다 앎에 다가서는 기쁨이 컸다. 저 멀리에 있는 니체와 바슐라르, 콜린 윌슨, 카뮈와 사르트르, 발터 베냐민과 롤랑 바르트, 미셸 푸코와 질 들뢰즈 역시 내 비평의 은사라 할 수 있겠다. 이들이 내게 끼친 좋은 영향은 여기에 다 적을 수 없을 만큼 크고 넓다. 내가 쓰는 비평문에 작은 미덕이나 어여쁨이 있다면 그것은 이들에게서 배우고 익힌 것이다. 엉겁결에 시와 비평에 입을 맞추고 이 세계로 들어온 지 거의 반세기가 넘었다. 시와 비평을 함께 쓰며 보람이나 기쁨이 아주 큰 것만은 아니지만 나는 끊임없이 읽고 쓰는 이 우연의 생을 기꺼워하고 있다. 나는 오늘밤 쓸 수 있을 것이다, 이제껏 누구도 쓰지 않은 한 구절을!

날마다 아침을 맞으며

해가 떠서 금빛을 누리에 뿌린다. 거리와 초목, 들과 산도 새 빛을 받아 빛난다. 새해 첫날 나뭇가지에 새가 날아와 우짖는다. 새들의 합창을 들으며 새 삶을 살아야겠다고 마음을 굳게 먹는다. 새해가 도둑같이 와서 눈앞에 마술처럼 이 모든 것을 펼쳐낸다. 중국 시인 하이즈는 이렇게 노래한다. "내일부터는 행복한 사람이 되겠습니다/말에게 먹이를 주거나 장작을 패거나 세상을 돌아다니겠습니다/내일부터는 양식과 채소에 관심을 기울이겠습니다"(「바다를 마주하고 따듯한 봄날에 꽃이 피네」). 내가 말에게 먹이를 주거나 장작을 패는 일은 없을 것이다. 먹이를 줄 말도 없고, 장작을 땔 아궁이도 없으니까. 그러나 나는 내일부터가 아니라 당장 오늘부터 행복한 사람이 될 수는 있을 테다. '행복의 자산'에 대한 인식이 내 안에 깃들어 있으니까, 그것은 충분히 가능한 일이다.

자, 저 빛나는 누리 속에서 행복의 번뜩임을 바라보며 가슴을 펴자. 날마다 오는 아침을 맞고, 봄날에 피어나는 모란과 작약에 기뻐하며, 여름 새벽의 수련에 함박웃음을 짓자. 페르난두 페소아는 "사랑하고, 마시고, 미소 짓는 것을 고민하지 말라./그대가 만족한다면, 웅덩이 물에 비친/해의 잔영만으로도 충분하다"(「즐거움 없는 나날은 그대의 것이 아니다」)라고 노래한다. 먹고 마시는 나날은 신성하다. 새해에도 생명을 부양하는 일, 즉 사랑하고, 마시고, 미소 짓는 것은 상찬을 받아 마땅한 삶의 미덕일 테다. 살아 있다면 먹고 마시고 사랑하라! 좋은 삶을 사는 데 한 가지가 더 필요하다. 바로 책을 읽는 일이다. 먹는 것을 즐기듯 책읽기를 즐기는 사람이 현명하다. 책상에는 여전히 읽어야 할 책이 쌓여 있다. 나는 거리의 소란을 등지고 고요한 구석에 앉아 책을 읽는다.

먼저 『김화영의 번역수첩』(문학동네, 2015)을 읽는다. 20대 초반 김화영의 산문집 『행복의 충격』에 열광한 뒤 그가 쓰거나 번역한 책을 빼놓지 않고 찾아 읽었다. 그는 대학에서 프랑스 문학에 대한 강의를 하는 한편, 프랑스의 소설과 산문을 우리말로 옮기는 번역자로, 대학교수와 매혹적인

산문작가로 살았다. 그가 대학에 입학하던 해 이 나라에서
처음으로『불한佛韓 소사전』이 서점에 나왔다. 그즈음
'불문학'은 우리 사회의 청년지식인이 선망하는 학문이었다.
프랑스는 보들레르와 랭보와 발레리와 말라르메와 같은
시인의 나라다. 또한 20세기 지성의 표상인 사르트르와
보부아르, 그리고 프루스트와 지드와 카뮈와 같은 당대 최고
소설가의 나라다. 프랑스는 '68혁명'과 '실존주의 철학',
예술가들이 선망했던 도시 '파리'를 품은 나라다. 김화영이
프랑스의 매혹에 이끌려 프랑스 문학을 전공해 유학길에
오르고, 마침내 대학에서 프랑스 문학을 가르치는 교수로
살아오며 번역에까지 영역을 확장한 것은 어쩌면 선택의
여지가 없는 운명의 길이었을지도 모른다.

　김화영은 스무 권에 이르는 알베르 카뮈 전집의 번역자로
기억되어야 할 것이다. 그가 카뮈 작품을 분석해 박사학위
논문으로 제출한『문학 상상력의 연구』는 내가 문학 상상력과
텍스트의 섬세한 결을 더듬으며 읽는 방법을 배운 비평의
교과서였다. 나는 그 책을 표지가 닳도록 여러 번에 걸쳐
읽었다. 그는 "문학과 예술은 무엇보다 찬미의 한 방식"이라고
말하는데, 맞다, 찬미할 줄 모르는 사람은 불행하다. 찬미란
우정이나 사랑, 예술이나 빼어난 자연경관 중에서 가장 좋은
것을 가장 좋은 것으로 향유하는 한 방식이기 때문이다. 그는
찬미의 마음이 우러나올 만큼 매혹적인 작가들에 빠져 번역의

길로 나선다. 번역이란 이질적인 두 언어와 문화가 소통하는 방식이자 출발어와 도착어(기저 언어와 목표 언어)의 만남이고, "위대한 작품을 정독하는 가장 유별난 방식"이다. 그가 골라 번역한 책은 그가 위대한 작품의 찬미자이자 성실한 애독자라는 사실을 증명한다.

『김화영의 번역수첩』은 책 뒤에 붙인 '역자 후기' 중에서 가려 엮은 것이다. 그는 1974년 프랑수아즈 사강의 『잃어버린 미소』를 시작으로 장 그르니에의 『섬』을 처음 소개하고, 미셸 투르니에의 『방드르디, 혹은 태평양의 끝』을 번역했다. 그의 번역을 통해 나는 카뮈의 소설을 읽고, 파트릭 모디아노, 미셸 투르니에, 로제 그르니에, 레몽 장의 작품을 만났다. 40여 년 동안 번역한 책이 많으니, 역자 후기도 많아서 그 일부만 모았는데도 500여 쪽이 훌쩍 넘는다. '역자 후기'란 마라톤을 완주한 뒤 "지치고 지친 마라톤 주자가 마지막 남은 기운을 긁어모아 단내 나는 호흡으로 추가하여 질주한 한 바퀴의 기록들"이다. 또한 "한 시대를 살았던 내 먼지 앉은 내면적 기억을 정리하여 스스로의 마음을 쓰다듬고 치유하고 이해하려는 한 방법"이 될 것이다. 그에 대한 신뢰가 깊어서 나는 그가 우리말로 옮긴 책이 나올 때마다 부지런히 좇아가며 읽었다. 여러 역자 후기가 눈에 익은 것은 그 때문이다. 한두 번은 읽어본 것인데, 그 유려한 문체의 매혹은 여전하다.

우다 도모코의『오키나와에서 헌책방을 열었습니다』(김민정 옮김, 효형출판, 2015)는 오키나와에서 홀로 손바닥만 한 헌책방을 연 여자의 고백이다. 하지만 이것은 작은 가게의 창업과 성공을 위한 분투기라기보다는 낯선 장소에서 느리게 사는 것의 향유, 그 보람과 기쁨에 대한 이야기다. 오키나와의 여름은 저녁 7시가 넘어도 대낮처럼 훤하다. 한겨울에도 기온이 평균 17도를 유지하니 추위로 몸을 움츠릴 일이 없다. 오키나와에서는 아침마다 출근하는 사람들로 미어터지는 대도시의 전철 속에서 부대낄 필요도 없으니 삶은 한결 여유롭고 쾌적하다. 이 책은 오키나와에서 헌책방을 꾸리며 겪은 것을 중심으로 펼쳐지는 오키나와 예찬이다.

30대 중반을 넘어서 연 '세상에서 제일 작은 서점'인 이 헌책방은 오키나와의 한 시장 안에 있다. 저자는 채소절임 가게와 옷 가게, 말린 정어리 전문 가게 사이에 헌책방을 내고 겪는 소소한 일상을 적어 내려간다. 시장거리에 나와 앉아 오가는 사람들을 바라보고 느낀 감정, 시장 안 가게 주인과 맺은 소소한 인연이 펼쳐진다. 헌책방을 운영하는 일에는 자질구레한 일이 따르니, 몸이 분주할 만하다. 헌책을 사들이고, 헌책 경매시장에도 참여하며, 헌책방의 홈페이지를 관리하고, 오는 손님을 응대해야 하며, 새로 들어온 헌책도 정리해야 한다. 그렇다고 날마다 바쁜 것은 아니어서 더러는 무료하고 심심한 날도 있다. 그럴 때는 아무도 찾지 않는

가게를 지키며 자연스럽게 책을 읽는다. 헌책방 주인이 책을 읽으면 내용을 물어오는 고객에게 훨씬 당당하게 책에 대해 설명할 수 있을 테지만, 책방 주인이나 도서관 사서는 자신이 다루는 책의 세세한 문헌적 정보보다는 '전체를 내다보는' 눈이 더 필요하다.

"매우 열정적인 독자라도 세상에 존재하는 모든 책의 극히 일부밖엔 읽지 못한다." 즐길 수 없는 책을 무리해서 읽기보다 먼저 가능한 한 넓은 시야로 전체를 내다보고 정말로 읽고 싶은 책을 선택하면 그만이다 (146쪽).

오키나와는 일본 본토와는 다른 문화와 자연환경이 엄연하고, 독자적인 출판이 이루어지는 지역이다. 다른 고장에 비해 출판사가 많을뿐더러 이 지역 출판사에서 펴내는 오키나와와 관련된 책은 대부분 오키나와에서만 유통된다. 오키나와는 섬이니까 태풍이 올 때는 본토에서 오는 책을 며칠씩 받지 못하는 경우도 있다. 헌책방을 운영하는 것이 대단한 일은 아니지만 그 나름의 보람과 즐거움이 없지는 않다. 헌책방을 열고 간간이 지역신문에 칼럼을 기고하며 사는데, 그 욕심 없이 고요하게 사는 삶이 묘하게 마음을 편하게 한다. 이 책을 읽으면서 기분 좋은 활기와 여유로움이 넘친다는 오키나와를 꼭 여행하고 싶다는 갈망이 생겼다.

아울러 제주도에 내려가 한적한 곳에서 헌책방이나 해볼까 하는 생각을 슬며시 해보는 것이다.

사사키 아타루의 전작 『잘라라, 기도하는 그 손을』(송태욱 옮김, 자음과모음, 2012)을 읽고 반해서 그때부터 『야전과 영원』(안천 옮김, 자음과모음, 2015)이 나오길 기다렸다. 이 책 출간 소식을 접하자마자 서점으로 뛰어가 책을 사들고 읽기 시작했다. 이 책은 900여 쪽이 넘고 읽기도 만만치 않았다. 완독하고자 하는 의욕은 넘쳤지만 여러 사정으로 중단하기를 몇 차례 거친 뒤 한 달여 만에 겨우 다 읽었다. 이 책의 인상은 색깔로 치자면 검은색이다. 검은색은 바닥을 도무지 가늠할 수 없는 심연의 색이다. 그 심연은 철학의 심연이고, 그것은 아타루의 말을 빌려 말하자면 "영원한 야전"의 심연이다. 누구라도 900쪽이 넘는 책을 쉽게 읽을 수 있는 방법은 없다. 단숨에 독파할 수 없는 두께이기도 하거니와 과속방지턱이 많은 도로와 같아서 속도를 내며 질주할 수가 없는 탓이다. 아타루는 「서문」에 "책을 쓰는 사람은 '집필하는 동안 직면하는 기댈 곳 없음'을 감당해야 한다"라고 썼다. 나는 이 구절에 격하게 공감했지만 '야전'과 '영원'이라는 개념은 모호하고 내용은 방대해서 맥락을 잡고 집중해서 읽기가 쉽지 않았다. 이 명민한 철학자는 거울상, 신체, 주권, 대타자, 향락, 규율 권력, 국가, 세속화, 종교, 법, 윤리…… 따위의 개념을 해체해 푸코와 라캉과 르장드르의 철학을 끊임없이 소환하며 새로운 접근을 시도한다. 하지만 논점과 논의들은 자주 엉키고 방향 없이 소용돌이치며 독자를 따돌리기 일쑤다.

난해하기 짝이 없는 라캉과 푸코에 대한 책이 아닌가! 라캉의 난해함은 저자도 공감하는 바다. "한마디로, 라캉의 난해함은 그가 제시한 개념의 혼성성混成性과 불균질성에 기인한다. 라캉이 제조한 개념은 하나하나가 특수한 잉여성을 지닌다 할 수 있다. 라캉은 단호한 어조로 정의하지만 라캉의 개념은 결국 항상 그 정의를 지키지 못한다." 라캉은 여러 개념을 만들고 그 안에 여러 불균질한 것, 혼성적인 것을 마구 섞는다. 중복과 잉여를 품고 애초에 정의한 범주를 넘나드는 까닭에 라캉이 만든 개념에는 항상 "이중으로 된 끝없는 설명의 증식, 해석의 번성"으로 바글거린다. 개념의 혼성성은 어떻게 나타나는가? "'말하는 것'은 항상 '보는 것'으로 미끄러져가고, 보는 것은 항상 말하는 것과 포개진다. 상상적인 것은 신속히 상징적인 것을 향하고, 상징적인 것은 돌연 실재적인 것에 퍼져간다. 실재적인 것은 상상할 수 없는 상상적인 것이라는 역설 속에서만 스스로를 드러낸다." 아타루의 설명에 따르면 라캉이 만든 개념의 난해함은 불가피한 것이고 태생적이다. 그 개념은 늘 무엇인가 이상하고 예측할 수 없는 방향으로 뻗어가고, 그런 까닭에 독자를 어리둥절하게 만든다.

라캉의 『세미나』 제2권 마지막에 일어난 '전회'에 대해서 설명하는 부분을 보자.

그것은 어떤 의미에서 '상상계의 막다른 골목'에 뒤이은 '첫 번째 상징계의 막다른 골목'이다. 첫 번째 상징계는 어쩐지 순진하고 인공적인 느낌이 난다. 우리의 끝없고 한없는 욕망, 우리를 괴롭히고, 결코 사그라지지 않는 불이 되어 날마다 사람을 미치게 만드는 욕망은 온건한 약속의 말 속에서 정화되고 진정되고 마는 듯하다. 사랑의 욕망은 정말 이런 것이었을까? 성대한 약속의 진리, 계약의 진리인 것은 틀림없다. 그것이 충분히 집행력을 지니고 있음을 우리는 알고 있다. 약속의 파기가 어떤 죄에 해당하는지도. 하지만 정말 약속의 말이 계속해서 옆으로 미끄러져가는 우리의 욕망을, 승인을 얻으려는 몸을 불태워버릴 것만 같은 욕망의 뜨거움을 회수할 수 있다는 말인가? 무엇인가 이상하다. 여기에는 무엇인가가 짐짓 모른 척 침묵을 강요하는 것이 있다(78쪽).

이렇듯 개념 내부에서 번성하는 잉여로 말미암은 혼돈과 어리둥절함은 불가피하다. 그 불가피함에서 텍스트에 대한 독자의 위화감이 생겨난다. 그 위화감은 어쩌면 의도된 것이다. 독해를 위해 멈칫거리며, 그러나 매우 성실하게 텍스트를 따라온 독자는 텍스트 안으로 스며들 틈도 없이 바깥으로 미끄러져나간다. 나 역시 읽는 내내 얼마나 자주 텍스트 바깥으로 미끄러져나갔던가!

사사키 아타루는 미셸 푸코의 '권력'에 대한 기존 이해와 관념에 대해 미세한 균열을 만든다. 권력은 '이것을 해서는 안 돼'라며 금지를 명령하고, '그걸 하면 벌을 내릴 수밖에 없어'라고 위협한다. 그 금지의 명령과 처벌의 위협은 '법이라는 형식'으로 전화하기 일쑤다. 권력은 비판, 저항을 부른다. 거꾸로 부정하고 배제하는 권력은 그것에 맞서려는 것을 감시하고 처벌하는 장치를 마련한다. 권력은 첫 번째로 신체에 작동하고, 그 범주가 확장되면서 정신에 작동하며, 나중에는 표상과 기호의 게임에 작동한다. 국가 권력을 떠받치는 법은 계율 속에서 배제와 제거의 힘으로 작동한다. 권력은 모든 곳에 깔리고, 시선은 항상 감시한다. 권력은 곧 감시의 시선이다. 감옥, 학교, 회사, 공장, 군대와 같은 곳에서 감시의 시선이 배치된다. 즉 감시자가 감시당하는 자에 견줘 상대적인 권력의 상위에 자리한다. 이 감시는 전방위적인데, 감시하는 자 역시 감시의 시선을 피하지 못한다.

푸코는 '일망 감시 방식'에 대해 설명한다. "중앙의 탑 속에 감시인을 한 사람 배치하고, 각 독방 안에는 광인, 환자, 수형자, 노동자, 학생 등 누가 되었든 한 사람씩 가두어두면 충분하다. 역광선의 효과로, 주위 건물의 독방 안에 갇힌 사람의 작은 그림자가 뚜렷하게 빛 속에 떠오르는 모습을 탑에서 파악할 수 있기 때문이다. 독방과 같은 숫자의 작은 무대가 존재하는 것이고, 거기에서 각각의 연기자는 오로지 한 사람뿐으로 완전히 개인화되어 있고, 항상 시선에 노출되어 있다." 이런 구조에서는 항상 감시할 필요가 없다. 수형자는 감시자를 볼 수 없지만 항시적으로 감시당한다는 의식에 사로잡힌다. 너는 항상 감시자의 시선에 드러나 있고, 감시당하는 자는 감시자가 항상 '너를 본다'가 아니라 '너를 보고 있을지도 모른다' 속에 갇힌다. 이런 방식의 '일망 감시 방식'은 "'봄-보임'의 결합을 분리하는 기계"가 되는 것이다.

사사키 아타루의 사유는 논리와 이성 위에 세운 계보학의 질서보다는 혼돈과 무질서에 더 가깝다. 사유는 하나의 중심으로 응축되지 않고 여러 개로 쪼개져 작은 점으로 흩어진다. 체계와 질서를 지워가며 생성하는 혼돈과 무질서의 글쓰기. 그 속에 무수히 흩뿌려진 사유. 그것은 질 들뢰즈와 펠릭스 가타리가 『천 개의 고원』에서 말한 '리좀' 형태를 이룬다. 리좀은 시작도 없고 끝도 없다. 항상 중간에서 나오고, 그 중간을 취한다. 그는 「발문」에서 "니체가 이끄는 바에 따라서" 이 책을 썼다고 고백한다. 과연 니체는 이 책의 모호함과 비밀의 문을 여는 만능열쇠다. 아타루는 니체의 계보학에 근거해 라캉과 푸코와 르장드르를 호명한다. 그 호명은 그 난삽한 철학에 뛰어든다는 의지의 표명이다. 아타루는 라캉과 푸코와 르장드르의 텍스트를 읽고 엮고

풀면서 해석의 번성에 도달한다. 끝이 어디로 갈지 모르고, 일목요연하게 정리할 수 있는 전체성도 없다. 삶이 끝도 없고 전체성도 파악할 수 없는 "영원한 야전"이듯이. 책을 다 읽고 나는 「서문」을 다시 들춰본다. 이 책을 쓰는 일이 알 수 없음, 무지, 우연성에 몸을 던지는 일이라고, "얕게 고동치며 하루하루를 혼탁하게 만드는 건망과 편집광적인 기억에 괴로워"하며, 그 한가운데를 헤쳐 나오는 일이라고 말하는 「서문」을! 이 말은 맞다. 이 책을 읽는 명료한 도식은 없다! 나는 무엇에 이끌려 『야전과 영원』을 읽었는가? 900쪽이 넘는 이 두꺼운 책을 끝까지 붙들고 읽은 것은 다른 사유의 가능성을 더듬어 찾는 일이고, "야전과 영원"이라는 새로운 시공으로 나아가는 실천이기 때문이다.

책의 표지에 관하여

우리는 하루에도 수백 권의 신간이 쏟아지는 시대에 산다. 대개 일간지 주말 판에 실리는 북섹션에는 기자가 고심해서 골라낸 책이 소개된다. 기자는 책을 소개할 때 내용과 주제에 중점을 둔다. 그것은 책을 이루는 가장 중요한 의미체일 테니, 어쩌면 당연한 현상이다. 나 역시 책을 고를 때 저자와 책의 내용을 중심으로 신중하게 검토하는데, 하나 더 보는 게 있다. 그것은 바로 책 표지다. 나는 책을 구입할 때 시간을 절약하기 위해서 온라인 서점을 이용한다. 가끔은 서점에 나가서 책을 살펴본 뒤 선택하는데, 그때 유심히 보는 게 책의 표지다.

표지는 책의 얼굴이다. 책이 생물이라면 표지는 그 생물의 살아 있는 감각과 표정이 나타나야 할 것이다. 한데 요즘 책 표지는 과거에 견줘 세련되고 화려해졌지만 정작 소박한 개성과 고졸한 품격을 찾기는 힘들다. 몰개성과 분식扮飾으로 덧칠된 표지는 책에 대한 신뢰감을 떨어뜨린다.

물론 책의 핵심은 단어와 문장, 그것이 실어 나르는 알갱이, 즉 내용, 메시지, 전언이다. 누가 무엇을 어떻게 썼느냐는 항상 책을 고를 때의 가장 중요한 기준이다. 하지만 나는 책을 선택할 때 표지도 유심히 본다. 표지가 내용과 별개로 존재하는 그 무엇이 아니라 책을 이루는 일부이기 때문이다. 사람들은 표지가 책의 내용을 반영한다고 믿지만, 표지는 항상 그 이상이다. 표지와 텍스트 사이의 상호교감은 세상에 울려 퍼지는 화음이고 교향악이다. 그런 화음과 교향악이 없는 책의 표지를 믿지 않는다. 나는 텍스트와 상관없이 책의 표지에 매료되어 책을 고를 때도 종종 있다. 표지는 그 책과 만나는 순간을 기념하는 운명의 표징이다. 얼마나 많은 책이 볼썽사납고 통속적인 표지로 나를 실망시켰던가! 반면 얼마나 많은 훌륭한 표지가 내 심장을 뛰게 했던가!

오랜 시간이 흘러 어떤 책을 떠올릴 때 가장 먼저 떠오르는 것은 그 책을 읽은 시공과 그 책의 표지와 색상이다. 표지가 없는 책은 서점에 나올 수가 없다. 표지가 없는 책은 미완의 책, 미처 태어나지 않은 영혼이다. 그것은 옷을 입지 않은 벌거벗은 책이다. 옷이 그 사람의 개성과 스타일뿐만 아니라 그 사람의 사회적 인격을 드러내는 것같이 표지 역시 책의

내용과 메시지의 압축을 넘어서서 그것과 별개로 존재하는
정체성과 문화를 드러낸다. 저마다 다른 책의 표지는 세상에
나와 유통되는 수많은 책과 저를 분리하는 신호이자 기호,
그것에 부여된 격格이고, 영혼이며, 정체성의 전부다.

표지라는 형형색색의 옷을 입고 세상에 나오는 그 많은
책! 책에 관한 책은 수없이 많다. 내 서가에 꽂힌 책에서 책 그
자체에 대해 말하는 것만 골라내도 한 수레는 될 테다. 반면
책의 표지에 대해 말하는 책은 극히 드물다. 오르한 파묵의 책
읽기를 중심축으로 한 자전을 담은 『다른 색들』(이난아 옮김,
민음사, 2016)에도 「책 표지에 관한 노트」라는 짧은 장이 있다.
파묵은 책의 세계에서 표지가 차지하는 중요성을 잘 인지하고
있는 작가다. 파묵은 자신이 쓴 책의 표지를 상상하며 설렘이
없는 작가란 이미 "성숙하지만 자신을 작가로 만든 순수함을
잃어버린 작가"라고 단정한다. "책의 표지는 책에 나오는
세계와 우리가 사는 평범한 세계 사이의 통과 신호 역할을
한다"거나 "서점을 생동감 있고 풍부하고 매력적으로 만드는
것은 책이 아니라 표지의 다양함이다"라고 말할 때, 적어도
그는 표지가 책의 부속물에 지나지 않는다는 편협함은 넘어서
있음을 보여준다.

책 표지에 대한 단상을 펼친 줌파 라히리의 『책이 입은

옷』(이승수 옮김, 마음산책, 2017)은 얇은 부피를 가진 책이지만 반갑고 매혹적이다. 작가가 책의 표지에 대해 드러내놓고 말하는 경우는 드물지만 줌파 라히리는 작정하고 여러 권의 저서를 내면서 표지에 대해 가졌던 소회를 솔직하게 털어놓는다. 작가는 원고를 탈고한 뒤 출판사에 보낸다. 출판사에서 편집과 교정, 그리고 표지 장정이라는 여러 단계의 복잡한 공정을 거쳐 책으로 나온다. 책이 완성되기 직전 마지막 단계에서 디자이너가 만든 책의 표지 시안이 작가에게 제시된다. "표지는 책이 벌써 읽혀졌다는 뜻이다. 표지는 단순히 책이 입는 첫 번째 옷일 뿐만 아니라 첫 번째 시각적 해석 혹은 홍보용 해석이기 때문이다. 표지는 출판사의 여러 사람들이 그래픽으로 읽어냈다는 의미다. 출판사 사람들의 비전, 견해, 갈망이 들어 있다." 그런 단계와 협의를 거쳐서 최종적으로 완성된 표지는 "책이 입은 옷"이고 "시각적 메아리"다.

저자는 기대와 설렘으로 책 표지와 만난다. 여러 표지 시안 중 다른 것은 배제되고 오직 하나가 낙점되는 순간은 텍스트를 더는 바꿀 수 없다는 최종 통보를 받는 것이다. 표지는 글 쓰는 과정이 끝나고, 그것이 저자의 손을 떠났다는 것을 의미한다. "글 쓰는 과정이 꿈이라면 표지는 꿈에서 깨는 것이다." 줌파 라히리는 표지가 완성됐다는 통보를 받을 때의 느낌을 이렇게 말한다. "책이 완성됐기 때문에 뿌듯하다.

또 한편으론 불안해진다." 표지가 저자에게 전달되는 순간 뿌듯함과 불안이 동시에 닥친다.

나는 여러 해 동안 출판 편집자로 일하며 책을 만들고 (스물네 살 때 출판사에 입사해 편집장을 거쳐 직접 출판사를 경영하던 15년 동안 최소한 600여 종의 책 표지 디자인에 관여했다), 또한 저서도 여럿 낸 경험이 있는 터라 출간되기 직전 표지 시안을 받았을 때의 설렘을 잘 안다. 표지를 만드는 것은 무에서 유를 만드는 작업이다. 표지 시안이 그야말로 완벽하게 아름다운 적도 있고, 마음에 들지 않아 불편한 적도 있다. 어떤 표지는 피상적이고 불친절한데, 그것은 텍스트에 대한 출판사와 디자이너의 이해가 부족하다는 증거일 테다. 좋은 표지는 내가 쓴 텍스트를 더 풍부하게 해줄 거라는 기대감을 불러일으킨다.

표지는 저자가 쓴 텍스트를 읽은 제3자가 해석하고 번역한 그 무엇이다. "표지는 책에 하나 혹은 두 개의 정체성을 부여한다. 내용과는 별개의 표현 요소를 보여주기도 한다. 책이 말하는 것이 있고, 표지가 말하는 것이 있다." 표지는 미지의 독자에게 그 책이 어떤 책이라고 소개하는 말을 건넨다. 나는 담백한 표지를 좋아한다. 속임수가 없고, 필요 이상으로 수다스럽지 않은 표지가 좋다. 한국의 북 디자이너 중에서는 정병규, 최만수, 조혁준, 그리고 '수류산방'의

박상일 같은 이들의 표지를 좋아한다. 반면 싫어하는 표지는 텍스트에 대한 이해가 부족하거나 피상적인 것, 디자인 요소가 과잉인 것, 지나치게 화려하고 장식적인 것이다. 그것은 '가짜' 표지라고 생각한다. 가장 이상적으로 꼽는 책 표지는 제목, 저자 이름, 출판사만 적힌 표지다. 그런 표지가 정직한 표지 아닐까. 프랑스의 갈리마르 출판사의 표지! 텍스트에 종속되거나 관습적이지 않고 독창적인 것, 텍스트의 내용을 단순하게 설명하는 대신에 텍스트와 조응하면서도 독자적인 정체성과 분위기를 보여주는 표지!

완벽한 책 표지가 있을까? 그런 것은 없다. 아름다운 표지와 덜 아름다운 표지가 있을 뿐이다. 책의 표지는 한 시대의 문화적 흐름과 취향을 반영한다. 흐름과 취향이 시대에 따라 바뀌니 표지도 달라질 수밖에 없다. 책 표지의 시효성은 늘 한시적이다. "표지는 의미를 담고 있으며 날짜가 새겨지고 난 뒤 특정한 시간 동안에만 사랑을 받는다." 그렇기 때문에 텍스트를 다시 출간할 때는 반드시 새로운 표지로 내놓아야 한다. 내가 좋아하는 책은 표지가 바뀌어 나올 때마다 사들여 소장한다. 표지가 물적인 것의 미학적 구현을 최종적으로 완성하는 것이라고 믿기 때문이다.

똑같은 텍스트라고 해도 출판사마다 다른 표지를 내놓는다. 새 원고를 쓰고 출판사를 고를 때 그 출판사가 기왕에 내놓은 책의 표지를 보지 않을 수가 없다. 텍스트를 잘못 해석한 표지, 엉뚱한 정체성을 강요하는 표지, 실망스러운 표지는 낙담에 빠뜨린다. 표지가 실패했을 때 수습하기 어려운 참혹한 결과를 낳는다. 표지의 실패는 텍스트의 실패다. 책이 독자에게 외면당하는 것은 물론이고, 저자에게 트라우마를 남긴다. 책의 표지는 시간이 지나면서 저자의 일부로 녹아든다. 책 표지와 저자는 하나다. 그런 까닭에 나는 책 표지를 만들 때 적극적으로 내 의사와 취향을 출판사 쪽에 전달하는 편이다. 아무튼 책 표지의 세계는 그것 나름으로 오묘하고 매력적이다. 원고를 탈고하고 난 뒤 누리는 기쁨 중 하나는 아직 세상에 없는 책의 표지를 혼자 상상하는 일이다.

망원동 동네서점 '어쩌다책방'과 열 권의 책

망원동에 있는 '어쩌다책방'에서 2017년 12월의 작가로 나를 초청하고 싶다는 연락이 왔다. '어쩌다책방'은 망원동 골목 안쪽 외진 자리에 있는데, 망원시장을 산책 삼아 찾아 나설 때 가끔 들른 작지만 아름다운 서점이다. 이 서점에 진열된 책이 내 취향과 맞고, 서점의 깔끔한 분위기도 마음에 들었다. 12월 중 하루 날을 잡아 북 콘서트 형식으로 진행되는 '독자와의 만남'을 갖겠다는 것이다. 지난해 이맘때 아내인 박연준 시인이 초대되어 나도 참석한 적이 있었다. 나는 '어쩌다책방'의 초대에 기꺼이 응하기로 했다. '어쩌다책방' 측에서 북 콘서트를 하기 전에 먼저 독자에게 권하는 책 열 권을 선정해서 보내달라고 했다. 하고많은 책 중에서 열 권을 골라 떠오르는 대로 짧은 해제를 붙여서 보냈다. 이 목록은 손때가 많이 묻은 책, 늘 마음에 두고 있는 책, 연인의 머리맡에 두고 싶은 책, 혼자 기른 아들에게 읽히고 싶은 책, 간혹 아무에게도 알려주지 않고 혼자만 읽고 싶은 책, 멀리 여행을 떠날 때 배낭에 넣고 싶은 책이다. 이 열 권의 책이 그렇다. 이 책들은 12월 내내 '어쩌다책방'의 매대에서 독자를 기다린다고 한다.

미야모토 테루, 『**환상의 빛**』(송태욱 옮김, 바다출판사, 2014). 사랑하는 이의 머리맡에 가만히 놓아두고 싶은 쓸쓸하고 아름다운 소설집! 고레에다 히로카즈 감독의 첫 장편 연출작으로도 널리 알려진 소설이다.

롤랑 바르트,『사랑의 단상』(김희영 옮김, 문학과지성사, 1991). **사랑에 대**한 새로운 인식의 눈을 뜨는 데 도움을 주는 책. 지난 스무 해 동안 여러 번에 걸쳐 읽을 만큼 곱씹을 만한 의미로 가득 찬 책이다.

마르그리트 뒤라스,『이게 다예요』(고종석 옮김, 문학동네, 1996). **말년에** 이른 작가 뒤라스가 연하 애인에게 하는 사랑 고백. 문장은 짧고 간략하나 거기 담긴 인생의 무게는 천금만큼이나 무겁다.

스콧 피츠제럴드,『위대한 개츠비』(김영하 옮김, 문학동네, 2009). **한 여**자를 향해 달려가는 남자의 순애보. 자기 파멸까지 마다하지 않는 한 남자의 하염없는 사랑 앞에서 오열해본 적이 있는 사람만이 사랑할 자격이 있으리라.

필립 로스,『죽어가는 짐승』(정영목 옮김, 문학동네, 2015). **사랑은 수많**은 '차이'를 넘어서게 한다. '차이'는 장애가 아니다. 그것은 사랑을 더 불타오르게 하는 불일지도 모른다. 엇갈리는 두 사람의 사랑에 가슴이 시리다.

니코스 카잔차키스,『그리스인 조르바』(이윤기 옮김, 열린책들, 2009). 자유롭고 거침없으며 유쾌한 조르바 씨의 인생 유전! 떠돌이 노동자 조르바를 통해 인생에서 추구할 중요한 가치가 자유라는 사실을 새삼 되새긴다.

사사키 아타루,『잘라라, 기도하는 그 손을』(송태욱 옮김, 자음과모음, 2012) 일본에서 젊은 '니체'라는 별칭을 얻은 천재 철학자의 문학과 인류 문명에 대한 촌철살인의 통찰을 담은 책.

장 그르니에,『섬』(김화영 옮김, 민음사, 1977). '이방인'의 작가 알베르 카뮈가 고등학교 때 철학교사로 만난 스승 장 그르니에의 산문집. 동양적 고요와 침묵으로 감싸인, 고양이와 섬에 대한 깊은 성찰을 담은 산문집이다. 프랑스어로 된 가장 아름다운 산문집 중 한 권!

세사르 바예호, 『오늘처럼 인생이 싫었던 날은』 (고혜선 옮김, 다산북스, 2017). "인간은 기침하는 존재"라고 말하는 세사르 바예호! 중남미 문학의 거장으로 꼽히는 바예호 시집을 읽는다는 건 곧 인간에 대한 직관의 세계로 들어서는 일이다.

알베르 카뮈, 『결혼 여름』 (김화영 옮김, 책세상, 1989). 가난조차 인생의 사치로 여겨질 만큼 찬란한 지중해 햇빛이 넘실거리는 카뮈의 산문집. 젊음의 풋풋한 감성과 생기가 넘치는 아름다운 산문집이다.

03

사색의 시간

말하며 침묵하는 존재

이즈막 말로 들끓어 시끄러운 세상을 등지고 침묵을 끌어안은 채 2월 하순을 보낸다. 2월의 밥을 먹고, 2월의 말을 하며, 2월의 빛과 바람을 쐬고, 2월의 밤을 건너간다. 어제 오후엔 교하 들을 가로질러 꽤 오래 산책을 했다. 바람결에는 땅에서 올라오는 비릿함과 미나리향의 싱그러움이 뒤섞여 있다. 그 바람을 폐부 깊이 끌어당기며 걷는 동안 기분이 좋아졌다. 가랑비와 훈풍을 기다리는 교하 들 한가운데 커다란 버드나무 한 그루가 있다. 주렴처럼 축축 늘어진 버드나무 가지에 연초록 물이 올랐다. 말없이 들을 가로질렀지만 실은 속으로 무수한 말을 지껄였다. 혼자 생각에 잠기는 것은 자기가 또 다른 자기를 불러내서 대화를 나누는 것이다.

나는 평생 언어의 덩어리, 언어의 집적체인 책을 읽고, 만들고, 쓰는 일을 해왔다. 그 일이 생업이니 언어에 대해 생각이 많은 것은 당연하다. 서른 해 전 의사이자 철학자인 막스 피카르트의 아름다운 책 『침묵의 세계』를 만난 것은 행운이다. 그는 '침묵'이라는 입구로 들어가서 '언어'라는 동굴을 헤집고 나온다. 막스 피카르트의 두 번째 책 『인간과 말』은 '말'이라는 입구로 들어가서 '침묵'이라는 출구로 나온다. 그는 인간과 말에 대한 깊은 사유를 끌고 나가다가 "침묵은 밤의 어둠이 아니라, 말을 빛나게 하기 위해 모여든 밤의 광채다. 침묵은 말을 빛나게 하기 위해 휴식한다"라고 쓴다.

말-언어는 "인간에게 앞서 주어진 것"이다. 우리가 처음으로 말을 배우고 입 밖으로 내뱉기 이전에 말은 우리 안에 있다. 아이는 언어의 선험성 안에 머물고 있는 셈이다. 아이는 이 선험성에 의해 언어의 세계로 떠밀려 나온다. 이 선험성이 말의 본질을 규정한다. 이 선험성은 인간 영역 너머의 것이다. 이것은 인간의 내재적 초월의 기질을 드러내면서 그것이 더 큰 존재에게서 온 것이라는 증거다. "인간은 선험성에 의해서 말해지는 존재다. 그로 인해 말은 항시 인간을 위해 대기 중인 상태다." 사람이 말의 주인이라고 하지만 사람이 말을 부리는 게 아니라 말이 사람을 붙잡고

부린다. 사람은 말의 선험성과 포괄능력에 기대어 말로
할 수 없는 것을 말함으로써 그 자신을 넘어서는 더 높은
존재로 나아간다. 말은 제 안의 생각을 밀어낸 결과물이지만
그것은 세상 바깥으로 나와 우리를 증명하고 그 인력으로
끌어당긴다. 말이 그것을 내뱉은 자에게 책임을 요구하는
것은 사람은 말하면서 끊임없이 그 말의 세계로 귀속하기
때문이다.

　　다시 곰곰 생각해보자. 사람은 말을 하면서 자기 자신에게
속하는 동시에 거기에서 벗어나 도약한다. 우리는 말-언어에
기대어 산다. 프리드리히 슐레겔이 말했듯이 "언어는
인류의 위대한 공동기억"이기 때문이다. 말이 없다면 삶은
불충분했을 것이다. 선험성을 품은 말은 메아리를 갖는다.
그 아름다운 메아리를 오래 귀를 기울여 경청할 때 선험성을
품은 말은 아픈 사람의 마음을 어루만져 저마다 내면의
상처를 치유하기도 한다. 사람은 입을 다물고 있을 때에도
말을 한다. 생각이란 실은 혼잣말이기 때문이다. 생각에
잠긴 사람은 자기 자신과 이야기를 하는 사람이다. 사람은
단지 말을 하는 존재가 아니라 말을 통해 개별성을 드러내고
성장한다. 사람은 말을 통해 있음의 곤궁에서 벗어나 자기
존엄성을 빚으며, 내적 광휘를 품은 존재로 도약한다.
　　말은 자기표현과 소통의 매개이기 이전에 빛이다. 사람은

항상 뒤에 오는 존재다. 빛이 있고 그다음에, 선험적인 말이 있고 그다음에 사람이 온다. 뒤에 와서 제 앞에 있는 빛과 말을 당연히 제 것으로 쓰고 누린다. 말은 존재의 거푸집이다. 사람은 누구나 자기 말 속에서 거주한다. 제 말에 둥지를 틀고 거주하는 존재는 빛나지만 말하지 못하는 동물은 그 빛에서 소외된다. 동물은 말의 부재라는 어둠으로 가득 찬 곤궁 속에 내팽개쳐진다! 사람이 말을 매개로 도약한다면 동물은 그저 "땅의 표면을 따라, 그 어둠을 향해, 옆으로 확장"될 뿐이다. 동물이 침묵의 덩어리라는 사실은 동물이 밝은 곳에 있더라도 "빛의 그림자"에 지나지 않음에서 드러난다.

　사람은 말로 타인과 소통하는 순간 몸-형상에서 자기 자신으로 빚어진다. 말이 없다면 그는 걸어다니는 몸-형상에 지나지 않을 테다. 두말할 것도 없이 "인간은 말에 의해서 만들어진 존재"인 것이다. 말은 찰나에 출현하지만 그 찰나는 영원으로 향한다. 사람은 유한한 존재지만 때때로 말이 그를 불멸로 이끈다. 장 파울의 말처럼 "언어는 무한함을 가르는 가장 섬세한 분할선"이다. 사람이 죽어도 그의 말이 살아서 회자되는 경우가 종종 있지 않은가?

　이즈막 말은 언어의 본래성에서 멀리 벗어나 있다. 말에서 선험성이 벗겨지고 그 빈자리에 불순한 이물질이 섞여들며 난잡해졌다. 난잡한 시대의 말은 깨지고 오염되고 병든 말이다. 병든 말의 세계에 방치되면 사람은 병든다. 병든 세계의 말은 말하는 자의 정신과 인격을 일그러뜨린다. 거짓말은 깨어져 부스러기가 된 말, 더러운 말, 뿌리 없이 떠도는 말이다. 오늘의 시대는 거짓말이 득세한다. 언어가 창조의 결산서라면 거짓말이 득세하는 세계에서는 어떤 결산서도 나올 수가 없다. 거짓말은 그것이 발신되는 자리를 벗어나지 못한 채 정신을 교란시키고 허둥거리게 한다.

거짓말은 소음이고, 소음은 죽은 말, 얼이 빠진 말이다. 말이 곧 영혼이기 때문에 말의 타락은 곧 사회의 타락으로 이어진다. 누가 거짓말에 달라붙은 더러움과 탁함을 씻겨 새롭게 빚을 수 있는가? 누가 거짓말을 침묵 속에서 정화할 수 있는가? 시인은 언어가 최초로 잉태되는 침묵에 귀를 기울이고, "말을 빛나게 하기 위해 모여든 밤의 광채" 속에서 언어의 원초적 기쁨을 되살린다. 참다운 시인은 언어가 제 순수성과 아름다움으로 회귀하도록 회생 절차를 밟는다. 반면 시인이 죽은 사회는 온갖 거짓말이 넘치는 바닥으로 변한다. 그리하여 사람은 오물이 된 말과 함께 바닥에 나뒹군다. 의사이자 철학자인 막스 피카르트가 "시는 지상의 성좌이자 동시에 하늘의 성좌다"라고 말하는 까닭을 우리는 곱씹어봐야 한다.

눕기 예찬

눕기의 기술을 다룬 책이라고? 눕는 데 무슨 기술이
필요해? 그건 배우지 않고도 누구나 할 수 있는 거 아냐?
'수평적 삶을 위한 가이드북'이라는 부제가 붙은 베른트
브루너의『눕기의 기술』이라는 책을 집어 들었을 때 스친
생각이다. 인류 세계에서 '눕기'에 대한 평판은 별로 좋지
않다. 그래서 사람들은 대개 타인의 시선이 미치지 않는
곳에서 눕는다. 누워 있다가도 누군가 다가오는 기척이
나면 벌떡 일어나는 이유는 눕기를 게으름의 징표로 보기
때문이다. 베른트 브루너는 눕기에 대한 이런 통념에
도전한다. 그는 인류의 익숙한 관습으로 굳어진 이 수평
자세, 누워서 자고 꿈꾸고 사랑하는 눕기의 문화사를

엮는다. 눕기와 관련된 생리적이고 심리적인 국면의 고찰은
물론이거니와 눕기의 고고학, 눕기의 동양적 뿌리, 침실과
눕는 습관의 현장 연구, 여행 중에 눕기, 낯선 사람과 함께
자기 따위 시시콜콜한 점을 꼬치꼬치 따지고 더듬는다. 그는
침대와 수면에 대한 연구와 눕기의 여러 측면과 올바르게
눕기에 대한 숙고를 거쳐 문명이 눕기에 덧씌운 도덕적
의혹을 벗겨내고 눕기를 옹호한다.

눕는 것은 신체가 균형을 잡고 서 있는 에너지가 더는 필요
없는 가장 편한 자세다. 몸을 구부리고 누운 자세는 아마도
태어나기 전 어머니의 자궁 속에 있을 때와 비슷한 자세다.
눕지 않는 사람은 없다. 아무리 부지런한 사람이라도 하루
중 일부는 잠을 자려고 눕는다. 잠을 자지 않는 것, 즉 불면은
죽음에 이르는 질병이다. 눕기는 숙고를 크게 자극하지
않는다. 하지만 나는 이 책을 읽고 '눕기는 숙고가 필요 없는
단순한 행위'라는 생각을 고쳐먹었다. 눕기를 과소평가하는
것은 인생의 중요한 국면이 누운 자세에서 이루어진다는 점을
간과하는 경솔한 짓이다. 탄생, 성교, 죽음. 이토록 중요한
실존적 사건이 누운 자세에서 이루어진다. 눕기는 인생의
중요한 의례고, 뜻밖에도 복잡한 생의 본질과 맞닿아 있다.

사람들은 잠자려고 침상이나 바닥에 눕는다. 우리는
인생의 3분의 1을 누워서 보낸다. 잠자는 시간을 아까워하며
굳이 이걸 줄이려는 시도가 없지는 않다. 하지만 사람은

잠을 자야 살 수 있다. 누운 자세는 한마디로 어깨뼈, 척추, 골반, 발꿈치를 지면에 수평으로 대고 몸을 이완하는 자세다. 식사를 하거나 계약을 하고 서명을 할 때, 혹은 도구를 들고 일할 때 척추를 세워야 한다. 그에 반해 누운 자세는 노동과 과업을 다 마친 뒤 휴식과 잠을 청할 때 취하는 자세다. 누운 자세는 신체 에너지 소모가 가장 적은 자세다. 서 있을 때는 신체의 균형을 잡기 위해 긴장한다. 서 있는 것은 끊임없이 에너지 소모가 일어나는 자세인 것이다.

다시 말하지만 눕기는 척추를 지면과 수평이 되게 하는 행위다. 사람은 눕기 전까지 의식하든 의식하지 못하든 중력과 싸운다. "중력은 자꾸만 우리를 아래로 끌어당긴다. 우리는 계속하여 중력과 싸우며 살아간다. 평소에는 의식하지 못할지 몰라도, 인간은 중력에 대항하도록 만들어졌고 자동으로 그렇게 대항한다. 중력과 싸우는 데 우리 에너지의 대부분을 소모하는 것이다." 사람이 피곤한 것은 중력과의 싸움 때문인지도 모른다. 눕기는 중력과의 일시적 휴전을 선언하는 것이다.

『눕기의 기술』은 눕는다는 것, 잠과 침대에 대해 새로운 사실을 더 많이 알게 한다. 문명사회의 사람들은 침대 위에서 잠을 잔다. 초기 인류는 골풀과 나뭇잎으로 자리를 만들고 몸을 웅크린 채 월계수 잎을 덮고 잠을 잤다. 신석기 시대의 인류는 홈 파인 돌에 짚이나 나뭇잎을 깔고 동물 가죽을

몸에 덮은 채 잠을 잤다. 켈트인은 땅을 파고 그 자리에
나뭇잎을 채우고 들어가서 잤다고 한다. 인류는 돌, 나무,
흙으로 잠자리를 만들고, 그 위에 풀과 나뭇잎과 이끼와 짐승
가죽을 깔고 잠을 잤다. 중세 들어서서 짚과 깃털을 채워
만든 매트리스가 쓰였다. 침대는 더 편한 잠자리를 만들기
위해 고안된 것이다. 침대 위에서 곯아떨어진 자는 배고픔도
목마름도 잊은 채 마치 기절한 듯 잠을 잔다. 더러는 죽은
자처럼 보이는 것은 잠과 죽음이 그만큼 닮아 있다는 증거다.
"죽음은 잠의 특별한 형태이고, 잠은 죽음의 특별한 형태"다.

　　눕기는 게으름과 무능력의 상징으로 부정적인 인식의
대상이었다. 이것은 과장이거나 억측이다. 우리가 누워서
빈둥거리는 것은 흐트러진 생각을 가다듬고 '깊이'를 갖기
위한 것일 수도 있다. 눕기에 덧씌워진 오명이 벗겨지면서
차츰 긍정적인 의미를 얻고 있는 추세다. 눕기는 속도와
효율성의 시대에 속도를 늦추고 멈추면서 제 삶을 돌보는
느림을 누리는 방식으로 주목받는다. 야외의 풀밭에서 인간의
가장 원초적인 자세로 시간을 보내는 것은 자유와 휴식의
표상이다. 누운 자세는 우리가 취할 수 있는 가장 편안한
자세로 활동적 삶과는 반대되는 자세다. 눕기는 잠과 휴식을
위한 비활동적인 자세로 흔히 "피곤, 냉담, 의욕 결여, 게으름,
어정쩡함, 수동성, 휴식"과 연관된다. 여러 사실을 종합해볼
때 눕기의 기술은 머묾의 기술이다. 사람이 누우려면

행동이나 하던 일을 멈추고, 정동靜動 속에 웅크려야만 한다. 잠을 자려는 자, 아픈 자, 피로한 자가 눕는다. 사지를 뻗고 편안하게 눕는 자세는 에너지 소모를 최소화하고 탈진한 신체와 자아에 새로운 힘을 충전시키려는 것이다.

누워서 일할 수 없는 것은 아니지만 대개 누운 사람은 일을 하지 않는 사람이다. 어느 사회에서나 누운 자는 게으름과 나태에 빠진 사람으로 눈총을 받는다. 누운 자세는 도덕적으로 무르고 유약한 태도로 비치고, 누워서 보내는 빈둥거리는 시간은 학습과 노동에 정진하지 않고 헛되이 시간을 낭비하는 것으로 여겨진다. "측정 가능한 성과를 중시하고, 순발력 있는 행동으로 결단력을 보여줘야 하며, 책상이나 컴퓨터 앞에 오래 앉아 있는 걸로 근면함을 입증해야 하는 우리 사회에서 누운 자세는 푸대접받기 일쑤다. 누운 자세는 게으름의 표현이자, 빠르게 변화하는 세계에 적응하지 못하는 무능력의 소산으로 여겨진다."

침대는 인류가 눕기 위해 고안한 도구로 탄생과 죽음 사이의 여러 국면에서 도피와 휴식, 그리고 잠을 위해 꼭 필요하다. 하지만 이것의 중요성은 더 깊은 차원에 있다. 침대는 우리가 무의식적 차원에 접속할 수 있는 매개적 장소인 것이다. 우리는 침대에서 꿈을 꾸며 무의식의 깊은 곳으로 빨려 들어간다. 어디 그뿐인가! 침대는 누워서 시작하고 누워서 끝내는 인생의 동반자다. 따라서 인생을 진지하게 궁구하는 자라면 침대에 대한 숙고는 당연하다. 삶이 죽음을 대가로 얻는 것이라면 잠은 깨어 있음을 대가로 지불하고 얻는 소득이다. 적당량의 수면은 최상의 삶을 위한 최소한의 전제조건이다. 우리의 전통적 관습에는 머리를 북쪽에 두는 것은 북망산천, 즉 죽음을 향하는 것이라 해서 금기시하며 동쪽으로 두라고 한다. 그런데 브루너는 지구자기장과 신경계의 상관관계를 고려해 머리를 북쪽에 두고 다리는 남쪽으로 두고 자는 게 좋은 자세라고 안내한다. 그래야만 자기력이 머리에서 다리 방향으로 지나간다는 것이다. 좋은 잠은 생기를 북돋우고, 강건한 삶의 필요조건이다. 분산된 생각과 쪼개진 내면을 다독이고 봉합하는 잠이 없다면 건강은 물론이거니와 건강하고 충만한 삶도 불가능하다.

눕는 것은 신체에 쌓인 피로를 씻어내거나 기분전환의 목적으로 이루어진다. 사람은 때때로 기분전환을 필요로 한다. 결국 눕기에 대한 숙고는 죽음에까지 뻗어간다. 직립보행을 하던 사람들은 죽은 뒤 관 속에 수평 자세로 얌전하게 눕는다. 서 있는 게 산 자의 일이라면 눕는 것은 죽은 자의 일이다. 무덤에는 얼마나 많은 자들이 누워 있는가! 눕기의 기술은 존재의 여러 기술과 합쳐진다. "무위의 기술, 겸손의 기술, 누림의 기술, 휴식의 기술, 또한 그 유명한

사랑의 기술과 말이다." 눕기의 기술이 심오함을 얻는 것은
그것이 다른 것과 겹쳐지며 존재의 기술로 전환할 때다.

이 책의 208쪽에서 209쪽에 걸쳐 46미터 길이의
거대한 와불상 사진이 나온다. 방콕의 와포 사원에 안치된
와불상이다. 와불상은 200년 동안 오른쪽으로 누운 채 손으로
머리를 괸 이 자세를 유지한다. 눕기의 미학을 이보다 더 잘
보여주는 것은 없다. 슬라보예 지젝이나 페터 슬로터다이크
같은 철학자는 눕기의 태만성에 숨겨진 효용성을 우리가
생각지 못한 국면에서 찾아낸다. 눕기가 만연한 성과주의에
대한 태업이라는 것이다. 침대에 되도록이면 오래 머물러
있으라. 스스로를 성과기계로 내몰아 자발적인 자기 착취로
이끄는 신자유주의 체제의 음모에 속지 마라. "신자유주의적
체제는 자신의 강제 구조를 개개인이 누리는 가상의 자유
뒤로 숨긴다."(한병철,『에로스의 종말』, 31쪽) 사람들은 그 간계에
쉽게 속는다. 그것이 부당하다면, 그 자리에 벌러덩 누워라.
눕기는 피착취자를 착취자로 둔갑시키는 이 기괴한 음모,
착종된 폭력에 맞서 싸우는 유력한 방식이다.

호텔에 대하여

호텔을 영국에선 인inn이라 하고, 프랑스에서는
오베르주auberge라고 하고, 일본에서는 료칸旅館이라고 한다.
여행자나 출장을 다니는 사람들이 짧은 기간 동안 숙박을
하기 위해 머무는 호텔은 일상적 생활의 자리가 아니라
일상의 흐름을 멈춘 채 숨을 고르는 휴지부休止符의 장소다.
여름 시즌 때 도심의 특급 호텔은 숙박료를 할인해서 '여름
패키지' 상품을 내놓는다. 모두 먼 곳의 휴양지로 휴가를 떠날
때 누군가는 '여름 패키지'로 구매한 도심 호텔 방의 아늑한
조명등 아래서 파스칼 키냐르나 무라카미 하루키의 소설을
읽으며 휴가를 보낸다. 이때 호텔은 배가 태풍이나 해일
따위를 피해 잠시 정박하는 항구와 같이 혹서와 소음에 지친

이들의 임시 피난처일 테다.

　호텔은 집으로부터의 도피처다. 그것은 집이라는 현실적 거주공간에 견주자면 아마도 유토피아일 것이다. 호텔 객실은 인테리어 잡지에나 나올 법한 꾸밈으로 제법 호사스러운 공간이다. 손님은 거주하는 것이 아니라 잠시 머물렀다가 사라진다. 그 공간은 손님 누구의 소유도 아니다. "호텔은 꿈이고, 그런 만큼 현실의 실망 요인들을 기피해야 마땅하지만 동시에 물리적인 것을, 욕망의 가재를 제공할 기업가를 요구한다."[19] 호텔은 집(현실)이 아니다. 애초에 정착을 허용하지 않는다는 점에서 호텔은 집이 될 수가 없다. "호텔은 집과 집다운 모든 것에 훼살을 놓는다."[20] 호텔은 돈과 서비스의 맞바꿈이 일어나는 장소다. "호텔이 제공하는 것에 부합하는 욕망을 호텔이 제시하는 조건 하에 지닌 이가 되도록 가르침 받는 곳이다."[21] 철학자 하이데거는 집이 거주함을 위한 장소이고, 인간은 집에서 거주한다고 말한다. 그는 "신적인 것들이 신적인 형태로 도래하기를 기다린다는 의미에서, 인간은 거주한다"고 말하는데, 호텔에서는 그 거주함이 불가능하다. 호텔에 '신적인 것'은 어떤 경우에도 도래하지 않는다. 신이 깃들지 않는 호텔은 무신론자의 공간이다. 드문 일이지만 어떤 사람은 집에서 받은 상처를 호텔에서 치유받는다.

　호텔 방에서 중요한 사물은 침대다. 그곳이 수면과 휴식에

깊이 관련되어 있는 까닭이다. 침대는 몸을 뉘는 사람의
머리와 등과 엉덩이를, 그 실존의 하중을 받쳐주는 받침대다.
침대는 현존의 기반이고 떠도는 주체의 은신처다. 로제 폴
드루아는 "침대는 단순히 하나의 사물이 아니라 공간이
취하고 있는 하나의 자세, 길쭉한 형상이다"라고 말한다.
침대는 부유하는 존재를 한 점에 고정시켜 신체와 도구를
하나로 합체시킨다. 침대와 신체는 하나가 되어 우리 실존을
빚는다. 침대는 실존을 싣는 배, 자아가 번성하는 무대, 꿈과
현실을 오가는 '우주선'이다.

　호텔 객실은 삶을 빚거나 사적인 비밀을 기르는 일에
기여하지 않는다. 그것은 늘 '새하얀 방'이고, 누구의 소유도
아닌 채 펼쳐진 '중립지대'다. 호텔 방에 머물 때는 아무런
'서술 기억'이나 '외현 기억'이 쌓이지 않는다. 투숙자는 낯선
호텔 방에서 '심리적 백지화'를 겪으며 새로운 존재로 거듭
태어난다. 호텔 방에서 일생을 보낸다면 과연 행복할까.
극작가 유진 오닐은 뉴욕 타임스스퀘어의 한 호텔에서
태어난다. 순회공연을 다니는 연극배우인 부모를 따라 유소년
시절을 싸구려 호텔에서 보낸다. 젊은 시절엔 선원 노릇을
하며 여러 도시를 떠돌고 작가로 명성을 얻고서도 보스턴의
호텔에서 머물다가 여생을 마친다. 결론을 말하자면 평생
호텔 방을 전전하며 산 유진 오닐의 삶은 행복하지 않았다.
그는 알코올중독과 회색 우울감으로 채색된 인생을 살다

쓸쓸한 죽음을 맞는다.

누가 호텔에 드는가? 누구나 호텔에 숙박할 수 있는 것 같지만, 실은 욕망을 제어하는 법을 훈련받은 사람만이 호텔 손님이 될 수 있다. 우리는 호텔에서 자기 욕망을 마주하고 그것을 충족시키기를 갈망하지만 호텔 객실에서 "욕망의 일시 보류, 냉동 처리"[22]를 강요당한다. 호텔에 드는 순간 우리 욕망은 마비를 겪는다. 호텔은 우리가 인간이 아니라 호텔에 부응하는 손님이기를 원하기 때문이다. "우리는 제 돈 내고 머무는 호텔 유령이다."[23] 손님이 나간 뒤 침대 시트는 새것으로 바뀌고, 수건 같은 소모품은 교체되며, 집기는 제자리에 정돈된다. 새롭게 단장된 객실은 또 다른 '호텔 유령'을 맞을 준비를 마친다.

호텔 객실은 삶의 고착을 만들어내지 못한 임시 거주 공간, 닻을 내리지 않은 채 떠도는 장소다. 투숙객은 신생아나 다름없이 백지의 기억을 갖고 그 방의 하룻밤 주인이 되는 것이다. 찰나의 기억이 '장기 기억'으로 고착되려면 최소한 며칠에서 몇 주간의 시간이 필요하다. 단기간 머문 곳의 기억은 늘 얕고 희미하다. 여름 패키지로 짧은 휴가를 끝내고 호텔 바깥으로 나설 때 우리는 호텔 방의 기억을 망각으로 밀어 넣고 금세 일상으로 돌아간다.

쓰레기 분리수거하는 날

새해 들어서며 매서운 추위가 몰아친다. 오늘 아침 파주는 영하 19도로 떨어졌다. 연일 계속되는 한파에 몸과 마음이 함께 움츠러든다. 이 한파에도 가상화폐 열풍은 식을 줄 모르고, 가상화폐 거래소 폐쇄를 고려한다는 정부 발표에 가상화폐 가격이 널뛰기하는 소동이 벌어졌다. 파리바게트 가맹점의 제빵기사 5,000여 명의 직접 고용 문제로 고용노동부와 파리바게트 회사 사이에 팽팽하게 맞서던 줄다리기는 결국 파리바게트의 자회사 고용으로 매듭이 지어졌다. 서울 강남 부동산의 재건축과 고가 아파트에 대한 투기 조짐에 경제부총리는 가장 센 강도로 단속하겠다고 밝혔다. 그러거나 말거나 나는 소식주의를 실천하는 새와 한패다. 조금 먹고 조금 배설하고자 한다. 한파가 휩쓰는 내내 실내 거주자로 살며 읽지 못한 책을 쌓아두고 그것을 뒤적이며 지낸다.

한파라고 해도 쓰레기 분리수거하는 날을 건너뛰는 법은 없다. 매주 화요일은 우리가 사는 공동주택의 쓰레기를 분리수거하는 날이다. 아내와 나는 택배로 받은 물건을 담았던 박스, 비닐, 각종 병, 스티로폼, 플라스틱, 우윳곽, 신문지, 포장지 등을 한 아름 안고 집 밖으로 나간다. 공터에 각 세대가 내놓은 재활용 쓰레기가 쌓여 작은 동산을 이룬다. 그것을 보며 우리 실존이 얼마나 많은 소비와 버리기에 기대고 있는지를, 소비와 폐기의 순환 속에서 이루어지는지를 새삼 소스라치며 깨닫는다. 우리의 필요와 욕망에서 배제된 물건이 쓰레기로 버려진다. 이때 쓰레기는 사물의 마지막 종착지이고, 사물의 최후다. "거대한 사물 세계object-world에서 버려진 모든 폐기물은 욕망과 쓰레기, 버림과 원함의 끝없는 공방 사이를 오가는 셔틀콕과 비슷하다."[24] 두말할 것도 없이 쓰레기란 용도가 다한 폐기물이고, 우리 곁에서 제거되고 분리되는 생활의 잔여물이다. 쓰레기는 대개 과거에 만들어진 물건이고 문명의 어두운 부산물이다. 그것은 물건에 달라붙어 끊임없이 증식하는 주체의 욕망과 그 이면을 현시한다. "하나의 사물을 쓰레기로 만드는 것은 우리가 그 대상과 맺는 특수한 정서적 관계"에서 비롯하는 일이고, "사물에서 욕망이

완전히 빠져나가면 우리에게는 욕망의 부산물인 쓰레기"가
남는 것이다.[25] 쓰레기란 "소비된, 변경된, 유예된 욕망의
표현이고 따라서 원형 사물ur-object"이다. 우리는 왜 쓰레기에
대해 혐오감을 갖는가? 그것이 부패한 것이기 때문이 아니라
쓰레기로 인해 "우리 신체가 독립적이라는 감각을 어떻게든
말소하거나 억압할 위험이 있다는 공포가 스멀거리며
생겨나는" 까닭이다.[26]

타자와의 관계에서도 용도가 다하면 사람 역시 분리와
제거의 대상으로 전락한다. 난민 수용소에 임시 거주를 하는
사람, 직장에서 정리 해고되는 사람, SNS의 관계 맺기에서
차단당하는 사람, 거리의 노숙자, 이들은 잠재적 폐기물이다.
미시적 욕망이 요동치면서 움직이는 이 신자유주의 체제에서
개별자는 늘 쓰레기로 전락할 잠재적 위험을 안고 있다.
나는 스스로에게 불가능한 것을 요구한다. 불가능을 꿈꾸고,
욕망은 불가능한 것을 향해 치닫는다. 마침내 불가능한
것을 거머쥐기 위해 나를 소진한다. 소진은 존재의 역량과
에너지의 마이너스 현상이다. 질 들뢰즈는 "소진된 인간은
피로한 인간을 넘어선다"라고 말한다. 나는 거의 소진된
인간이다. 다시 질 들뢰즈에 따르면 "소진된 인간, 그는
다 써버린 인간, 고갈된 인간, 기진맥진한 인간, 탕진한
인간이다."[27] 어쨌든 물질로 이루어진 존재인 인간은 살기

위해 어떤 방식으로든지 소진당한다. 실재를 폐기하기, 그것이 삶이다. 더 끔찍한 방식으로 말하자면, 우리 움직임이 가능한 것을 실현하기 위한 활동인 한에서 삶은 무를 향하기, 쓰레기-되기다. 우리 삶의 어떤 부분들은 늘 배제에 의해서만 실행되고, 이 과정에서 쓰레기는 불가피한 요소다. 쓰레기를 만들면서 실존의 가능성을 파먹고, 생명의 역량을 소진하는 것이 삶이다.

쓰레기 분리수거 날, 우리는 일주일치의 쓰레기를 모았다가 버리면서 삶의 영역과 폐기되는 것의 영역을 애써 구분한다. 쓰레기를 내다 버리는 일은 일종의 자기 환경에 대한 정화의례다. 쓰레기를 집밖으로 내다 버리는 일은 사적 영역에서 생긴 폐기물을 공적 영역에서 처리하도록 이동시키는 행위다. 쓰레기는 늘 일상생활과 동떨어진 '저편'에 모아 매장하거나 소각해서 처리하는데, 이때 온갖 잡동사니 쓰레기와 그것이 아닌 것의 분리와 구분에는 위생적인 영역을 확보하려는 의지뿐만 아니라 용도 폐기된 과거와 단절된 미래의 삶을 담보하려는 의지가 작동한다.

문명화가 진행될수록 지구 위의 더 많은 장소에 쓰레기가 쌓인다. 산과 바다, 해안가, 거리, 공원, 주택지 등 인간의 발길이 미치는 어느 곳에서나 쓰레기를 쉽게 찾아볼 수 있다. 이 지구에서 쓰레기 없는 장소를 찾기는 거의 불가능한 것으로 보인다. 쓰레기의 분리와 처리는 현대 문명의 심각한 문제 중 하나다. 지구 곳곳이 쓰레기 매립장으로 변해가고, 쓰레기 더미는 대기와 토양과 물을 오염시키며 자연 생태계를 파괴한다. 우리가 버리는 것이 다시 우리에게로 돌아와 복수한다. 쓰레기를 우리 눈앞에서 '저편'으로 옮긴다고 해서 그것이 사라지는 것은 아니다. 쓰레기는 곳곳에 스며들고 쌓여서 물과 공기와 토양과 더불어 썩어간다. 쓰레기, 이 문명의 잔해는 가늠조차 할 수 없는 가공할 만한 위력으로 이 세계와 우리를 식민화하고, 삼켜버리려 한다. 문명이 진보한들 지금-여기와 무관하게 쓰레기를 처리할 수 있는 '저편'을 만들 수는 없다. 쓰레기를 분리수거할 때마다 내 영혼이 암담한 것은 그것이 "신비한 저편이 아니라 태평양이나 하수처리장으로 향"하지만[28] 돌고 돌아서 다시 우리의 시공간으로 돌아온다는 점 때문이다.

인간은 혼자다

홍대 전철역 주변에는 '도를 아세요?'라고 묻는 해맑은
젊은이가 있고, 관광버스가 풀어놓은 유커는 거리마다
넘친다(최근 중국 정부의 한한령 탓에 유커가 눈에 띄게 줄었다).
누군가는 연인과 헤어지고, 누군가는 실직을 한다. 누군가는
이민을 간다 하고, 누군가는 뇌종양 수술 날짜를 잡았다고
털어놓는다. 저세상에 무슨 급한 일이라도 있는 양 일찍
떠난 벗도 있지만 나는 서두를 생각이 조금치도 없다. 물론
내가 살아남은 것은 죽은 자보다 훌륭했기 때문이 아니라
그저 운이 조금 더 좋은 덕분이다. 나는 이민 계획이 없고
뇌종양 수술 날짜도 받지 않은 채 날마다 산책을 하고 끼니때
귀리로 지은 밥을 반 공기쯤 먹으며 살 것이다. 봄에는 모란과

작약을 바라보는 걸 보람으로 알고, 어둡고 긴 겨울밤에는
칼 세이건의 『지구의 속삭임』이나 컵 S. 손의 『블랙홀과
시간여행』 따위를 꾸역꾸역 읽으며 지낼 것이다.

다들 바쁘게 수족을 놀리는 것은 생활을 꾸리기 어려운
탓도 있겠지만 다른 한편으로 빈둥대는 짓이 죄악이라는
관념이 굳어진 탓이다. 우리 주변에서 게으름뱅이, 한량, 낮잠
자는 사람, 대놓고 일하기 싫다는 이를 찾기 힘들어졌다.
이본느 하우브리히의 『소파의 매혹』(이영희 옮김, 지식의숲,
2016)은 뻔뻔하게도 소파에서 뒹굴며 한껏 게으르게 사는 걸
드높은 이상으로 예찬한다. 게으름과 소파는 잘 어울리는
짝이다. 여가와 휴식을 테러하는 현대의 관습에 저항하고
소파에 몸을 맡긴 채 게으름을 즐겨라! 누군들 휴식과
여유를 누리고 싶지 않겠는가? 직장인은 자발적 성과기계로
변신해서 등뼈가 휘도록 일하고, 기업은 이들을 몸과 마음의
에너지가 고갈되어 번아웃burn-out될 때까지 성과를 내라고
다그친다. 이런 시대에 자의든 타의든 일중독에 빠지는
이들에게 노동의 광기에서 벗어나 '소파의 예술'을 즐기라니!
엄청난 유산 상속자나 유복한 연금 생활자가 아닌 다음에야
누가 소파에서 종일 빈둥거리며 지낼 수 있겠는가? 안락한
소파란 "권력과 명성, 부와 품위"의 표상이고, 게으름은
영혼의 평화를 위해 필요한 절대조건이다. 따라서 소파에서
누리는 게으름이 성공의 면류관이라는 것이다.

소파가 불안, 긴장, 스트레스를 날려버릴 수 있는 휴식의
낙원이란 것은 알겠다! 저자는 고대 그리스 철학에서 시작해
여러 사상가, 성경, 영화를 근거 삼아 인생을 지옥으로
만드는 일중독과 과도한 의무에서 벗어나 게으를 수 있는
권리를 찾아 누리라고 독려한다. 제발 일손을 놓고 한량처럼
느긋하게 인간으로서의 자유와 여유를 즐기며 게으름의
향락에 빠져들라! 좋아요, 좋다고요, 나 역시 틈만 나면
소파에서 빈둥대기를 좋아하니 '소파의 예술'을 즐기라는
말씀에 백번 공감한다고요. 그 말이 다 옳지만, 우리가 일손을
놓으면 누가 청소와 설거지와 세탁 따위의 가사노동을 하며,
내 프로젝트와 업무는 누가 마무리할까? 소파에서 누리는
게으름이야말로 숭고한 권리라고 외치는 일은 어렵지 않다.
일을 최소한도만 하고 남은 시간은 몽땅 소파에서 휴식의
달콤함을 누리는 데 써라! 그런데 내일 당장 우리를 고용한
자에게 들볶일 걸 상상하니 실행할 엄두가 나지 않을 뿐이다.

『천천히, 스미는』(강경이 옮김, 봄날의책, 2016)은 버지니아
울프, 조지 오웰, 스콧 피츠제럴드, 윌리엄 포크너, 마크
트웨인, 찰스 디킨스, 오스카 와일드 같은 유명작가에서 알도
레오폴드, 헨리 데이비드 소로 같은 생태주의자에 이르기까지
영미권 작가 스물다섯 명이 쓴 서른두 편의 산문을 모은
책이다. 이 책은 우선 관습적이지 않다. 관습이란 늘 무지와

익숙한 것에 기댄다. 반면 창의적인 사유는 익숙한 것에 매임이 없는 새로운 앎의 발랄함에서 나오는 법이다. 1세기 전즈음 산문인데 현재에도 생동하는 느낌이 물씬하다. 그것은 날것으로서의 다양한 체험 — 상실과 고통을 자아내는 인생의 여러 국면 — 을, 산업화가 불러온 생태의 불길한 변화를, 인생의 우여곡절, 상실과 죽음, 가정생활을 비관습적으로 들여다본 탓일 게다. 울프는 「나방의 죽음」에서 "나방을 쳐다보고 있으려니 세상의 거대한 힘으로 이루어진 매우 얇지만 순수한 섬유 하나가 그의 연약하고 조그만 몸속에 들어차 있는 것처럼 보였다. 나방이 파닥이며 유리창을 가로지를 때마다 생명으로 반짝이는 실 한 가닥이 보이는 듯했다. 그는 생명 그 자체였다"라고 쓴다. 자연에서의 생명은 아무리 작아도 위엄이 있다. 나방이 생명의 기운을 다 짜내서 죽음과 맞설 때, 울프는 생명 지닌 것의 마지막 저항의 웅장함에 대해서 적는다. 죽음과 버둥거리며 싸우는 생명의 경이로운 투쟁을 읽을 때 나는 소름이 돋는다.

토머스 드 퀸시는 「어린 시절의 고통」에서 자신이 여섯 살 때 죽은 누나를 뉘인 방에 몰래 숨어들어 "더 이상 입맞출 수 없는 입술에 급히 입을 맞추고 죄인처럼 살금살금 걸어서 은밀하게 그 방을" 떠난 기억을 회고하는데, 아이의 영혼에 빙의된 내 마음은 슬픔으로 찢기는 듯하다. 소로는 「소나무의 죽음」에서 벌목꾼이 쓰러뜨린 수령 200년인 소나무에 대해 쓴다. "전사처럼 초록 망토를 두르고서 마치 서 있는 일에 지쳤다는 듯 고요한 기쁨으로 땅을 끌어안고, 자신을 이루던 원소들을 흙으로 되돌려 보낸다." 소나무가 무성한 우듬지로 가렸던 하늘이 훵하게 드러난다. 이 소나무가 가렸던 "하늘[이] 앞으로 200년간" 빌 것임을 상기할 때 자연의 기품 있는 죽음에 슬픔의 파문이 없다면 그 마음은 이미 죽은 마음이다. 세월은 "어슴푸레 빛나며 가물거리다가 사라지는 유령"(제임스 서버, 「제임스 서버의 은밀한 인생」)인지도 모르고, 세상의 구불구불한 길들은, 온갖 직종과 업계의 길들은 저마다 "성격이 있고 영혼이 있"었음을 문득 깨닫는다(힐레어 벨록, 「구불구불한 길」). 감탄과 깨달음의 기쁨을 듬뿍 안기는 이 산문의 향연이라니!

다시 내려올 텐데 왜 산을 오르고, 다시 돌아올 텐데 왜 여행을 떠나는가? 사람은 왜 이 덧없는 행위를 하며 살까? 사람은 원하지 않았음에도 굳이 이 세상에 살도록 운명 지어진 존재다. 우리 있음은 우연이다. 죽음이라는 공허를 품은 이 수수께끼 같은 실존에 과연 어떤 뜻이 있는가? 미몽迷夢에서 깨어나 새로운 깨달음을 얻는 데 중요한 단서를 담은 시몬 드 보부아르의 『모든 사람은 혼자다』(박정자 옮김, 꾸리에, 2016)는 산다는 것이 이 낯선 세계에 내동댕이쳐진

현존을 수습한다는 뜻이라고 새긴다. 우리는 낯선 자유를
겪으며 '있음'의 토대를 만드는데, 보부아르는 그 있음을
둘러싼 초월성, 무, 대자, 즉자, 기투, 타인, 소통, 자유, 사실성,
불안 따위에 대한 밀도를 지닌 철학적 사유를 풀어낸다.

　　사람은 제 행위가 어떤 파장을 낳을지를 모른다. 어떤
행위를 마치는 순간 그것은 우리 손이 미치지 못하는 곳으로
달아난다. 먼 곳은 미래라고 부르는 시간이다. 내 행위는
그 자체로 완료되지 못하고 불특정한 공간으로 밀려나며
새로운 소여와 뒤섞여 새 파장을 낳는다. 에피쿠로스도,
예수도, 니체도 제 말과 행위가 후대에 어떤 파장을 그릴지
짐작조차 못 했을 테다. "인간의 손으로 만들어진 것은
곧 역사의 밀물과 썰물에 떠밀려 새로운 순간마다 새로
만들어지고, 그 주위에 무수한 생각지도 못한 소용돌이를
만들어낸다." 아이들이 어떤 운명을 살지, 그리고 당대 사회
안에서 어떤 위상을 갖고 어떤 소용돌이를 만들어낼지,
우리는 감히 가늠조차 하지 못한다. 애초 사람의 행위에
'완료'란 것은 없다. 늘 새로운 생성이 있고, 그로 말미암아
생기는 소용돌이가 있다. 인간의 현존은 행위의 주체로서,
물질 덩어리로서, 타인의 초월성에 거추장스러운 존재로
돌올突兀하다. 나는 행위에 책임지지 않고 방관한다는 뜻에서
자신과 타인에게서 도망간다. 혼자라는 것은 그런 맥락에서

불쑥 예기치 않은 방식에 기대어 낯선 대상으로 불거진다.

인간은 사랑하고 욕망하며 산다. 삶의 동기와 목적은 희미하다. 이 있음이 무상無償으로 주어진 것, 목적 없음이란 점은 하이데거나 사르트르 같은 실존주의 철학자가 누누이 말하는 바다. 인류는 '나'라는 개체가 없어도 완전한 충만성에 있다. 바다에 물 한 방울 덧보태지는 것이 아무 의미가 없듯이 인류라는 바다에서 '나'란 그 완전한 충만성에 틈입한 작은 잉여다. 사람은 태어날 때 충만성 속에서 잉여적 현존을 부여받는다. "그는 도처에서 잉여인 것이다. 그가 채워야 할 자리가 그를 기다리며 하나의 부재不在로서 미리 움푹하게 패 있는 것도 아니다. 그는 그냥 우선 그리로 왔다." 우리는 있음의 당위성을 안고 태어나는 게 아니다. 애초 아무 목적 없이 의미의 결핍을 안고 인류라는 가득 찬 충만성 속으로 밀어 넣어진 존재라는 뜻이다. 사람은 세계 속에 아무 뜻 없이 내던져짐으로써 기투적 존재로 한 자리를 차지하며 생의 대열에 끼어든다.

이 있음에는 끊임없는 불안으로 환기되는 무無가 깃들어 있다. "불안이 내게 일깨워주는 무는 나의 죽음의 무가 아니다. 그것은 내 생의 한가운데에서 나로 하여금 끊임없이 모든 초월성을 초월하도록 하는 부정성否定性이다." 사람은 쉼 없이 움직이고 무언가를 도모한다. 이를테면 산을 오르고, 여행을 하고, 빵을 굽고, 그림을 그리고, 책을 쓴다. 누군가를 치료하고, 누군가의 잘잘못을 법에 근거해 판단한다. 사람은 왜 가만히 있지 않고 뭔가를 할까? 이 행위는 다 존재를 향한 운동이다. 사람은 제 존재를 세계 안에 비끄러맨다. 그게 행위의 동기이자 목적의 전부다. 존재하려고 애쓰면서 동시에 자신을 넘고자 여러 일을 부지런히 도모하면서 제 있음의 당위를 세운다. 우리가 있음에 머물지 않고 초월에 대한 욕망을 보이는 것은 단순한 소여小與에 만족하지 않는 존재인 탓이다. 초월하고자 하는 욕망 때문에 현재 지평에 머물지 않고 늘 미래를 위해 투자하고 기획한다. 이 초월을 향한 움직임은 하나의 충만성 안에서 그러쥘 수 있다. 초월성이 "응고되어 나타나는 것은 그가 창설한 대상 속"에서다. 사람은 대상-세계 안에서 사랑하고, 갈망하고, 행위하는 존재지만 대상은 영구적으로서가 아니라 우연적이고 유한한 것으로 나타난다. 달리 말하면 인간의 있음이 그렇듯이 대상 역시 "그냥 거기, 아무런 이유 없이 존재"하는 셈이다. 결국 나도, 당신도 혼자다. 모든 인간은 혼자로서 죽음을 맞는다.

대지에서 대지를 생각하다

공중에서 화염을 이루던 눈부신 일광이 사라지자 계절은 성큼 가을로 기운다. 물론 폭염의 잔해와 여름을 전별하는 분위기가 남아 있다. 하지만 돌을 데우던 태양의 뜨거운 기세는 누그러졌다. 어디선가 매미 한두 마리가 맹렬하게 울어대고, 청과물 가게에는 수박이나 참외 따위가 진열되어 있건만 우리는 여름이라는 이름의 열매를 어느새 다 삼켜버렸다. 여름은 대체로 찬란하고 그 찬란함 속에서 삶은 슬픈 빛을 띠었다. 찬란한 금金의 여름은 저 남태평양에서 북상한 태풍 몇 개와 더불어 끝난다. 불행의 음습함마저 말리던 뜨거운 햇빛이 사라지며 계절이 바뀐다. 아, 다시 돌아오지 않을 여름을 전별하고 돌아서자 불안과 설렘이

기습하듯 가을이 덮친다. 마음의 기슭에 안착하는 이 중년의 가을은 덧없고 쓸쓸하다. 가을이 덧없고 쓸쓸한 것은 삶이 본디 그런 까닭이다. 중년의 가을에 깨닫는 것은 그 어떤 권력이라도 결국은 시들고 무너진다는 준엄한 교훈이다. 강가의 갈대는 푸른 기색을 잃고 누렇게 바래고, 오대산과 가리왕산에서 군집을 이룬 활엽수는 온통 단풍이 든다. 단풍이 북쪽에서 남쪽으로 남행하며 번져가는 사이, 늦가을은 조락과 죽음만이 이 세계의 전부라고 말하는 듯하다.

대지란 무엇인가. 나는 농경사회의 유습이 삶의 강력한 기제로 작동하던 시절, 한반도 중부 평야지대에 흔히 볼 수 있는 농촌 취락지역에서 태어나 어린 시절을 보냈다. 언덕을 넘으면 끝이 보이지 않는 들이 펼쳐졌다. 외삼촌을 따라서 그 들에 나갔다가 아득함에 현기증을 느꼈다. 그것은 어린 내가 볼 수 있었던 가장 크고 너른 평면이었다. 사람이 이 들에서 나고 죽는구나 하는 생각이 스쳤을 때 알 수 없는 전율에 나는 쓰러질 듯 비틀거렸다. 대지와의 첫 만남은 두려움이 불러일으킨 현기증 속에서 치러졌다. 내 기억 속에서 들은 항상 초록빛이었다가 가을엔 누런빛으로 바뀌었다. 풀과 나무가 여름엔 무성하고 가을엔 잎이 져서 수척해진다. 이제 대지는 음의 기운으로 덮이고 찬 기운을 띤다.

검은 흙으로 이루어진 대지는 자연의 일부이며 경이로운 표면이다. 흙이고, 땅이고, 들이고, 벌판인 것. 대지는 식물이 뿌리를 내리고 자라 열매를 맺는 토대요, 걷고 달리는 동물이 물과 먹이를 구하고 새끼를 낳아 기르는 기초적 근거다. 대지는 얼마나 많은 식물의 씨앗과 뿌리를 품고 있는가! 식물의 뿌리는 대지의 깊은 곳을 향해 뻗어가는데, 이때 뿌리는 지하로 뻗은 열매를 달지 못하는 가지다. 가스통 바슐라르는 이렇게 말한다. "뿌리는 신비한 나무인즉, 지하의 나무, 뒤집힌 나무다. 뿌리에게, 더없이 캄캄한 대지란, 연못 같은, 하지만 연못 물은 없는 기이한 불투명 거울로서 지하의 이미지에 의해 모든 공기적 현실을 이중화한다."(『대지 그리고 휴식의 몽상』) 뿌리는 뒤집힌 나무의 형상이다! 대지 속에서 물과 자양분을 길어 올려 식물을 부양하는 뿌리는 식물로 하여금 대지를 떠받치는 힘을 준다. "뿌리는 언제나 하나의 발견이다. 뿌리란 못 보는 만큼 더욱 꿈꾸게 되는 법. 실제 발견된 뿌리는 언제나 사람을 놀라게 만든다: 뿌리는 바윗덩어리이자 머릿단이고 자유자재로 구부러지는 필라멘트 같으면서도 단단한 목재가 아닌가?"(바슐라르, 앞의 책) 대지의 깊고 캄캄한 곳에서 이루어지는 뿌리의 맹목적 의지는 맹렬하다. 만물을 품고 기르는 대지가 없다면 삶도 그 무엇도 있을 수 없다. 사람의 생로병사도 대지 위에서, 의지의 역동 속에서 일어나는 일이다.

펄 벅의 『대지』는 장왕록이 번역한 판본이 있지만 이번에

읽은 것은 안정효가 번역한 것이다. 1931년 3월 미국에서
출판한 이 소설이 21개 나라말로 번역되면서 펄 벅은 단박에
세계적인 명성을 얻는다. 펄 벅은 선교사인 부모를 따라 생후
석 달 만에 중국으로 건너가 성장한 미국인이다. 펄 벅은
영어보다 중국어를 먼저 익힌 탓에 제가 중국 아이인 줄
알았다고 한다. 그는 중국인 유모의 손에서 '중국 아이'로
키워진다. 태어나기는 백인이었으나 심장은 중국인의 것과
같았다. 미국으로 건너가 대학을 졸업하고 스물두 살에
다시 중국으로 돌아온다. 그리고 미국 장로교 전도회에서
파견한 농업 전문가를 만나 결혼을 한다. 펄 벅은 5년
동안이나 화북 지방을 덮친 한발과 기근 속에서 중국 농민이
어떻게 고투하는지를 생생하게 지켜본다. 펄 벅에게 중국은
떼려야 뗄 수 없는 운명을 품은 신성불가침의 그 무엇이다.
중국 사람보다 중국을 더 사랑했던 그가 왕룽 가족이 겪는
파란만장한 일대기를 밀도 있는 문장으로 써낸 것은 우연이
아니다. 그것은 피의 불가결한 명령에 따른 것일 테다. 왕룽
일가는 부농으로 올라섰다가 곤두박질쳐 가난에서 헤매는
극단적인 부침을 겪는다. 왕룽 일가가 부자가 된 것도,
가난뱅이로 전락한 것도 모두 대지의 일이다. 지독한 기근을
겪은 뒤 살길을 찾아 대지를 버리고 도시로 떠나는 그들이
겪는 부와 가난은 그 시대 중국인의 보편적 삶과 잇대어 있다.
왕룽 일가가 부침과 온갖 신산을 다 겪는 대지의 세계 저

너머 청의 말기에서 거대국가 중화민국의 탄생에 이르기까지 격동하는 현대 중국사가 마치 병풍인 듯 배경을 이룬다.

왕룽은 대갓집의 계집종 오란을 아내로 맞는다. 오란은 부지런한 농부 왕룽에게 꼭 필요한 여자다. 왕룽 못지않게 부지런하고 단단한 일꾼인 까닭이다. 오란은 혼자 아이를 낳아 새로 꺾은 갈대로 탯줄을 자르고, 바로 일어나 밥을 짓고 밭으로 나가는 강한 여자다. 오란은 "아들들을 생산해" 왕룽에게 바치는 생산성이 높은 또 다른 밭이다. 왕룽과 오란 두 사람의 손길이 닿은 곡식은 잘 자란다. 농사꾼 왕룽은 수확한 것을 팔아 은화를 모으고, 그것으로 땅을 사들이며 제 화려한 시절을 펼친다. 왕룽의 삶은 대지에 완벽하게 밀착되어 있다. 왕룽과 오란은 대지 위에서 말없이 움직이며 일한다. 대지가 그들에게 속한 것이 아니라 그들 가족이 송두리째 대지의 것이다. 대지는 식량과 은화, 집과 부유함을 주지만 어느 순간 변심하여 주었던 모든 것을 앗아간다. 대지에 잇댄 농부의 삶이란 늘 대지와 그 운명을 함께한다. 대지는 생명력과 소생의 힘으로 넘쳐나는 자리다. 대지가 굶주리면 그들도 굶주리고, 대지가 풍요하면 그들도 풍요를 누린다. 대지는 제 품에서 태어나 살다가 대지로 돌아가는 사람들을 거두고 기르는 '대지모신大地母神'이다.

펄 벅은 왕룽과 오란이 "완벽한 움직임의 일치감" 속에서 검은 흙을 파헤치고 일구는 정경을 이렇게 묘사한다.

그들[왕룽과 오란]의 가정을 형성하고 그들의 몸을 먹여주고 그들의 신을 이루는 이 흙. 그들의 소유인 이 흙이 거듭거듭 햇빛을 받도록 파헤치는 이 완벽한 움직임의 일치감만이 존재할 따름이었다. 풍요하고 검은 흙이 펼쳐져 그들의 팽이 끝에서 가볍게 부스러졌다. 때때로 벽돌 조각이나 부러진 나무토막이 튀어나오기도 했다. 그것은 아무것도 아니었다. 어느 시대의 언젠가 남자와 여자의 시체가 그곳에 파묻혔고, 그곳에는 집이 서 있다가 무너져 다시 흙으로 되돌아갔다. 언젠가는 그들의 집도 역시, 그들의 육신도 역시 흙으로 돌아갈 터였다. 이 대지 위에서는 모든 것이 차례가 있었다. 말없이 함께 일하는 그들의 움직임 — 이 흙의 결실을 창조하기 위해 — 함께 움직이면서 그들은 일을 계속했다.²⁹

왕룽 부부는 "흙의 결실을 창조하기" 위해 일한다. 그들은 대지의 출산을 돕는 산파다. 그렇다면 대지는 무엇을 낳는가. 대지는 사람을 낳고 온갖 물산을 낳는다.

대지는 농부의 피와 살이다. 왕룽은 땅에 제 심장을 바치고 땅의 충직한 하인으로 살아간다. 땅은 그의 피와 살이다. "땅이라면 피와 살이나 마찬가지인데"라는 독백에서 그 사실이 고스란히 드러난다. 일과 사랑과 정의이자 곧 그의 존엄인 대지와 왕룽은 한 탯줄로 연결되어 있다. 왕룽이 아버지에게 오란의 임신을 알리자 아버지는 이렇게 대답한다.

"그럼 곧 수확이 있겠구나." 출산은 인류라는 종의 내밀한 본성에 새겨진 근원적 열망이다. 또한 출산은 부모와 자식 사이의 "유기적 연쇄를 연장하고 부모에게 특정한 종류의 불멸성을 부여하는 것"[30]이다. 아이가 부모의 미래라면 부모는 아이의 과거다. 부모에게 아이란 아직 다듬어지지 않은 채 날것인 미래의 나타남이다. 아이는 미지의 것으로만 존재하던 미래의 '나'의 출현인 것이다. 아이는 제 부모의 삶을 반복하지만, 그 반복은 차이를 품는다. 결혼을 하지 않고 자식도 없이 사는 사람에게는 그 자신 말고 또 다른 미래는 없다. 농부에게 출산은 들에서 곡식을 수확하는 것이나 같다. 오란은 연달아 아들을 낳는다. 왕룽이 그랬듯이 그의 자식들도 흙의 결실, 즉 대지의 산물이다. 땅을 일구고 살아가는 사람들은 대지와 하나가 되어 죽을 때까지 대지와 연대한다.

그[왕룽]는 무척 조심스럽게 느릿느릿하고도 고른 동작으로 괭이로 흙을 파헤쳐 벌써 잘 가꾼 보드라운 흙의 자디잔 덩어리까지도 부스러뜨렸다. 콩줄기들이 촘촘하고 질서정연하게 꼿꼿이 서서 햇빛을 받아 선명한 그림자를 밭 가장자리에다 드리웠다.[31]

이런 예사로운 문장에서도 대지를 향한 왕룽의 성심이

무심코 드러난다. "촘촘하고 질서정연하게" 땅을 일구는 일은 땅에 애정을 고백하는 행위다. 왕룽의 사랑에 대지는 단 한 번도 미심쩍고 수상한 태도를 보인 적이 없다. 대지는 풍성한 수확으로 정직하게 화답하며 충직함을 드러낸다.

한편 흉년과 불운으로 궁지에 몰린 왕룽은 땅을 헐값으로 후려쳐 사려는 이들에게 이렇게 외친다.

조금씩 조금씩 흙을 파내어 밭을 몽땅 다 아이들에게 먹이겠소. 그들이 죽으면 나는 아이들을 그 땅에다 묻겠소. 나하고 아내하고 늙으신 우리 어머니, 우리 아버지까지도 우리에게 삶을 준 이 땅에서 죽겠소![32]

대지는 자신에게 기대어 사는 사람들의 삶과 죽음을 다 받는다. 대지는 아버지의 아버지의 아버지의 대로 이어지며 내려온 삶의 터전이다. 굶주린 아이들에게 흙을 파내어 몽땅 먹이겠다는 왕룽의 말은 대지가 곧 삶을 준 어머니요, 목숨이나 마찬가지라는 중의를 드러낸다. 땅을 헐값으로 후려치며 달려드는 이들에게 왕룽이 절대로 땅을 팔지 않겠다고 분노하는 것은 당연하다. 고향을 떠났다가 온갖 고초와 우여곡절을 다 겪은 뒤 돌아온 왕룽은 다시 부농으로 일어선다. 오만해진 왕룽은 첩을 들이고 오란에게서 멀어진다. 그리고 첩과 맏아들이 가까워지자 아들을 내쫓는다. 오란이 임종을 맞으며 맏아들을 집으로 데려오라고 이른다. 오란을 땅에 묻고 난 뒤 왕룽은 혼자 걸으며 독백한다. "저곳 내 땅에 내 삶에서 훌륭했던 처음의 절반 이상인 그 무엇이 묻혔다. 그것은 마치 나의 절반이 그곳에 묻힌 셈이고, 내 집에서의 삶이 이제는 달라질 것이다." 왕룽은 제 잘못을 참회하며 흐느낀다. 맏아들은 결혼을 해서 왕룽에게 손자를 안겨주며 대지의 삶을 잇는다.

우리는 『대지』에서 무엇을 읽을 것인가. 임종을 앞둔 왕룽은 자식에게 땅을 팔지 말라고 당부하며 말한다. "우리는 땅에서 왔고 우리는 그 땅으로 돌아가야만 해." 『대지』는 왕룽 일가가 겪는 삶과 죽음, 성공과 실패를 토대로 엮은 서사이자 욕정과 질투, 혁명과 전쟁의 얘기다. 이것은 대지 위에서 겪는 대지의 일이다.

기다림은 낯선 일이 아니다

내 마음 안쪽에서 작가가 되려는 갈망이 꿈틀댄 것은
언제일까? 그 불가사의한 갈망은 열다섯 살 무렵에
시작되었다. 그 갈망이 이끄는 대로 책을 읽었다. 스무
살 무렵 국립도서관이나 시립도서관 등을 문턱이 닳도록
드나들며 서가에 꽂힌 모든 책을 다 읽으려는 야망을 품었다.
그게 터무니없고 가망없는 꿈이라는 게 금세 판명 났지만,
책읽기를 그치지는 않았다. 이제 '작가'가 되어 표지에
버젓하게 내 이름이 박힌 책을 펴내지만, 여전히 굶주린 자가
식탐을 부리듯이 책을 널리 구하고, 부지런히 읽는다. 왜
나는 그토록 책을 좋아하고 책읽기에 강박적으로 빠져드는
것일까? 2015년 연말에 나온『내가 읽은 책이 곧 나의

우주다』(샘터)는 스스로에게 묻고 그 물음에 대한 답변으로 내놓은 책이다. 내게 책은 있어도 좋고 없어도 그만인 것이 아니다.

'천국의 도서관'이 있다면 나는 날마다 읽을 책을 한 바구니 내려주소서, 하고 기도할 것이다. 가스통 바슐라르라는 프랑스 철학자가 그런 기도를 올렸다. 책을 읽는 것으로 존재증명을 한 사람은 많다. 보르헤스도, 수전 손택도, 움베르토 에코도, 평론가 김현도, 다치바나 다카시도 다 독서광이다. 이들도 날마다 그런 기도를 올렸을 테다. 책은 도구가 아니라 그 자체가 목적이다. 우리는 나와 현실 사이에 걸쳐 있는 책을 매개로 현실과 만나고, 더 넓은 세계와 소통한다. 그런 과정 속에서 불안의 속박에서 벗어나고, 내면의 변화를 겪으며, 찰나의 점에 불과한 존재를 무한으로 확장해서 영원에 잇는다. 책은 경이와 충일감을 주고, 감성과 정신을 쇄신하며, 나라는 존재를 새롭게 빚는다. 나는 책을 읽으며 어제와는 다른 존재로 거듭난다.

그런 까닭에 좋은 책을 꾸준히 펴내는 출판사에 진심으로 감사한다. 나는 일간지 주말 판에 실리는 서평란이나 온라인 서점에서 신간을 검색하고 읽을 만한 책을 탐문한다. 수입의 상당 부분을 헐어서 책을 사들인다. 책을 사는 건 기쁨이거니와 자아를 빚는 제의적 행위이기 때문에 그 경제적 부담을 기꺼이 짊어진다. 2016년 새해 첫날에서 우수 때까지

신간 타니아 슐리의 『글쓰는 여자의 공간』(남기철 옮김, 이봄),
영향력 있는 서평지 「뉴욕 타임스 북 리뷰」의 편집장인
패멀라 폴의 『작가의 책』(정혜윤 옮김, 문학동네), 레베카
솔닛의 『멀고도 가까운』(김현우 옮김, 반비), 수잔 스튜어트의
『갈망에 대하여』(박경선 옮김, 산처럼), 와시다 기요카즈의
『기다린다는 것』(김경원 옮김, 불광출판사), 김정선의 『내 문장이
그렇게 이상한가요?』(유유), 앤드류 포터의 『진정성이라는
거짓말』(노시내 옮김, 마티)을 잇달아 읽었다(물론 같은 기간 동안
읽은 책의 목록은 훨씬 더 길게 이어질 수 있다). 내 책읽기는 두 가지
방향에서 이루어진다. 신간을 무작위로 읽기, 그리고 책을
쓰는 과정에서 목록을 작성하고 그것을 집중해서 읽기다.
앞쪽의 독서가 기쁨과 성취감 면에서 더 풍성하다. 뒤쪽의
독서는 양도 많고, 꼼꼼하게 읽기를 해야만 한다. 다음에 읽을
책, 즉 우베-카르스텐 헤예의 『벤야민, 세기의 가문』(박현용
옮김, 책세상), M. C. 딜런의 『비욘드 로맨스』(도승연 옮김, Mid),
조너선 실버타운의 『늙는다는 건 우주의 일』(노승영 옮김,
서해문집), 카트린 카뮈의 『나눔의 세계』(김화영 옮김, 문학동네)가
책상 위에 있다. 아무리 빨리 읽어도 읽어야 할 책은 끊임없이
쏟아져 나온다. 새 책이 나오는 속도는 항상 읽는 속도를
앞지른다. 읽을 만한 책이 있다는 건 활자중독자에겐 다행한
일이지만, 읽어야 할 시간이 부족한 건 스트레스를 낳는다.

『글쓰는 여자의 공간』은 평이한 문장으로 잘 읽혔다. 하지만 평면적 서술과 정보 수준을 벗어나지 못해 깊이에서 실망하며 책을 덮었다. 『작가의 책』은 먼저 읽은 『작가란 무엇인가』와 겹쳐지는 '작가와의 인터뷰'라는 형식의 중복으로 신선한 느낌이 반감되었다. 한 교열자의 교열 경험이라는 바탕 위에서 우리말 문장 바로쓰기에 대해 서술한 『내 문장이 그렇게 이상한가요?』는 잘 모르는 '함인주'라는 인물과 주고받은 메일과 나중에 놀라운 반전으로 뜻밖의 소소한 감동을 안겨주었다. 『갈망에 대하여』는 '갈망'의 범주를 서사, 과장, 척도, 의미로 흩뿌리면서 범상치 않은 통찰을 보여준다. 사유의 밀도는 촘촘하고 통찰은 본질을 꿰뚫는다. '갈망'은 미니어처, 거대한 것, 기념품, 수집품이 서사라는 수단과 만나며 어떻게 의미를 얻는지를 따진다. 미니어처란 몸을 우주의 모형으로, 우주를 몸의 모형으로 삼는 태도의 연관 속에서 나온다. 모형이란 가능성의 표상이 아니라 "추상화된 이미지"일 뿐이다. "미니어처에 진품이란 없으며, 이미 지워져버린, 너무 늦어버린 이 장면으로부터 사라져버린, 물건 그 '자체'가 있을 뿐이다." 우리가 갈망하는 것은 물건 저 너머의 아우라거나 기호다. "모든 기호는 죽은 자의 땅에서 날아온 엽서이자, 다른 한편으로는 갈망의 흔적이며, 이 흔적이야말로 기호의 고유한 이름이다." 현대의 '소비'가 기호의 소비라고 규정한 것은 보드리야르이고,

기호는 항상 기호를 억압한다고 말한 것은 라캉이다. 우리는 수집품이나 기념물 따위의 물건에 씌워진 '기호'를 보는데, 소비 행위는 이 기호를 소비하는 것이다. 이 기호가 함의하는 것은 무엇인가? 수잔 스튜어트는 그 기호에서 갈망의 흔적을, 흔적으로만 남은 텅 빈 욕망을 본다.

사랑이 종말을 고하는 시대라는 말은 맞는가? 우리 시대에 성욕과 리비도가 줄었다는 증거는 어디에도 없다. 그런데 사랑이 점점 자취를 감추고 있다니! 재독 철학자 한병철의 『에로스의 종말』(김태환 옮김, 문학과지성사, 2015)은 그런 의문에서 시작한다. 한병철은 성적인 사랑, 피로사회의 연장선 위에서 에로스의 의미와 본질에 대해, 에로스를 누르고 위협하는 여러 요소를 살펴 말한다. 이 철학자는 단호하게 말한다. "에로스는 강한 의미의 타자, 즉 나의 지배 영역에 포섭되지 않은 타자를 향한 것이다. 따라서 점점 더 동일자의 지옥을 닮아가는 오늘의 사회에서는, 에로스적 경험도 있을 수 없다." 사랑은 아무나 하나? 물론 사랑은 아무나 할 수 있는 게 아니다. 필연적으로 타자에 대한 환상을 좇는 사랑은 '나'와 다른 타자성의 경험을 축으로 구축한다. 이때 타자는 '나'와 다르며, 그 다름 때문에 낯선 존재로 나타난다. 타자를 구성하는 이질성과 낯섦은 우리가 사랑이라는 경험을 통해 겪는 타자의 본질이다.

사랑에 빠진 자는 그 대상을 소유하려고 애쓰지만 타자는 항상 달아난다. 사랑한다고 해서 그 타자를 가질 수는 없다. 남는 것은 타자가 부재하는 자리에 고인 시간이다. 타자가 부재하는 자리에서 할 수 있는 것은 기다림이다. 사랑에 빠진 자는 끊임없이 그 대상을 기다리고, 기다리고, 기다린다. 우리는 달아나는 자를 한사코 붙잡으려고 한다. 이것이 불가능하다고 여겨질 때 극단적인 선택마저 마다하지 않는다. 심지어 애무조차도 "달아나는 것과의 놀이"일 뿐이다. 애무는 타자의 실존을 감각과 관능을 통해 겪는 근원적인 경험이며 미래에 가 있는 타자를 현재로 끌어당겨 손끝으로 빚는 일이다. 사랑은 시소타기와 마찬가지로 상호적이다. "타자 속에서 혹은 타자를 위해 나 자신을 잃어버리고, 타자는 그런 나를 다시 일으켜 세워"주는 것, 다른 한편으로 사랑은 불가능성을 가능성으로 착종하면서 앓는 병이다. 사랑에 빠진 자는 착종과 오류 속에서 불시착한다. 사랑이 타자라는 절대성을 취하지 않고서는 불가능한 것이기 때문이다.

성과사회로 전락한 오늘날 사랑은 성애로 쉽게 변질한다. 타자는 소비재로 바뀌고, 타자의 성적 매력은 상품이자 자본으로 둔갑한다. "오늘날 사랑은 긍정화되고 그 결과 성과주의의 지배 아래 놓여 있는 성애로 변질된다. 섹시함은 증식되어야 하는 자본이다. 전시가치를 지닌 신체는 상품과 다를 것이 없다. 타자는 성애화되어 흥분을 일으키는 대상으로 전락한다." 사랑은 '나'와 타자 사이에 '근원거리'가 있어야 하는데, 디지털 미디어는 '나'와 타자의 거리를 없앤다. 화상 통화, 인터넷, 스마트폰 따위가 널리 보급되면서 멀리 있는 사람도 가까이 끌어당겨놓는다. 비밀이나 '근원거리'가 없다면 에로스도 들어설 틈이 사라진다. 에로스를 대신하는 포르노가 극성을 떤다. 에로스가 없다면 사랑도 존재할 수 없다. 오늘날 사랑은 복원하고 재발명해야 할 그 무엇이다.

어쩌다 외국을 여행할 때, 내가 이방의 언어 속에 방치되었을 때, 나라는 존재가 하찮다고 느껴지는 순간이 닥친다. 낯선 언어는 높은 벽과 같이 나를 고립시킨다. 그럴 때 나는 말과 당나귀 같은 존재로 굴러 떨어지는 듯하다. 외국어를 익히는 일이 교양이 되는 시대로 들어선 지 오래다. 줌파 라히리는 『이 작은 책은 언제나 나보다 크다』(이승수 옮김, 마음산책, 2015)에서 이탈리아어를 배우고 익히는 과정과 그 속내를 낱낱이 기술한다. 벵골 출신의 인도계 이민자 가정에서 태어나 미국으로 이주해 성장한 작가인 그의 모국어는 벵골어다. 벵골어를 모국어로, 영어를 제2의 모국어로 배우고 쓰지만 그는 벵골어를 읽을 줄도 쓸 줄도 모른다. 모국어 내부에서 모어와 분리당한 채 영어를 쓰며 사는 이방인인 그는 또 다른 외국어인 이탈리아어 배우기에 도전한다. 이탈리아어 사전을 사고, 이탈리아어를 가르쳐줄

선생을 구하고, 이탈리아어를 쓰는 사람들 사이에서 몇 년
동안 살아보기로 한다.

이탈리아어 개인교습을 받아 이탈리아어로 된 책을
읽고, 이탈리아어로 일기를 쓰고, 이탈리아어로 소설을
써낸다. 그 배움의 과정은 눈물겨운 바가 있다. 그의 고백.
"어떤 의미에서 나는 일종의 언어적 추방에 익숙해져 있다.
모국어인 벵골어는 미국에서 보자면 외국어다. 자신의 언어가
외국어로 생각되는 나라에서 살아갈 땐 계속 기묘하고도 낯선
감정을 경험하게 된다." 이 책은 한 작가의 이탈리아어 교습
분투기면서 그 이상이다. 줌파 라히리는 왜 글을 쓰는지, 말과
삶은 어떻게 하나로 겹쳐지는지, 그 깨달음의 찰나에 대해서
쓴다. 그가 가족과 로마에서 살기로 작정하고 아파트를 얻은
것은 잘한 일이다. 언어는 항상 그것이 속한 특정 장소와
이어져 있기 때문이다. "언어는 각각 어떤 특정한 장소에
속한다. 언어는 옮겨가고 널리 퍼질 수 있다. 하지만 언어는
보통 지리적 영토, 나라에 연결되어 있다." 그는 이중의
영역에서 추방당한다. 하나는 벵골어를 쓰는 사람들의
영토에서, 다른 하나는 벵골어에서.

이탈리아어라는 대륙에 처음 발을 들이민 작가에게
이탈리아어는 부서지기 쉬운 피난처다. 반면 영어는 안락한
대저택이다. 작가는 대저택을 물리치고 작고 소박한
피난처에 매달린다. 외국어는 아무리 잘해도 모국어가 아닌

한 손님이거나 여행자일 뿐인데 말이다. 줌파 라히리는 낯선 언어를 습득하는 일에 투신한다. 끊임없이 시도하고 노력한 끝에 결실을 맺지만 이탈리아어를 습득하고 그 낯선 언어로 소설을 쓰게 되었을 때도 자신이 경계를 넘어온 "침입자, 사기꾼"이라는 느낌에서 벗어날 수 없었다고 고백한다. 책을 쓸 수 있을 만큼 이탈리아어의 해독능력은 커졌지만 그는 여전히 불안을 느낀다. 그 불안이 만드는 동요 속에서 작가는 새로운 창조의 여정을 계속하는 것이다.

기다림은 낯선 일이 아니다. 우리는 애태우며, 밤새우며, 괴로워하며, 탈진한 채로 무언가를 기다린다. 삶의 많은 부분은 기다림으로 채워진다. 기다림은 주문呪文과 같이 우리를 덮치고 꼼짝 못 하게 만든다. 기다림은 자주 시간이 소실점 너머로 사라지는 일이고, 아무것도 생산하지 못하는 존재의 공회전空回轉이다. 와시다 기요가츠의『기다린다는 것』을 단숨에 읽었다. 중간에 뜬금없이 나오는 '치매' 이야기에서 잠깐 주춤했지만 대체로 흡인력이 있었다. 나 역시 '기다림'에 대한 글을 몇 번 썼는데, 기요가츠가 모리스 블랑쇼와 사무엘 베케트를 인용한 것을 보며 반가웠다. '기다림'의 다양한 국면 속에서 그에 관련된 철학적 숙고를 더듬으며 그 의미를 반추하고, 다른 한편으로 기다림의 필요가 사라진 시대의 사태에 대해서도 논평을 빠뜨리지 않는다.

블랑쇼가 말했듯이 기다림이란 근원적 결핍으로 자리하거나 한때 우리 안에 있다가 외부로 이행해버린 것에 대한 기대를 품는 일이다. 무언가를 기다리자마자 기다림은 불가능하다는 신호를 보낸다. 기다림은 불가능의 가능성으로 존재를 묶는다. 사무엘 베케트가 창조한 두 방랑자, 에스트라공과 블라디미르는 허허벌판에서 '고도'를 기다린다. 두 사람은 자신이 무언가에 묶여 있다는 사실에 동의한다. 도대체 누가 묶었단 말이야? 우리가 누구한테 묶여 있다는 말이야? 네가 말하는 그 작자……. 고도한테? 고도에게 묶여 있어? 말도 안 되는 소리! 헛소리는 집어치워! 어쨌든 당장은 안 그래. 에스트라공과 블라디미르가 그랬듯이 많은 기다림은 기다릴 수 없음 속에서 무산된다. "기다리게 하는 쪽은 기다리는 사람의 신뢰를 시련에 빠뜨린다." 기다림에는 응답의 보증이 없다. 그래서 기다리는 쪽이나 기다리게 하는 쪽이나 다 같이 괴로움을 겪는다. 기다림이 괴롭다고 해서 그것이 우리 삶의 일부라는 사실이 바뀌지는 않는다.

두 방랑자는 오지 않는 '고도'를 기다린다. 고도가 언제 올까요? 내일 온다고 했어. 자, 우리 이제 무얼 할까요? 고도를 기다려야지. 이들은 '고도'가 존재하는지조차 모르는 채 '고도'를 기다리는 허망함에 목을 매단다. "'기다림'이 기다림이라는 보증이 되지 않은 채, 정처 없이 오로지 그냥 기다린다." 다른 아무것도 할 수 없는 상태에서 기다림이란 기다리는 자의 삶 안쪽에 있는 무의미와 불모성을 드러내는 일이다. 그럼에도 우리는 내일을 기다리고, 기다린다는 사실조차 자각하지 못한 채 또 다른 것을 기다리고, 먼 미래에 오게 될 죽음을 피동적으로 기다리며 저마다의 시간을 살아낸다. 사무엘 베케트가 말하는 기다림의 의미는 그런 게 아니었을까?

레베카 솔닛의 『멀고도 가까운』은 독자를 마력적으로 끌어당긴다. 작가의 체험에서 끌어낸 이야기인데, 모녀간에 걸친 갈등을 파고들며 풀어내는 서사의 힘이 대단할 뿐만 아니라 의미를 머금은 문체의 유려함도 돋보였다. 이것은 알츠하이머 진단을 받은 어머니, 늙고 병들고 기억을 잃은 채 퇴행하는 어머니, 길을 잃고 단어를 잃고 점점 불가사의한 괴물 같은 존재로 변해가는 어머니에 대한 이야기다. 동시에 살구, 거울, 얼음의 이야기, 일찍이 부모에게서 떨어져 나와 방랑하며 독립을 추구한 딸의 이야기, 무엇보다도 읽기와 쓰기, 그리고 '스토리텔링' 그 자체에 대한 이야기다. 이야기란 무엇인가. "이야기란, 말하는 행위 안에 있는 모든 것이다. 이야기는 나침반이고 건축이다. 우리는 이야기로 길을 찾고, 성전과 감옥을 지어 올린다. 하나의 장소가 곧 하나의 이야기이며, 이야기는 지형을 이루고, 감정이입은 그 안에서 상상하는 행위이다. 감정이입은 이야기꾼의 재능이며, 이곳에서 저곳으로 건너가는 방법이다." 모든 이야기는 삶과 함께 시작하며 죽음과 더불어 끝난다. 레베카 솔닛은 이야기의 원형으로 미로구조를 가진 '동화'를 꼽는다. 동화 속 주인공은 저주받아 쫓겨나고 버려진다. 주인공은 목적지에 이르기 위해 가장 먼 곳을 돌아가야 하는 험한 여정을 거친다.

레베카 솔닛은 어머니의 이야기를 풀어가면서 감정이입을 하고 상상을 하며, 불화했던 어머니와 화해를 이룬다. 그 화해란 이런 것이다. "어머니가 내가 자신과 다르다는 이유로 화를 내던 시절, 나 역시 내가 어머니와 비슷하다는 사실에 끔찍해하고 비슷해지지 않으려고 애를 쓰던 그 시절을 되돌아보면, 우리가 사실은 얼마나 닮았는지, 어머니가 나의 가장 본질적인 취향이나 관심사 혹은 가치체계에 얼마나 큰 영향을 끼쳤는지 알게 된다." 한 사람은 다름 때문에 화를 냈지만 다른 한 사람은 닮았다는 사실에서 벗어나려고 몸부림친다. 그 기억은 엇갈린다. 결국 두 사람은 상대의 거울이었던 셈이고, 그 거울에 비친 상으로부터 도망가기에 바빴다는 것을 깨닫는다.

노스텔지어에 대하여

하지 무렵 낯선 시인의 시집을 읽는다. 유진목의 『연애의 책』(삼인, 2016)이다. "어깨 너머로 동백이 저문다/흰 개가 동백을 깨물고 놀다 잠이 들었다"(「뒷문이 있는 집」), "내게서 당신이 가장 멀리 흐를 때/나는 오래 덮은 이불 냄새"(「접몽」) 같은 아름다운 구절을 읽는 동안 하지의 날이 조용히 흘러간다. 초여름 도처에 빛이 넘쳐 줄기에 매달린 파란 오이는 쑥쑥 자라고, 감자를 수확할 때 밭 가까운 물에서 오리는 먹이를 찾느라 꽤나 분주했다. 누군가는 아침으로 만두를 먹고, 누군가는 평화로운 빛 속에서 호밀 빵을 먹는다. 한 유명가수는 남이 그린 그림에 제 사인을 해서 비싼 값에 팔았다가 고발되고, 한 철없는 남자 배우는 술집에서 제

쾌락을 위해 타인의 성을 강제로 유린하고, 권력의 핵심에
있던 사람은 정의롭지 않은 방식으로 주식투자를 해서
떼돈을 번다. 사랑의 노래는 어디에나 넘쳐나지만 사랑은
없고, 정의에 대한 외침은 어디에나 과잉상태지만 정작
정의가 실현될 기미는 없다. 세상은 나날이 더워지다가
추워질 것이고, 삶은 고만고만하다가 우여곡절을 품으며 더
나빠질 것이다. 아름다움이 세상을 정화하고 구원할 것이라
믿는 사람들은 곧 그 믿음이 가망 없는 희망이라는 사실을
쓰디쓰게 깨닫게 될 것이다.

　한 책을 읽다가 불현듯 내 상념은 어린 시절로 거침없이
내닫는다. 6·25전쟁 중 부모를 잃어 홀로 된 청년은 뜨내기로
세상을 떠돌았다. 젊은 처자를 만나 결혼을 한 뒤, 다시 가족
부양을 위한 일자리를 찾아 여러 지방을 떠돌았다. 나는 이들
젊은 부부의 첫째 아들이다. 젊은 아버지가 서울에서 생활의
안정을 찾자 외조모에게 의탁했던 장남을 불러올렸다. 그런
연유로 나는 열 살이 되어서야 가족의 일원으로 합류하는데,
그로 인해 고향과 어린 시절을 잃어버린 것은 슬픈 일이었다.
소년은 천방지축으로 뛰놀던 낮은 산과 너른 들, 외삼촌을
따라가 물고기를 잡던 샛강이 삼삼했다. 그럴 때마다 코끝이
시큰해져 눈물 두어 방울 흘리기 일쑤였다. 나는 낯선 환경에
적응하지 못해 겉돌고, 걸핏하면 달콤하고 쓸쓸한 감정에

젖은 채 대상 없는 슬픔과 불가능한 욕망을 만드는 기제를
생생하게 실감했다.

어린 시절의 기억은 장밋빛이다. 꽁보리밥을 먹거나 그마저
자주 걸렀을지언정 고향을 둘러싼 기억은 아련한 광휘를
뒤집어쓴 행복으로 윤색된다. 기억의 마법 속에서 고향은
낙원의 대체물이다. 고향은 아름다운 풍광을 가진 장소이자
행복한 기억이 쌓인 장소다. 철학자 한병철은 『아름다움의
구원』(이재영 옮김, 문학과지성사, 2016)에서 아름다움, 즉 미를
이렇게 정의한다. "미는 망설이는 자며, 늦둥이다. 미는
순간적인 광휘가 아니라 나중에야 나타나는 고요한 빛이다.
이런 신중함 덕분에 미는 품위를 지니게 된다. 즉각적인
자극과 흥분은 미로 접근하는 길을 막는다. 사물들은 우회로를
거쳐 사후에야 비로소 그 숨어 있는 아름다움을, 그 향기로운
정서를 드러낸다." 한병철은 매끄러움만을 추구하는 현대적
미의 얇음과 메마름을 비판한다. 매끄러움은 제프 쿤스의
조형물이나 점점 더 세련된 형태로 진화하는 스마트폰의
표면에서 돋보이는 특징이다. 이 매끄러움이 현시하는 미란
"일체의 부정성이, 전율과 상해의 모든 형태들이 제거됨으로써
아름다움 자체가 매끄럽게 다듬어진" 인공미라는 것이다.
매끄러움은 달콤함이고, 오감의 쾌감이며, "순수한 긍정성의
현상"으로 이루어지는 까닭이다. 고통이 없는 아름다움,
부정성이 탈각된 매끄러움, 현대의 디지털 미에는 숭고가

깃들지 않는다. 숭고는 부정성이고 고통 속에서 솟아나는
것이기 때문이다.

고향이 아름다운 것은 그 장소가 실존의 의미 있는 경험을
겪은 곳이고, 어린 시절이 무의식에서 부모와 형제, 자연의
풍광이 아련한 빛깔로 윤색되기 때문이다. 그 원초적 장소
경험으로 고향은 고요한 빛과 향기로운 정서를 드러낸다.
한 번 떠난 고향은 결핍이고 부재로써만 마음에 새겨진
채 무의식에 각인된다. 이 망각 기억이 우연한 계기로
복원되는데, 이 기억이 고통과 수난을 견디게 하는 힘이다.
그래서 사람들은 먼 바다로 나아갔던 연어가 모천母川으로
회귀하듯 고향으로 돌아갈 꿈을 꾼다. 고향이 없는 자는
돌아가 머리 누일 곳이 있는 자에 비해 견뎌야 할 불행이 더 큰
법이다.

감정은 기억이라는 자양분을 빨아들여 풍요로워진다.
기억이란 뇌에 저장된 과거 경험, 더 정확하게는 변화무쌍한
국소적인 뉴런의 흔적이다. 이것은 부호화, 응고화,
인출이라는 세 단계를 거치고, 다시 절차 기억, 지각 기억,
의미 기억, 일화적 기억으로 나뉘어 뇌의 '문서실'에 보관된다.
기억이 저장되는 곳은 뇌의 대뇌변연계의 두 곳, 즉 해마와
편도체. 뇌의 해마hippocampus는 바다 동물인 해마의
형상과 닮아서 생긴 명칭이다. 해마는 뇌의 중앙 측두엽에
있고, 다양한 경험을 처리한다. 특히 감각적 인상을 하나의

다발로 묶어 저장한다. 해마가 없다면 기억은 생성되지
않는다. 편도체amygdala 역시 해마와 마찬가지로 아몬드를
닮은 그 생김새 때문에 생긴 명칭이다. 편도체는 겪은 것을
감각적으로 평가한다. 해마와 편도체는 문서실의 서랍처럼
기억을 보존하고 간수한다. 우리는 기억의 연속성이라는 토대
위에서 저마다 삶을 세운다. 따라서 기억을 잃으면 모든 것을
잃는다. 치매 환자는 기억이 끊긴 자리에서는 최소한도의
삶도 꾸릴 수 없음을 또렷하고 끔찍한 방식으로 보여준다.

　　연작소설집『채식주의자』로 맨부커상 인터내셔널을
수상한 작가 한강의 신작『흰』(난다, 2016)은 기억의 파편으로
직조된 시처럼 짧고 아름다운 소설이다. 세상의 모든 '흰' 것,
즉 강보, 배내옷, 달떡, 안개, 젖, 성에, 서리, 눈, 만년설, 흰
개, 소금, 달, 입김, 흰 새, 은하수, 백목련, 각설탕, 흰 돌, 흰
뼈, 백발, 구름, 백야, 흰나비, 넋…… 따위를 불러내 기억을
더듬고 풀어헤친다. '흰' 것은 희어서 순결하고 아름답지만
쉽게 때를 타고 더러워진다. '흰' 것의 깨끗함은 유효기간이
짧다. '흰'은 아득한 기억으로 안내하는 끄나풀이다. "눈처럼
하얀 강보에 갓 태어난 아기가 꼭꼭 싸여 있다"는 문장에서
기억의 원점이 드러난다. 태어난 지 두 시간 만에 죽은 그
아기와 관련해서 몇 줄이 더해진다. "달떡처럼 얼굴이 흰
여자아이였다고 한다. 여덟 달만의 조산이라 몸이 아주

작았지만 눈코입이 또렷하고 예뻤다고 했다." 조산으로
태어나 곧 죽은 아기는 그대로 자라났다면 언니가 될 존재고,
그런 연유로 이 죽음은 작가에게는 기억할 만한 죽음이다.
이 소설은 불가피하게 일찍 죽은 자의 넋을 기리는 애도의
서사가 될 수밖에 없다. 아울러 사라질 수밖에 없는 운명을
가진 아름다움을 새기고 기리는 시다.

　　다니엘 레티히의 『추억에 관한 모든 것』(김종인 옮김,
황소자리, 2016)은 풍부한 자료와 예화를 바탕으로
노스탤지어의 탄생과 효용가치를 들춰낸다. 인문적 성찰의
깊이에서 기대에 못 미치지만 그 나름대로 재미있었다.
미국 남북전쟁 때 건장한 병사들이 시름시름 앓다 죽었다.
향수병 때문이었다. 전쟁이 계속되자 제 고향으로 돌아갈
날도 멀어지는 가운데 유독 농촌 출신 병사가 향수병에 잘
걸렸다. 그들의 자서전적 기억의 신경심리학에 의해 어린
시절 전원의 아름다움은 과장되고 보잘것없는 고향이
이상향으로 탈바꿈된 탓이다. 병사들은 "아, 내 고향과 거기서
보낸 아름다운 시절로 돌아갈 수만 있다면 내 모든 것을
내줄 수도 있어요"라고 말했다. 어린 시절 내 슬픈 감정이
노스탤지어nostalgia, 즉 향수병 때문이라는 걸 나중에야
알았다. 호메로스는 『오디세이아』에서 오디세우스의 긴
방랑을 그린다. 오디세우스는 스무 해를 객지에서 떠돌다가

천신만고 끝에 고향 이타카로 돌아온다. 노스탤지어는
이 오디세우스의 돌아옴과 관련해서 생긴 단어다.
그리스어로 귀환을 뜻하는 '노스토스nostos'와 고통을 뜻하는
'알고스algos'가 합성된 노스탤지어가 머금은 뜻은 귀환에 따른
지옥 같은 고통이다.

먼 곳을 동경하고, 늘 어디론가 떠나고 싶어하는 것은
사라진 이상향을 향한 그리움 때문이다. 우수에 찬 감정을
머금은 노스탤지어가 메마른 가슴을 적시면서 고향이라는
낙원을 꿈꾸게 하는 건 아닐까? 먼 곳에 대한 동경은 거머쥘
수 없는 과거를 향한 사무침과 한통속이다. 노스탤지어는
잃어버린 것을 향한 가없는 구애요, 현실에서 사라진
부재의 장소에 가 닿으려는 불가능성 속에서 깊어진 꿈이다.
"노스탤지어는 모든 반복이 진짜가 아님을 슬퍼하고, 반복을
통해 동일성에 도달할 가능성을 부인하는 반복이다."(수잔
스튜어트,『갈망에 대하여』) 정신과 의사라면 이런 향수병을
멜랑콜리아, 즉 깊은 우울증이라고 진단할 테다. 이 마음의
병은 생활의 활력을 앗아가고 심신상실과 죽음에 이르게 할
만큼 위험하다.

고향은 부재의 이상향으로 빛나는 까닭에 그것을
떠올리는 것만으로도 위안과 힘을 얻는다. 또한 그것은
정신의 닻과 같아서 세계에 대한 신뢰와 안정감을 갖게
한다. 따라서 향수를 불러일으키는 기억은 달콤하고,

험한 세상의 강을 건너게 해주는 다리가 된다. 그 이유는 무엇일까? "우리는 입증된 것과 알고 있는 것에 대해 기대고 싶어하기 때문이다. 이를 통해 복잡성을 줄이고 불확실성을 감소시키며 정신적인 긴장을 누그러뜨리고 실망의 위험성을 낮추기 때문이다."(다니엘 레티히, 앞의 책) 오랜 세월 고향을 그리워했지만 애써 고향을 찾지는 않았다. 스물 몇 해 전 어머니를 모시고 고향을 찾았다. 고향의 옛집은 돼지우리로 바뀌고, 아는 사람이 단 한 명도 남아 있지 않았다. 타향보다 더 낯선 고향에서 어머니와 나는 내심 크게 실망하고 망연자실했다. 해거름에 잠긴 마을을 등지고 돌아 나오며 나는 오갈 데 없는 실향민이 되었다는 쓰디쓴 실감과 더불어 고향을 그리움으로만 남겨두었더라면 더 좋았을 것이라고 후회를 곱씹었다.

04

고전이 된 작품들

『토지』, 민족의 대서사시

   입추, 처서, 백로, 추분, 한로, 상강 같은 절기를 차례로
거치며 가을은 깊어간다. 벼이삭은 가을의 양광 속에서
무르익고, 과실나무의 가지마다 열매는 단맛이 들어간다.
본디 가을은 곡식과 열매가 속을 채우고 익어가는 계절이다.
가살, 가슬, 가실, 가알 따위의 옛말은 모두 가을을 가리키는
어휘다. 지금도 남부방언으로 쓰이는 '가실하다'는
'추수하다'라는 뜻이다. 가을이 돌아올 때마다 경상남도
하동군 평사리 너른 악양 들판을 떠올린다. 박경리가
『토지』(마로니에북스, 2012)에서 "고개 무거운 벼 이삭이 황금빛
물결을 이루는 들판"이라고 묘사한 그곳이다. 전라북도
진안에서 발원해 3개 도와 12개 군을 굽이굽이 거쳐 남도

500리를 돌아온 섬진강 수계水系의 맑은 물을 젖줄로 문 80여만 평 너른 들판의 벼이삭은 가을 햇살 아래 알맹이를 채운 채 황금빛으로 익어 바람이 불 때마다 출렁인다.

우리 선조들은 가을의 햇곡식으로 빚은 떡과 술로 추석 차례를 지냈다. 『토지』는 추석을 맞아 송편을 입에 물고 마을길을 쏘다니며 기뻐 날뛰는 철부지 아이들을 묘사하며 막을 연다. "까치들이 울타리 안 감나무에 와서 아침 인사를 하기도 전에, 무색옷에 댕기꼬리를 늘인 아이들은 송편을 입에 물고 마을길을 쏘다니며 기뻐서 날뛴다. (……) 고개가 무거운 벼이삭이 황금빛 물결을 이루는 들판에서는, 마음 놓은 새떼들이 모여들어 풍성한 향연을 벌인다." 이때는 1897년 한가윗날이다. 명절이라고 모처럼 기름진 음식으로 배를 채운 어린것은 기뻐 날뛰지만 궁핍한 살림살이에 어른은 시름이 가득하다.

박경리는 소설가 김동리를 만나 습작품을 보인 뒤 "소설을 계속 써보라"는 격려를 받는다. 1955년에 월간지 『현대문학』에 단편 「계산」, 「흑흑백백」이 추천되어 작가생활을 시작한다. 『토지』는 박경리가 마흔세 살인 1969년 9월, 처음 『현대문학』에 선을 보인 뒤로 『문학사상』, 『정경문화』, 『문화일보』를 거쳐 25년 만인 1994년 8월에 200자 원고지 3만 1,200매 분량으로 마침표를 찍는다. 그야말로 장강長江같이 펼쳐진, 우리 문학사에서 유례를 찾아보기 힘든 대하소설이다.

박경리는 1960년대 어느 가을, 벼이삭이 무르익은 늦가을 악양 들판을 지나다가 어린 시절 외할머니에게 들은 얘기를 떠올리며 『토지』를 처음 구상했다. 『토지』는 한 만석꾼 대지주의 가족사를 중심으로 19세기 말에 시작해 해방공간까지 끌어안는다. 경상도 하동의 평사리에서 시작해 만주와 서울, 도쿄 등지로 공간적 배경이 방사선형으로 뻗어간다. 대지주 최참판댁과 그 일가, 즉 최참판댁 마지막 당주인 병약한 최치수를 포함해서 서희, 그리고 서희가 신분이 한참 낮은 길상과 혼인하여 낳은 아들까지 3대에 걸쳐 펼쳐지는 대서사시다.

구한말에서 일제 강점기로 이어지는 이 변화무쌍한 격동의 시대에 민초의 살림 형편은 어떠했던가. 국운은 쇠할 대로 쇠하고, 흉년까지 겹치며 민심은 흉흉한 채 민초는 굶주림과 역병에 시달렸다. 삶은 고달프고 시름 그칠 날 없었으며, 원통한 일은 겹쳐서 왔다. "흉년에 초근목피를 감당 못하고 죽어간 늙은 부모를, 돌림병에 약 한 첩을 써보지 못하고 죽인 자식을 거적에 말아서 묻은 동산을, 민란 때 관가에 끌려가서 원통하게 맞아죽은 남편을, 지금은 흙속에 잠이 들어버린 그 숱한 이웃들을, 바람은 서러운 추억을 가만가만 흔들어준다." 러시아와 일본은 아관파천과 명성황후 시해를 꾀하며 조선을 손아귀에 넣으려고 맞서고, 나라 안은 농민전쟁, 갑오개혁, 을미의병을 거치며 혼란스러웠다. 나라 살림이 거덜 나면서 망국의 조짐은 여기저기 나타났다. 초근목피로 연명하는 가운데 유랑하거나 속절없이 죽어나가던 그런 와중에 맞은 추석 명절이니, 어른들은 세상모른 채 기뻐 날뛰는 어린것들을 바라보며 쓴웃음을 지을 뿐이었다.

이 대하소설에는 격동의 시대 속에서 부딪고 흔들리며 고단한 삶을 견뎌야 했던 대지주·포수·무당·목수·농사꾼· 장사치·훈장·스님·친일파·동학접주·의병·독립군 등등 온갖 계층들, 악인과 선인, 장삼이사가 다 어우러진다. 이들은 만주 간도와 같이 낯설고 물선 남의 나라 땅을 유랑하며 살다가 생을 마쳤다. 『토지』에 등장하는 인물만 무려 800여 명인데, 그 하나하나는 생동감이 넘친다. 온갖 욕망, 사랑과 죽음, 만남과 이별 따위에서 빚어지는 오욕칠정五慾七情의 다채로움과 얽히고설킨 운명의 부침을 작가는 치밀하게 그려낸다. 『토지』는 우리 아버지와 삼촌, 그리고 할아버지의 이야기고, 근대에서 현대로 이어지는 파란과 격동의 역사를 고스란히 담은 큰 강과 같이 굽이굽이 흘러간다. 남성에서 남성으로 이어지는 재래 혈통계승의 인습을 깨고, 여성에서 여성으로 이어지는 여성 혈통계승의 가족사를 전면에 내세운 것도 특기할 만한 점이다.

박경리는 1927년 10월 28일, 경상남도 통영에서 태어났다. 본명은 박금이朴今伊지만 평생을 필명인 박경리로 살았다. 방랑 기질의 아버지가 딴살림을 나는 바람에 홀어머니 밑에서 자랐다. 학비를 얻으러 아버지를 찾았다가 따귀를 맞고 돌아온 뒤 다시는 아버지를 찾지 않았다. 박경리는 진주여고를 졸업하던 스무 살에 인천전매국에 다니던 김행도金幸道를 만나 결혼한다. 1949년 서울 흑석동에서 신접살림을 차리고 아들과 딸을 두었다. 이듬해 한국전쟁이 나자 황해도 연안여자중학교에 교사로 발령받은 남편은 부역혐의로 서대문구치소에 투옥되었다. 남편은 끝내 살아 돌아오지 못하고 어린 아들마저 병으로 잃는다. 박경리는 어린 딸을 안고 통영으로 내려와 생계의 한 방편으로 수예점을 낸다. 작가는 불행했으나 그 불행을 진절머리 치며 외면하는 대신에 당당하게 맞서는 길을 선택한다. 범인凡人에게 불행은 기껏 삶에 치욕만을 안기는 족쇄지만, 예술가에게 그것은 순도 높은 창조의 질료라는 걸 이미 알았던 것이다.

박경리는 1971년 유방암 수술을 받은 뒤 수술자리를 붕대로 동여매고 『토지』의 집필을 이어간다. 딸 김영주 씨는 「곁에서 지켜 본 토지」라는 글에서 "지금도 잊지 못하는 기억은 어느 연말 송년의 어수선함 속에서 고적했던 밤의 통곡이다. 마음 바닥으로부터 치밀어 오르는, 마치 창자가 끊어질 듯, 가슴이 터져버릴 듯 통곡하시던 그 음산한 밤을 나는 잊지 못한다"라고 쓰고 있다. 그 통곡에 서린 한과 고독의 깊이를 짐작조차 할 수 없으나 그 숙연함과 무엇으로도 위로가 되지 않을 참혹함에 전율을 느꼈을 테다. 『토지』는 스물다섯 해 동안 참척慘慽의 아픔을 삭이고, 처절하게 고독과 병마와 목숨을 건 사투 끝에 거둔 승리의 전리품이자 민족의 자랑스러운 유산이다.

박경리는 2008년 5월 5일에 세상을 떴다. 몇 해 전 늦은 봄, 나는 원주의 토지문화관에 입주작가로 머물고 있던 덕분에 작가의 5주기 제사에 참여할 수 있었다. 저녁 무렵 서울, 통영, 부산 등지에서 사람들이 속속 모여들고, 자정 무렵 경상도 남부의 전통의례에 따른 제사가 시작되었다. 제주祭主는 토지문화관의 관장이자 작가의 고명딸인 김영주 씨였다. 사위인 김지하 시인은 불편한 몸을 꼿꼿이 세운 채 제사를 묵묵하게 지켜보았다. 외부인사들과 러시아, 싱가포르, 프랑스, 스페인에서 온 네 명의 외국 작가를 포함해 스무 명 남짓한 입주작가가 제사에 참여했다. 밤은 깊고, 소쩍새가 울었다. 그 밤 제사가 끝난 뒤 김지하 시인과 마주 앉아 맑은술 몇 잔을 받고 덕담을 들었다.

박경리는 1980년 서울을 떠나 원주시 단구동으로 이사한 뒤 원주에서 여생을 마쳤다. 양안치 아래의 토지문화관에는 봄마다 소쩍새와 뻐꾸기가 울고, 여름에는 연못의 맹꽁이가 목이 터져라 울어댄다. 작가는 이 세상의 끝의 끝 같다던 이 집에서 혼자 고양이 몇 마리와 정 붙이고 살았다. 텃밭을 일궈 배추, 고추, 상추, 파 등을 심어 스스로 입에 들어갈 것을 구했다. 그는 수난과 고통으로 얼룩진 불행한 삶을 살았지만, 그 수난과 고통의 기억들을 섞고 발효시켜 마침내 위대한 작품을 빚는 놀라운 연금술을 보여주었다. 그가 말년에 쓴 시를 읽을 때 내 가슴은 아리다. "무엇이 되고 싶은가/젊은 눈망울들/나를 바라보며 물었다//다시 태어나면/일 잘하는 사내를 만나/깊고 깊은 산골에서 /농사짓고 살고 싶다/내 대답//돌아가는 길에/그들은 울었다고 전해 들었다/왜 울었을까//홀로 살다 홀로 남은/팔십 노구의 외로운 처지/그것이 안쓰러워 울었을까/저마다 맺힌 한이 있어 울었을까//아니야 아니야 그렇지 않을 거야/누구나 본질을 향한 회귀본능/누구나 순리에 대한 그리움/그것 때문에 울었을 거야"(「일 잘 하는 사내」). 일 잘하는 사내를 만나 산골에서 농사짓고 살고 싶다던 작가는 금생에서는 도무지 이룰 수 없는 이 소박한 꿈을 대하소설 『토지』와 맞바꾸었다. 작품을 쓰는 그 헤아릴 길 없는 산고産苦, 그 스물다섯 해 동안의 시련은 오로지 작가의 몫이었으나 읽고 감동하는 보람과 기쁨은 우리의 몫이다.

인생의 급류 속에서

30대 중반, 내 인생은 급류와도 같은 변화의 시기를 맞았다. 생계 수단으로 창업한 출판사가 번창한 덕분에 생활은 안정되었지만 감정상태는 기복이 심했다. 그 무렵 집을 나와 작은 월세 아파트에서 혼자 살았는데, 아내와의 불화가 깊어서 예전 관계로 돌아가기는 어려웠다. 출판사 사무실은 여의도에 있었고, 나는 혼자 개포동의 작은 서민아파트에 거주했다. 겨울에도 난방을 하지 않은 채 이불로 몸을 감싸고 잠이 들었다가 잠에서 깨어난 새벽에는 타자기의 자판을 두드리며 글을 썼다.

어느 날 새벽, 낯선 방문객이 아파트 문을 두드렸다.

문을 열어보니 낯선 남자 둘이 문밖에 서 있었다.

"강남경찰서에서 나왔습니다."

"무슨 일 때문에요?"

"잠깐 들어가도 되겠습니까?"

그들은 문 안으로 들어서자마자 모종의 의혹에 감싸인 시선으로 내가 거처하는 구석구석을 둘러봤다.

"이웃에서 수상한 사람이 살고 있다는 신고가 들어왔어요."

"네? 수상하다니요?" 나는 짜증이 났다.

"밤마다 이상한 소음이 들린다구요." 두 형사가 동시에 얼굴을 찌푸렸다.

"아하!" 나는 한 걸음 뒤로 물러섰다.

그들은 내게 무슨 일을 하느냐고 물었다. 나는 '작가'라고 말하면서 책상 위에 놓인 타자기를 가리켰다. 나는 아파트로 이사한 뒤 이웃과 인사를 나누지 않은 채 살았다. 새벽마다 울리는 타자기의 자판 두드리는 소리가 이웃의 의심을 살 만도 했다. 내가 쓴 책과 내 사진이 나온 신문 스크랩을 보여주자 강남경찰서 소속 형사 두 명은 돌아갔다.

그 시절 사무실과 집만을 오가며 지내던 나날은 단조롭고 건조했다. 기쁨도 보람도 없이 흘러가는 나날 속에서 아이들을 그리워했다. 하지만 딱히 대상이 없는 울분과 분노가 나를 삼킨 탓에 나는 가족에게 돌아갈 수 없었다. 나는 일에 매달리고, 불규칙한 식사를 했으며, 저녁에는 술을 마셨다. 그런 무질서한 생활 속에서도 나는 날마다 수영장에

나가 수영을 했다. 풀장에서 대개 40~50회를 쉬지 않고 오가는 장거리 수영을 했다. 영법泳法을 바꿔가며 풀장의 끝과 끝을 오갈 때 나는 무심하고 평화로운 마음으로 오직 물을 가르며 앞으로 나아갔다.

　서울올림픽이 끝나자 빠르게 고도소비사회로 접어들면서 저마다 다른 욕망의 분출로 혼돈스러운 시절이었다. 내 삶은 빛을 잃었으며, 만나는 사람도 다 시들했고, 날마다 출판사를 꾸리며 이룬 것들마저 시시했다. 내 안의 공허와 싸우는 동안 나는 책도 읽지 않고 글도 쓰지 않았다. 그저 어떤 희미한 슬픔을, 대상이 없는 원망을 참고 견디려고 몸부림쳤다.

　무라카미 하루키를 만난 건 그 무렵이다. 동구 사회주의 국가의 몰락으로 1980년대가 저물고 1990년대로 접어들면서 하루키의 작품이 국내에 소개되었다. 하루키 소설의 작중인물은 가족과 사회에서 고립된 '외톨이'였는데, 그들은 겉으로는 멀쩡하지만 속으로는 아픈 사람이다. 그들은 '공허라는 질병'을 앓았다. 이것은 일본 사회가 근대 이후 겪은 전쟁과 자연재해가 남긴 '외상 후 스트레스 장애'의 일종이다. 그들은 혼자 음식을 먹고, 혼자 재즈를 듣는다. 사랑했던 여자는 어느 날 갑자기 모호한 이유로 사라지고, 남자는 여자를 찾아 모험에 나선다. 이렇듯 하루키는 미로 속에서 헤매기라는 주제를 반복한다. 나는 그런 소설을 읽으며

작중인물의 인생이 품은 커다란 공동空同, 깊은 상실감에
공감했다.

하루키는 두 살 때 일본 고베로 이주했다. 할아버지는
승려, 아버지는 일본 문학을 가르치는 교사였다. 열다섯 살
때 카프카의 『성』을 읽고 깊은 인상을 받았으며, 와세다대학
시절에는 리처드 브로우티건이나 커트 보네거트와 같은
미국 포스트모던 작가의 소설을 즐겨 읽었다. 청소년기에서
청년기까지 그의 감수성에 영향을 미친 것은 미국의 소설과
영화, 대중음악이었다. 그의 감성과 스타일을 빚은 것은 '외부
세계'에서 흘러온 외래문화다. 그 핵심은 할리우드 영화, 재즈
레코드, 고베 헌책방에서 흔하게 구할 수 있는 미국의 값싼
문고본 소설이었다. 그는 열세 살 때부터 재즈에 심취했다. 그
음악이 자신에게 강력한 영향을 미쳤다고 고백한다.

책을 쓰는 건 음악 연주와 비슷해요. 처음에 주제를 연주하고,
그다음에 즉흥연주를 하고, 그러고 나서 일종의 종결부가
오지요.[33]

하루키는 '지구적 팝 컬처'의 키드라고 말할 수 있다.
도스토옙스키, 카프카, 레이먼드 챈들러의 책을 탐독하며
청소년기를 보내고 대학을 졸업한 뒤에는 재즈 카페를

운영하며 종일 재즈를 듣고 손님이 주문하는 칵테일이나 샌드위치를 만들며 보낸다.

하루키는 스물아홉 살 때 재즈 카페의 일을 마친 새벽에 식탁에서 소설을 쓰기 시작한다. 부엌 식탁에서 맥주를 마시며 써나간 40개의 짧은 장으로 이루어진 중편『바람의 노래를 들어라』를 완성한다. 1970년 8월 8일에 시작되어 8월 26일에 끝나는 18일간의 이야기다. 일본 '전공투全共鬪'의 마지막 세대로 대학 소요를 겪은 '잃어버린 1960년대'에 대한 진혼의 성격이 짙다. 글로벌 자본주의가 몰려오는 초입에 선 청년의 불안과 공허, 상실감이 감각적으로 드러난 소설이다. 이어지는『1973년의 핀볼』에서도 이념의 공동체라고 할 수 있는 집단─대학이든 사회든 국가든─을 잃고 현실의 가장자리로 밀려나 공허 속에 고립된 채 떠도는 젊은이가 등장한다. 이 지점이 바로 하루키의 개인주의가 탄생하는 원점이다.

『바람의 노래를 들어라』는 전통적인 일본 소설의 해체를 보여준다. 일본 문학의 전통에서 완전히 벗어난 스타일을 선보이며 등장하는 그의 작품이 미국 소설의 영향 아래 나왔다거나 서구적인 작품, 심지어는 반反소설로 받아들여진 것은 당연한 일이다. 하루키 소설 중 완성도가 높은 작품은 반리얼리즘 스타일, 반현실적 환상성이 가장 두드러지게 나타난『세계의 끝과 하드보일드 원더랜드』를 꼽을 만하다.

내러티브의 환상으로 이끄는 이 소설에는 두 개의 이야기가 병렬적으로 흘러간다. 두 개의 장은 홀수 장과 짝수 장으로 나뉜다. '나'는 '하드보일드 원더랜드'와 '세계의 끝'이라는 두 세계를 오가며, 숫자로 된 정보를 뇌에서 변환시켜 암호화하는 '계산사'로, 혹은 일각수가 오가는 도시에서 동물 머리뼈에 새겨진 꿈을 해석하는 '해몽가'로 일한다. 홀수 장인 '하드보일드 원더랜드'의 이야기와 더불어 짝수 장인 '세계의 끝'의 이야기는 교차하며 펼쳐지는데, 두 개의 세계, 두 개의 자아 이야기를 병렬시키는 이 구조는 『1Q84』에서도 반복된다. 잘 알려져 있다시피 「거리와 그 불확실한 벽」이라는 단편이 이 소설의 원형이다. 우물, 통로, 지하세계, 미로의 이미지가 이 소설의 중추다. 이것은 하루키가 고백하는 '최초의 기억'과 깊은 연관이 있다. 작가에게 생의 기억은 창작의 기초가 되는 훌륭한 자산이다.

> 기억은 인간의 가장 중요한 재산이라고 생각합니다. 기억은 일종의 연료 역할을 하지요. 타오르면서 인간을 따뜻하게 해주거든요. 제 기억은 일종의 궤짝과 같아요. 그 궤짝에는 수없이 많은 서랍이 달려 있답니다. 어떤 서랍을 열면 고베에서 보낸 소년 시절의 광경이 떠올라요. 공기의 냄새도 맡을 수 있고, 땅도 만질 수 있고, 초록색 나무도 볼 수 있답니다. 그게 제가 책을 쓰고 싶어하는 이유이지요.[34]

물론 하루키는 소설에서 기억을 그대로 재현하지 않고 교묘한 방식으로 변주하고 변형한다.

『바람의 노래를 들어라』에서 『양을 둘러싼 모험』, 『중국행 슬로보트』, 『캥거루 날씨』, 『세계의 끝과 하드보일드 원더랜드』를 거쳐 『해변의 카프카』와 『1Q84』에서 정점을 찍는 하루키의 소설 형식은 독자적인 것이다. 미국의 재즈에 열광하고 포스트모던 문학을 즐겨 읽으며 감수성을 키워온 배경에서 그만의 무국적성, 도시적 감성, 탈이념, 탈현실의 문학이 잉태된 것이다. 사회나 조직에서 떨어져 나와 중심사회의 압력에서 벗어나려고 외톨이로 고립을 선택하는 주인공은 현실과는 다른 층위에 있는 저 너머 이면의 세계로 미끄러진다. 『해변의 카프카』에서 『1Q84』를 거쳐 『색채가 없는 다자키 쓰쿠루와 그가 순례를 떠난 해』와 『여자 없는 남자들』로 이어지는 소설세계는 공허한 인간의 자아 찾기라는 일인칭 시점의 환상적인 모험으로 일관한다. 공허해진 인간이 상실과 부재를 견디면서 현실의 이쪽과 그 너머를 오가며 방황과 편력을 일삼는 '하드보일드 원더랜드'는 감각적인 문체와 스타일을 구축한다. 그의 취향과 본성, 독특한 이력과 독서 경험이 한데 어울려 창조된 하루키 스타일은 굳건해진다.

동구권의 몰락, 하루키 소설의 대유행, 포스트모더니즘의 도래와 함께 가장假裝 행렬 같던 내 질풍노도의 30대는 막을 내렸다. 나는 급류 속에서 생존자로 남았지만 인생은 예측할 수 없는 방향으로 흘러갔다. 세기말의 혼돈 속에서 갑작스럽게 영어圉圄의 몸이 되었다가 풀려나고, 출판사를 폐업한 뒤 시골로 내려갔다. 시골에서 텃밭을 일구고, 연못을 파서 수련을 키우고, 마당 한쪽에는 모란과 작약을 심어서 봄마다 꽃을 보는 것을 보람과 기쁨으로 삼았다. 나는 외로움의 중력을 견디며 가까스로 비문非文 몇 개를 조립해 시집 몇 권을 쓰거나, 평일 오후 도시 외곽의 동물원을 찾아가 맹수 우리 앞에 몇 시간씩 머물다 돌아오거나, 대학에서 강의를 하고 방송 프로그램의 진행을 맡기도 했다.

한국 사회가 24시간 편의점의 세계로 재편되고, 세계의 권력자들이 덧없이 부침을 거듭하는 가운데 나는 세계의 우울을 견디며 오래된 의례와 같이 몇 번의 연애를 치렀다. 몇 번의 연애를 거치며 그것이 나를 죄인으로도 성자로도 만들지 못한다는 사실을 깨달았다. 나는 알코올중독자로 전락하거나 자살자의 명단에 오르지도 않았고, 범법자로 교도소를 들락거리지도 않은 채 비교적 순탄하게 잘 먹고 잘 살았다. 그사이 아이들은 자라나 제 갈 길을 찾아 먼 곳에서 저마다 삶을 꾸리고, 연로한 아버지와 어머니는 때가 되자 조촐한 삶을 끝내고 차례로 세상을 떴다. 나는 버드나무와 호수가 아름다운 안성을 떠나 서교동 연립주택에서 살림을 꾸리다가 다시 파주 교하로 거처를 옮겼다. 나는 문신도 하지 않고, 비트코인 따위에 투자하려는 마음도 품지 않는다. 다만 새 책이 늘어나 서가를 채우고, 손톱과 발톱이 자라나는 세계에서 산다. 간혹 30대의 빛나던 젊음을 칙칙하게 만들고, 나를 딱히 대상 없는 분노와 울분에 빠뜨린 것이 무엇이었나 생각한다. 출판업이 무난한 성공을 거두던 그때 나는 왜 분노조절장애를 앓았을까. 마음에 짚이는 바가 있지만 군이 발설하고 싶지는 않다. 그 분노와 울분을 넘어서서 나는 살아남았다. 미세먼지와 암이 만연하는 세상은 여전히 살 만하거나 그렇지 못하다. 재난과 비명횡사가 많은 세상에서 운 좋게 살아남아 60대에 이른 나는 삶이란 시간과 망각의 압력 속에서 기억력의 저하와 오류를 겪으며 저마다 한 권의 책을 쓰는 것이라 상상한다.

그토록 불길했던 상상력

광명시에 건립된 '기형도문학관'에서 기형도 문학세계에 대한 강연을 해달라는 요청을 받았다. 기형도 시를 다시 읽으려고 『기형도 전집』(문학과지성사, 1999)을 새로 샀다. 이 책은 안성 서가에 있을 텐데, 거기까지 갈 일이 번거로워 다시 산 것이다. 새로 산 책의 판권을 살펴보니, 2017년 10월 25일 초판 30쇄라고 되어 있다. 기형도는 스물아홉의 나이로 요절했다. 젊은 죽음에는 늘 비극의 냄새가 진동한다. 어찌 젊은 죽음만 비극이라고 하랴! 죽음은 미래와 미래 속에 있는 모든 가능성을 한꺼번에 삼켜버리는 블랙홀이며 가치의 영도零度다. 그래서 젊은 생명과 재능을 한순간에 앗아가는 죽음은 끔찍하고 비열하다. 죽음이란 "나를 끌고 다녔던 몇 개의 길을 (내 속에서) 영원히 추방"하는 것. 죽기 전 마음속에 "너무나 많은 공장을 세웠"던 젊은 시인은 당부한다. "나를 찾지 말라…… 무책임한 탄식들이여"라고!

아직도 우리는 불가해한 삶의 한복판에서 자주 길을 잃으며, 자잘하게 조각나 있는 부박한 삶의 체험을 손에 쥐고 그 의미를 읽어내려 안간힘을 쓴다. 어떤 체험은 쉽게 읽히지만 어떤 체험은 끝내 읽히지 않는다. 읽어낸 의미는 사유의 방향과 행동양식의 좌표가 되어 우리 의지의 강한 동력으로 작용한다. 우리는 잘 아는 것 위에 삶을 세운다. 우리가 직업을 갖고, 결혼을 하는 이 세상은 친숙한 것이며, 흔히 일상과 관습이라는 외관으로 나타난다. 도덕·상식·전통·풍속들은 삶의 규범과 체계를 이룬다. 그 예측 가능한 지평 위에서 욕망은 발화하고 성취되며, 때로는 좌절을 겪는다.

기형도의 찢긴 자아의 내면-세계를 지배하는 것은 비극적 세계 인식이다. 물론 비극적 세계 인식이 그만의 것은 아니다. 1980년대 시인들에게서 흔히 발견되는 현상이다. 그러나 이미 구원의 불가능성이 증명된 현실을 떠나지 않고, 그 악몽의 현실을 견디며, 그 살아냄의 의미를 끈질기게 형상화하려고 했다는 점에서, 기형도의 비극적 세계 인식은 이성복·황지우 같은 1980년대 전반의 시인들의 세계 인식과 의미론적으로 변별되는 자리에 놓는다. 그 살아냄은 현실의 저변을 형성하고 있는 부조리성과 무의미성에 대한 지칠 줄 모르는 싸움일 테다.

기형도의 시 세계는 바로 앞 세대에 의해 범죄성이 폭로되고 미래에 대한 의미 있는 전망을 갖는 게 불가능하다고 선언된 1980년대의 초토 위에서, 그 앞 세대 시인들이, 지금-여기가 아닌 어딘가로 가자며 "아픔이 없는 사랑의 나라"(이성복), 저 "율도국"(황지우)으로 떠나버린 뒤, 그 죽음의 현실-악몽의, 구체적 일상의 국면을 끌어안으면서 열린 세계다. 그 예민한 자아에게 포착된 구체적 일상의 국면은 인간의 유토피아에 대한 간절한 열망과, 그것을 배반하는, 이미 참담하게 파탄 난 악몽의 현실 사이에서 찢긴 자아의 세계다. 기형도는 "나의 영혼은 검은/페이지가 대부분이다"(「오래된 서적」)라고 노래했다. 왜 그랬을까. 무엇이 젊은 그를 이토록 어둡고 불길한 상상력으로 몰아갔을까. "나의 영혼은/검은 페이지가 대부분이다"라는 구절에서 드러나는 것은 소외감, 죽음과 고갈이다. "검은 페이지"는 죽음과 고갈을 표상하는 불길한 색으로 뒤덮인다. 제 영혼이 "검은 페이지"로 이루어졌다는 고백으로 기형도는 자신이 생래적으로 비관주의자라는 사실을 드러낸 것이다.

기형도는 "내가 살아온 것은 거의/기적적이었다"라고 선언하고, "오랫동안 나는 곰팡이 피어/나는 어둡고 축축한

세계에서/아무도 들여다보지 않는 질서" 속에 있었다고
말한다. "내게 얼마나 많은 사건이 있었던가, 콘크리트처럼
나는 잘 참아왔다", "모든 것이 엉망진창이다"(「오후 4시의
희망」)라고 말하고, "나는 인생을 증오한다"(「장밋빛 인생」)라고
거침없이 토해낸다. 무엇이 이 젊은이로 하여금 이토록
불안한 말을 내뱉게 했을까. 삼인칭과 일인칭을 오가는
「여행자」라는 시편에서 드러난 것은 '육체와의 불화'다. 어쩐
일인지 육체는 "말을 듣지 않는"다고 했다. 그랬건만 시적
화자는 "나는 이곳까지 열심히 걸어왔었다"라고 말한다.
"완전히 다르게 살고 싶었"고, 그래서 남다른 노력을 했던
시적 화자는 그 노력에 대한 보상을 받지 못한다. "모퉁이에서
마주친 노파, 술집에서 만난 고양이까지 나를 거들떠보지도
않았다"고 투덜댄다. 시적 화자는 제 말을 듣지 않는 육체를
"질질 끌고" 이곳까지 왔다고 한다. "질질 끌고"라는 수식을
받는 육체는 아마도 제 뜻대로 움직이지 않는 사물화된 몸일
테다. 그 무거운 몸을 끌고 "이곳"까지 오는 성실한 노력은
아무 보람도 없이 무산되고 말았으니, "그렇다면 도대체 또
어디로 간단 말인가!"라는 탄식이 나왔던 것이다.

　한 여행자의 탄식과 울부짖음은 찢긴 시적 자아의 내면의
균열로부터 흘러나온다. 그 탄식은 "완전히 다르게 살고
싶었"던 욕망의 좌절과 결부되어 있고, 그 울부짖음은
"그렇다면 도대체 또 어디로 간단 말인가!"라는 구절에

드러나듯이 어떤 길도 더는 선택할 수 없는 막막한 전망 부재와 연결되어 있지만 기형도의 시가 전망 부재의 시는 아니다. 그의 시는 전망 자체를 부정하는 시다. "모퉁이에서 마주친 노파, 술집에서 만난 고양이까지 나를 거들떠보지도 않았다"와 같은 시구는 '나'를 에워싼 소외의 상황을 보여준다. 소외는 이 뜻 없는 세계 속에서 삶이 처한 환멸스러운 진상이다. 노파와 고양이는 중심에서 밀려난 세계의 주변부 존재일 텐데, 생명 에너지를 다 소모해버린 채, 육신의 무기력과 비활동성, 의식의 퇴영성에 빠진 노파가 있는 모퉁이, 나른한 고독과 공허, 추락한 존재, 비천한 이성의 고양이가 있는 술집은 내가 거쳐 온 세계의 공간이다. 이런 곳은 영웅적인 자기실현의 여로를 예비하는 희망 찬 장소가 아니라, 오히려 패배하고 천대받는 이의 도피를 감싸는 장소이고, 그가 값싼 위안을 받는 곳이다. 이런 곳에서조차 '나'는 소외를 경험하는 것이다. 유토피아적 전망의 거부는, 삶과 현실에 대한 부정이 얼마나 깊은지 잘 보여준다.

그 '일'이 터졌고, '그'는 죽었다. 그의 장례식 행렬에 많은 사람이 악착같이 매달렸다. "망자의 혀가 거리에 흘러넘"치고, '나'는 공포감에 휩싸인다. 그리고 "이곳은 처음 지나는 벌판과 황혼,/내 잎 속에 악착같이 매달린 검은 잎이 나는 두렵다"라고 끝나는 「입 속의 검은 잎」은 기형도 사후 발간된 유고시집의 표제가 되었던 시로 널리 알려진다. "그 일이

터졌다, 얼마 후 그가 죽었다"라고 말하는데, 그 일이 어떤 일인지, 죽은 자는 누구인지 말하지 않는다. '나'는 한 번도 그를 만난 적이 없고, 다만 신문에서 그의 얼굴을 본 적이 있다. 누군가 죽고, 장례식이 있었다. 아마도 많은 사람이 행렬을 이루고 치른 성대한 장례식인 것을 보니 그는 생전에 권력자였을지도 모른다. "그 때문에 얼마나 많은 장례식들이 숨죽여야 했던가"라는 구절은 그가 사후 영향력도 대단한 사람임을 암시한다. 그 때문에 '나'는 공포에 질리고 "더듬거린다". 이 시의 키워드는 "입 속에 악착같이 매달린 검은 잎"인데, '나'는 그것이 두렵다고 말한다. "입 속의 검은 잎"은 말하는 혀를 가리킨다. 이 시를 짓누르는 것은 불안과 정체가 뚜렷하지 않은 공포다. 공포사회에서 의견을 개진하는 것의 두려움에 대해서 말하는 시인지도 모른다.

현실은 모호함에 감싸여 있고 끝내 읽히지 않는 의미로 인해 두려움의 대상이 된다. 이 모호한 체험은 합리적 이성의 빛에 의해 드러나지 않는 무의식의 신호를 머금고 있기 일쑤다. 모르는 것, 잘 알지 못하는 것, 낯선 것은 두려움의 대상이며, 그 예측 불가능의 지평 위에 삶을 세우려는 사람은 없다. 하지만 욕망은 언제나 통제가 가능한 것이 아니며, 알 수 없는 힘에 이끌려 저 미지의 세계로 성큼 발을 들여놓는다.

기형도의 시는 중얼거림의 시, 백일몽과 독백의 시다.

중얼거림이란 호랑이의 으르렁거림, 비둘기의 구구거림, 말의 힝힝거림, 돼지의 꿀꿀거림, 소의 음매 소리와 같다. 그것은 소외된 이의 넋에서 흘러나오는 자기 독백의 소리고, 정신의 이완, 얼빠짐, 나태, 몽상, 삶의 수동성과 관련된다. 이념, 명분, 논리를 담은 확신에 찬 말과 중얼거림은 다르다. 중얼거림은 "어떤 강력한 감정에 밀려 터져" 나오는 외침과도 크게 다르다. 언어 이전의 상태, 배아적胚芽的 언어 형식에 지나지 않는 게 중얼거림이다. 기형도의 시는 삶을 부정할 수도 없고, 그렇다고 다른 선택을 할 수도 없는 상태에서의 궁색한 버팀, 뜻 없는 반복, 어리석은 혼미의 중얼거림이다.

그의 시는 유토피아를 향한 간절한 열망과 그것을 배반하는 악몽의 현실 사이에서 찢긴 자아의 세계를 현시한다. 우리가 「어느 푸른 저녁」, 「오후 4시의 희망」, 「장밋빛 인생」, 「길 위에서 중얼거리다」, 「정거장에서의 충고」, 「질투는 나의 힘」 등에서 엿본 것은 현실의 부조리함을 머금은 채 흉하게 일그러진 자아의 세계다. 세계는 목적과 질서가 없는 곳이며, 지리멸렬하고 부조리한 곳이다. 그는 그 악몽의 현실을 살아내면서, 그 의미를 끈질기게 형상화하려 했다. 그 살아냄은 현실의 저변에 퍼져 있는 부조리성과 무의미성에 대한 지칠 줄 모르는 싸움에 다름 아닐 테다.

기형도의 중요한 시적 이미지는 바로 그 예측 불가능의

지평, 저 모호한 심연에서 나온다. 시적 이미지란 가시화된 몽상, 육체화된 하나의 풍경이다. 몽상의 싹이 피어나 일궈낸 풍경에서는 삶의 직접성이 증발해버린다. 몽상 속에서 현실은 중력을 잃은 채 파편화되어 부유한다. 몽상은 과거의 추억-기억을 질료로 한다. 몽상을 낳는 원초적 감정은 실재에 대한 반향이 아니라 없는 것에 대한 혼의 반향이다. 이미 흘러가서 부재하는 추억-기억은 몽상의 훌륭한 재료지만 추억-기억은 기본적으로 산 사람의 역동성에서 발현된다. 부재의 공간 속에서 홀연히 나타나는 불꽃! 망각의 어둠은 그 불꽃을 동그랗게 감싸 안고, 잠든 상상력을 두드려 깨우며, 새로운 이미지로 세계의 현전을 개진해낸다. 시인의 무의식과 몽상이 낳은 온갖 이미지와 기호는 닫힌 세계라는 책을 펼친다. 바로 이런 까닭에 시적 이미지는 은폐되어 있는 세계의 현전의 개진이라고 할 수 있다.

　　죽음과 상실의 이미지에 지나치게 탐닉한 깊은 비관주의로 물든 영혼이 빚어낸 몽상의 세계 앞에서 우리는 그 끔찍함에 진저리를 친다. 그의 몽상이 낳은 풍경은 어두운 혼에 반향된 것이자 환멸의 시대 징후를 머금은 풍경이다. 기형도는 너무 일찍 생의 고갈을 보고, 자신의 생을 죽음이라는 완벽한 고갈 속에 맡겼다. 그러나 우리는 그 시적 몽상을 딛고 '세계 너머의 세계'로 나아간다. 우리는 이 젊은 사제의 이름을 오래도록 기억할 것이다.

'인간은 진리다!'라고 쓴 작가

막심 고리키는 사회주의 러시아를 대표하는 가장 위대한
작가 중 하나다. 20세기 러시아 사회주의 문학을 활짝
열어젖힌 작가, 노동자와 농민의 삶을 묘사하며 그 세부를
파고들어간 작가! 고리키는 『어린 시절』, 『세상 속으로』,
『어머니』 3부작으로 명성을 얻었지만 어린 시절은 평탄치
않았다. 일찍 양친을 잃고 외조부와 외조모 아래서 지낸 어린
시절은 불우했다. 제화점 보조원, 성상화가의 보조 일꾼,
볼가 강을 오가는 선상 식당에서 접시닦이 등 고용주에게
맞으며 막일을 하고 청년기를 보냈다. 헐벗은 노동자로 산
사회 밑바닥 체험은 그의 문학적 자산이다. 고리키만큼
하층민으로 노동자의 삶을 살아내며 가난의 하찮음과 악덕을

온몸으로 실감하고, 그 체험을 녹여내 러시아 사회 하층민을
사실적으로 그린 작가를 찾기도 힘들다.

　　고리키는 작가보다 '숙련공'으로 불리는 것을 더 좋아했다.
'사람은 무엇 때문에 사는가'라는 물음 앞에서 고리키는
"사람들은 자기보다 더 나은 사람을 낳기 위해 사는 거야!"
혹은 "스스로 제 몸을 지배할 수 있는 사람, 남의 이마에
흐르는 땀에 의지하지 않고 독립할 수 있는 사람에게는
거짓말이란 전혀 소용없는 거야. 그러니까 거짓말은 노예와
군주의 종교야. 진실은 자유로운 인간의 신이거든"(『가난한
사람들』, 「밤주막」, 오관기 옮김, 민음사, 2018)이라고 말할 수 있었다.
이마에 흘린 땀으로 삶을 올곧게 세우는 사람에게는 거짓이
틈입할 여지가 없다. 오직 진실에 의지해 자기 삶을 꾸리는
인간만이 자유롭고, 자유로운 인간은 스스로가 곧 신이다.
고리키는 그런 맥락에서 '인간은 진리다!'라고 선언했을 테다.
　　고리키가 보고 듣고 채집한 이야기를 담은 것이 '고리키
저널'이다. 여기에 등장하는 인물들은 대부분 러시아
사회주의의 밑바닥에서 암중모색하며 앞으로 나아간
이들이다. 노동자, 농민, 야경꾼, 술꾼, 이발사, 모자 제조공,
시계공, 잡화상, 마녀, 묘지 파수꾼, 사형 집행인, 좀도둑,
양치기 등등 다양한 직종에서 일하는 이들은 적당히
불행하고, 타인에게 동정심을 베풀고, 제 이익에 따라

행동하고, 미련하거나 우둔하고, 꾀를 부리고, 늙고 교활하고, 미쳤거나 바보다. 작가는 매같이 날카로운 눈으로 이들이 처한 가난을 톺아보고, 가난의 속내와 그것이 만드는 죄와 회한을, 선량함과 교활함을 노련한 외과의사처럼 낱낱이 파헤쳤다. 고리키는 가난한 자는 "앞뒤가 맞지 않는 생각을 하고, 말과 생각이 뒤죽박죽"이고, "무엇보다 이들이 어리석게 살아가고 있"으며, "그 어리석음 때문에 비열하고 따분하게 적의를 가지고 못된 짓을 하며 살아"간다고 본다(「'푸른색' 생각들」). 미래를 담보로 오늘을 사는 가난한 이의 생생한 삶을 펼쳐내는 '고리키 저널'은 차라리 20세기 초반 러시아 혁명기의 가난과 사회 혼란에 대한 생태 보고서라고 할 수도 있으리라.

'가난한 사람들'이라고 할 때 가난은 무엇인가? 우리는 대체로 가난을 싫어한다. 그것이 메마름이고 수치이며 종종 꿈을 꺾기 때문이다. 가난은 불편하고, 자존감을 해치며, 비루함에 처하게 만든다. 가난은 최소한 세 개의 겹으로 되어 있다. 먼저 물질의 궁핍이겠다. 또한 그것은 세계의 가난이고(하이데거가 개를 가리켜 말했던 그 '세계의 가난'), 마음의 가난이며(동양의 철학자 장자가 말한 '심재心齋'가 품은 바로 그 의미), 인간성의 가난이기도 할 것이다. 가난한 자는 현실에 마주 서는 잉여적 활력의 고갈과 마주친다. 고갈의 주체는 제 안이 텅 비어 바닥에 남은 것을 끌어모아 가까스로 살아낸다. 가난의 영도零度는 굶주림이고, 잠재성의 소진이다. 또한 그것은 불가능성의 함축, 더 직접적으로는 죽음일 테다. 가난은, 참담해라, 살아 있되 생동이 없는 삶이고, 불가능성의 오그라듦이자 어떤 마비다. 가능한 것의 소진, 아무것도 할 수 없음, 존재의 취약함, 나락으로 굴러 떨어짐이라는 맥락에서 가난은 그 실체를 드러낸다. 당신은 가난한가? 그렇다면 당신은 죽음의 전조前兆와 맞선 존재, 세계 안의 고갈, 자기 자신의 한없는 지체와 마주치게 될 것이다.

고리키는 '가난한 사람들', 즉 러시아 인민의 비루함과 무자비함에 삼켜진 이들이 겪는 시시콜콜함에 대해 적는다. 이들은 "위험한 시대", "영혼이 전에 없이 큰 불안을 겪는 시대"인 1917년 볼셰비키 혁명기에 처한 러시아의 민중이다. "자유의 언저리에서 부산을 떨며 갈팡질팡하고 있"는 이, 작은 영혼의 조각을 지닌 채 살아가는 이, 일상의 본분을 느릿느릿 수행해나가는 이들이 원하는 것은 무엇인가? 고리키는 한 작중인물의 입을 빌려 말한다. "인간은 희망으로 들뜬 불안한 삶을 원치 않습니다. 밤하늘의 별 아래 느릿느릿 흘러가는 조용한 삶이면 족합니다."(「상트페테르부르크의 목소리」) 러시아 인민 모두가 혁명을 지지하고 그 승리를 기뻐한 것은 아니다. 어떤 이는 느릿느릿 흘러가는 조용한 삶을 갈망했다. "싸움을 위해, 희망을 위해 에너지를 다 써 버려서 즐거움을 누릴

능력이 죽어 버렸을 수도 있지요. 어쩌면 단지 무기력일지도 모르고요. 그런데 실은 내게 보이는 것은 여기저기 들끓는 원한과 보복뿐입니다."(「진리란 믿음으로 충만한 견해」) 혁명은 원한과 보복이 아니라 삶을 더 굳건한 토대 위에 세우고, 즐거움과 안녕을 단단하게 다지는 일이어야 한다. 그렇지 않다면야 그것은 소모적으로 피를 흘리는 일일 따름이다. "인간은 맷돌 아래의 곡식 알갱이나 마찬가지이고, 각자의 알갱이는 자신의 숙명을 피하고 싶어하지요. 바로 여기에 모든 사람이 그 주위에서 헤매고 또 삶의 소용돌이를 이루는 중요한 점이 있는 겁니다."(「부그로프, 기이한 백만장자」) 거창한 이념과 명분 아래 벌어지는 혁명과 전쟁의 소용돌이에 말려든 인민이란 "맷돌 아래의 곡식 알갱이"에 지나지 않을 테다. 사회의 가장 밑바닥에 있는 이들은 맷돌이 돌아갈 때 속수무책으로 으깨질 수밖에 없다.

고리키는 혁명의 파장과 이에 대한 인민의 반응을 주시하며 그것을 기록한다. "혁명이다. 러시아 인민은 자유의 언저리에서 부산을 떨며 갈팡질팡하고 있다. 마치 자신의 바깥 어딘가에서 자유를 찾아내 붙잡기라도 하려는 것 같다."(「용감한 정원사」) 정원사는 혁명의 소용돌이 속에서 자기 일에만 열중한다. 주변의 광란에는 눈썹 하나 까딱도 안 하고, 함부로 정원에 침입해 화단을 밟거나 잔디밭에

드러누운 군인을 나무란다. "어딜 들어가는 거요? 거,
잔디밭엔 왜 들어가? 길에는 자리가 없어?"라고 군인을
쫓아내고 전지가위로 나무를 손질하기에 바쁜 것이다. "전쟁
중이라니까"라는 군인을 향해 정원사는 "그게 무슨 상관이야!
전쟁은 딴 데 가서 실컷 하라고. 여긴 나 혼자 알아서 할
테니!"라고 맞받는다. 이 정원사의 태도는 현실과 동떨어진
혁명이란 소모적인 혼란이라는 고리키의 믿음과 일치한다.
고리키는 혁명 따위에 휘둘리지 않고 제 삶에 충실한 러시아
인민에게서 가난과 환난에 처해서도 "경이롭고 예측을
불허하는 신기한 재능"을 찾아낸다. '고리키 저널'은 가난한
처지에서 제 삶을 꾸리는 "있는 그대로의 러시아 사람들에
관한 책"(「에필로그를 대신하여」)이고, 이 선량함과 정직이라는
놀라운 재능을 가진 러시아 인민을 향한 예찬이다.

 '고리키 저널'의 부록으로 붙은 「블라디미르 레닌이
죽었다」는 38쪽에 이르는 꽤 긴 글로, 노동하는 사람의
마음을 끌어낸 레닌을 기리기 위한 추모사다. 처음 소개되는
이 글을 읽는 것은 특별한 감회를 자아낸다. 사실 고리키는
혁명 이후 레닌에 대한 비판의 날을 세웠다. 레닌이 권력에
중독되었다고 신랄하게 비판한 대가로 고리키는 외국으로
쫓겨난다. 1921년 망명길에 올라 10년 동안이나 외국에서
떠돌다가 1931년에 돌아오건만 고리키는 레닌의 웃음이

매력 있었다고 쓴다. "그 웃음은 어리석은 인간의 아둔함과 이성이 부리는 교묘한 잔꾀를 꿰뚫어 볼 줄 알면서도 '단순한 심장'에서 나오는 어린아이 같은 천진함 또한 즐길 줄 아는 사람에게서만 볼 수 있는 '진실한' 웃음이었다." 레닌은 의지가 강하고 검소한 생활태도를 지녔으며, 종일 어렵고 힘든 일을 하며 바쁘게 지냈다. 베토벤의 〈열정 소나타〉를 즐겨 듣고 톨스토이의 『부활』을 읽었으며, 러시아 인민과 러시아 예술에 대해 두루 애정을 품었다. 노동자를 사랑했던 레닌, 잠든 러시아를 일깨운 레닌, 사람들의 불행과 슬픔과 고통에 대해 격렬한 분노와 경멸을 드러냈던 레닌, 단호하면서도 다정한 레닌, 참된 인간의 표본인 레닌을 고리키는 존경하고 좋아했다. "그는 뼛속까지 러시아 사람이었다. 바실리 슈이스키의 '교활함'과 사제장 아바쿰의 강철 같은 의지, 그리고 혁명가에게는 없어서는 안 될 표트르 대제의 올곧음을 지니고 있었다." 뼛속까지 러시아 사람인 레닌이 죽었을 때 고리키는 심장이 뒤틀리는 고통을 느꼈다.

『가난한 사람들』은 러시아 인민이 겪은 가난의 양태에 대한 관찰/성찰 에세이쯤으로 읽힌다. 이것이 감동적인 것은 어느 쪽으로도 치우치지 않는 시각의 균형과 엄정성 때문이다. 고리키는 러시아 인민을 영웅으로 과장하거나 불필요하게 비하하지 않으면서 있는 그대로의 모습을, 그 가난의 실상을,

고뇌할 수밖에 없는 운명 안에서 감정의 굴곡과 희로애락을
관찰하며 러시아 인민의 내면에 흐르는 DNA를 포착한다.
음식물의 소화력과 삶에 내장된 도덕성의 상관관계에 대해
펼치는 「"농민은 정직하게 배설합니다!"」라는 글은 쓴웃음을
자아내게 한다. "정신적 에너지는 위장과 내장이 일한
결과물"이고, 정직한 사람이 음식물을 더 잘 소화시킨다는
것이다. "농민의 위장이 음식의 영양소를 가장 완벽하게
소화"하고 "정직하게 배설"한다는 사실을 들어 농민이 고결한
존재라고 역설한다. "농민은 사회 안의 모든 몸뚱이들의
근본"이고 "이상적인 삶은 오직 농민에 의해서만 나"온다는
말은 고리키 심중의 말이리라. 그는 노동으로 삶을 세우는
노동자와 농민의 삶만이 떳떳하고 덕성을 가진 것이라고
옹호하고, 그 연장선에서 "러시아에서는 심지어 바보들조차
자기만의 독특한 방식으로 어리석고, 게으름뱅이조차 무언가
쓸 만한 자기만의 재능을 갖고 있다"(「에필로그를 대신하여」)라고
말한다. 러시아 인민에 대한 이 두터운 신뢰는 어디에서 오는
것인가? 그것은 정직하게 일하고 일한 만큼 먹고 소화시키는
사람들에 대한 존경일 것이다. 고리키는 그런 '인간'을 표기할
때 늘 대문자를 썼다. 얼핏 보면 어리숙해 보이지만 불같은
속성을 갖고 있고, 어느 순간 자기 안의 각성으로 불같이
행동하는 사람들! 고리키는 "불의 마력은 엄청나다. 나는
사람들이 이런 어두운 힘의 아름다움에 넋을 잃고 무릎 꿇는

것을 많이 보았고, 나 또한 그로부터 자유롭지 못하다"(「불의 마력」)라고 썼다. 이 불은 노동자와 농민의 내면에 내재된 알 수 없는 힘에 대한 은유다. 그 노동자와 농민을 향한 고리키의 애정과 신뢰는 『가난한 사람들』에서 두터운 사실의 양감으로 되살아난다.

5월에 『열하일기』를 읽다

옛 왕조의 폐허에 만발한 벚꽃의 분분한 낙화, 봄비 몇
차례, 먼 산의 뼈꾸기 울음소리……. 보리는 쑥쑥 자라고,
남해의 민어는 살이 오른다. 논물이 연녹색 송홧가루로
뒤덮일 때 햇빛은 뜨거워지고, 어둠 내린 뒤 개구리는
합창을 한다. 5월에는 모란과 작약이 꽃망울을 맺고 꽃을
터뜨린다. 모란을 기르고 작약을 돌보는 것이 시골생활의
큰 즐거움이었다. 5월의 나무에 돋는 연초록 잎사귀를, 맑은
아침과 종달새의 노래를, 나는 좋아한다. 5월의 잡초마저
좋아하는데, 소로는 "잡초가 많은 것도 기뻐할 일이다.
머뭇거리거나 불평하지 말라"고 한다. 일찍이 삶이 주단
깔린 계단도 아니요, 현실이 꿈의 궁전도 아니라는 사실을

알았지만, 해마다 5월이 돌아온다는 것은 얼마나 즐거운 일인가! 문득 스쳐 흰 꽃잎을 물고 떨어지는 빗발, 이웃집 뜰의 활짝 핀 라일락에서 퍼지는 향기, 노동으로 군살이 박힌 손, "망상 없이 이루어진 것은 하나도 없다"는 한스 작스의 시구, 바흐의 〈파르티타〉, 무지의 자각, 식물의 광합성, 한 줄로 서서 국도를 가로지르는 꺼병이, "모험하라. 어둠이 내리거든 그곳이 마치 내 집인 양 마음을 푹 놓고 쉬어라"라는 소로의 한 구절……. 비강 속으로 쏟아지는 차고 신선한 공기! 이 5월의 아침, 내 앞에는 연암 박지원의 두툼한 『열하일기』 세 권이 놓여 있다!

박지원은 18세기에 태어난 인물로 『양반전』, 『허생전』 따위에서 사회경제적 변동기에 처한 조선 후기 양반 계급의 몰락을 생생하게 예고한다. 소설 10여 편, 시 40여 수, 농업과 토지개혁 사상을 담은 『과농소초課農小抄』, 문학론과 사회개혁 사상을 담은 『열하일기』와 『연암집』 등을 남겼다. 그는 사색당쟁의 패배자, 서얼, 서북도 출신이다. 현실 불만 세력과 어울리고, 비판적 시각으로 양반 지주와 관료에게 수탈당하는 백성의 생활을 살피고, 이런 사회 모순과 적폐를 청산할 수 있는 새로운 사상과 학설의 요구에 부응하고자 했다. 일찍이 부모를 여의고 형과 형수를 아버지와 어머니처럼 여기며 조부 슬하에서 자랐다. 열여섯에 유안 처사 이보천의 딸과 결혼했다. 결혼 뒤에 학문 연구에 들어서며 접한 '실학사상'에 자극을 받고 낡은 현실을 혁파하는 사유를 펼쳐나갔다.

연암은 1754년 열여덟에 쪽박을 차고 종로 거리를 떠돌던 거지 광문의 이야기를 엮어 처녀작 『광문자전廣文子傳』을 쓰고, 약관 때 『방경각외전放璚閣外傳』에 실린 단편 아홉 편을 쓴다. 『방경각외전』은 이 시기 진보 문학의 전위로 평가받는 작품이다. 후학들은 그의 뜻과 이상을 본받고 따랐으나, 양반 사대부들은 연암의 문체나 작품 경향이 전통적인 규범을 벗어난 것이라며 못마땅하게 여겼다. 1765년 스물아홉에 금강산을 중심으로 동해안 일대를 여행하고 장시 「총석정해돋이」를 썼는데, 약동하는 시적 형상을 사실적으로 그렸다는 평가를 받았다. 1768년 백탑 근처로 이사해 이덕무, 이서구, 서상수, 유금, 유득공 등과 가까이 지낸다. 1769년과 1770년경 황해도 금천군 금천협에 농지를 마련해 뽕나무를 심고, 밤나무와 배나무 등 과수를 가꾸고 벌도 쳤다. 농사를 지으며 영농법에 관한 저술을 수집해서 농정서인 『과농소초』를 쓴다. 『과농소초』에는 기후 관측, 농기구, 밭갈이, 거름주기, 관개 수리, 종자 선택, 곡물의 파종, 김매기, 해충 구제, 수확, 소 기르는 법, 가축 질병의 치료법 등이 세세하게 적혀 있다. 다시 서울로 돌아와 '백탑파'와 어울리는데, 서얼 출신인 이덕무, 유득공, 박제가 등은 연암의 실학사상을 잇는 후계자라고 할 수 있다.

연암은 1780년에 팔촌형 박명원과 함께 청나라 건륭 황제의 탄생 70주년을 경축하러 가는 사절단에 들어간다. 그해 5월 25일 임금에게 하직인사를 올리고 북경을 거쳐 중국 황제가 머무는 열하로 가는 먼 길을 금성도위라는 직책의 박명원을 따라 동행한다. 『열하일기』(상·중·하, 리상호 옮김, 보리, 2004)는 역관, 역졸, 마부, 하인과 더불어 압록강을 건너는 6월 24일에 시작해서 열하에서 북경으로 돌아오는 8월 20일까지 여정을 적은 글이다. 연암이 『당서唐書』에 "고려의 마자수馬訾水는 그 근원이 말갈靺鞨의 백산白山에서 출발했으니 물빛이 오리 대가리빛처럼 푸르다 하여, '압록강鴨綠江'이라고 한다"라고 적은 압록강을 배 다섯 척에 나눠 타고 건넌 것은 6월 24일 오후다. 연암은 9월 17일까지 북경에서 머물다가 10월 27일에야 귀국해서 『열하일기』를 쓰기 시작했다. 이렇게 압록강을 건너 북경을 거쳐 열하에 이르는 수천 리 대장정을 아우르는 여행기가 나온 것이다.

더러는 장막을 치고 풀밭에서 노숙을 하고, 더러는 비가 많이 내려 며칠씩 기다리다가 큰 강을 건너고 언덕과 산을 넘었다. 수행단 일행이 밖에서 식사를 하는 광경은 장엄했다. "무더기무더기 냇물을 등지고 나무를 얽어매어 자리를 잡았다. 밥 짓는 연기는 서로 잇닿았고 사람들이 떠드는 소리, 말 울음소리가 아주 버젓해서 한 동리를 방불케 한다. 의주 장사패 한 떼가 따로 자리를 잡고 냇가에서 닭 수십

마리를 잡아 씻고 있고, 한편으로는 그물로 고기를 잡는다, 국을 끓인다, 나물을 삶는다 야단이다. 밥알은 번지르르하게 기름져 살림이 푼더분해 보였다." 노숙할 때도 마찬가지였다. "이윽고 부사와 서장관이 차례로 도착하였다. 날은 이미 저물어 서른 곳이나 화톳불을 피웠다. 모두 아름드리 큰 나무들을 베어 눕혀 날이 새도록 화톳불을 밝혔다. 때로는 군뢰가 나팔을 한 번씩 불면 삼백여 명 일행이 여기 맞추어 한꺼번에 고함을 치는데, 이것은 범이 못 오도록 하는 '경호警虎'라고 하여 밤새도록 이렇게 했다." 꼭두새벽에 일어나 출발하고 캄캄해진 뒤 다음 목적지에 닿는 일도 비일비재다. 새벽에 황제의 만수절 행사에 참여하라는 명을 받고, 열하를 향해 나흘째, 눈 한번 못 붙인 채 쉬지 않고 말을 달린 적도 있다. 책방에 들르고, 북경 뒷골목을 돌고, 술집에서 몽골 사람, 회회교 사람과 어울려 찬술을 호기롭게 들이켠다. 이때 보고 듣고 겪은 것, 즉 풍물과 사람들, 새로운 지식을 널리 펴서 알리려는 목적으로 이 책을 썼는데, 독자는 그 내용도 내용이려니와 필체의 활달함에 놀라고 흥분했다. 『열하일기』는 실사구시實事求是를 따르는 진보파만이 아니라 그에 반대하는 양반 계급에 이르기까지 널리 읽혔으며, 커다란 사회적 반향을 불러일으켰다.

연암은 『열하일기』에서 먼저 중국에서 배울 게 없다는

사대부를 크게 비판하고 "천하를 위한다는 사람은 적어도 그것이 인민에게 이롭고 나라를 부강하게 할 것이라면 그 법이 혹은 오랑캐로부터 나온 것일지라도 마땅히 이를 본받아야 한다"라고 쓴다. 하늘은 둥글고 땅은 네모진 평면이라는 '천원지방설'에 반대하고, 땅은 구형으로 스스로 돌고 있다는 '지구지전설'을 「곡정필담」에 소개한다. 이는 하늘이 운행하며 땅은 고정해 있다는 종래의 이론을 뒤집고, 하늘은 고정해 있고 땅이 운행한다는 사실을 피력한 것이다. 지구지전설을 바탕으로 하늘과 땅이 모두 하나의 법칙에 따라 움직이며 세계는 유일하다는 사상을 더욱 펼친다. 「코끼리 이야기[象記]」에서도 언급되지만 하늘의 뜻이나 신의 섭리 따위 낡은 관념철학의 목적론적 사상을 부정하며 자연과학적인 사실에 근거해 우주 자연이 본디 타고난 필연성을 가지고 자기 운동을 하는 것임을 주장한다. 이는 본질적으로 유물론적이고 무신론적인 것인데, 연암은 이미 물질세계가 영원한 운동과 변화 속에 있음을 꿰뚫는다.

　「망양록」에서는 형산 윤가전, 곡정 왕민호와 음악에 대해 논했다. 연암은 곡정의 입을 빌려 사물의 변화에 대해 이렇게 말한다. "성인도 어쩔 도리가 없는 것은 운입니다. 차고, 이지러지고, 없어지고, 자라고 하는 것은 하늘의 운이요, 외롭고 허하고 왕성하고 서로 돕는 것은 땅의 운입니다. 오래되면 변화를 생각하고 묵으면 새것을 생각하고 극도에

도달하여 막히면 통할 것을 생각하는 것은 운에 있어서
한 개의 즈음[際]이 될 것입니다." 천지 만물은 운동하고,
변화하는 것을 필연으로 삼는다. 이것이 '운'이다. 하늘에도
땅에도 이 '운'이 기운생동 속에서 작동한다. 세월을 헤아릴 수
없을 만큼 오래된 천지라 하더라도 이 운동과 변화, 즉 '운'의
필연을 벗어날 수는 없다.

　연암은 민중의 물질생활을 중요하게 여겼다. 당대 양반들은
공리공담이나 일삼았지만 이는 물질생활과는 관련이 없는
뜬구름 잡는 얘기일 따름이다. 이런 세태를 '한심하고
기막힌 일'이라고 개탄한다. 연암은 중국 여염집 사람들의
생활풍습을 눈여겨보는데, 이는 민초의 살림을 조금이나마
낫게 만들려는 갸륵한 마음의 발로였다. 활차를 이용한
두레박, 벽돌로 지은 주택, 퇴비 쌓기, 깨진 기왓장을 이용한
민가의 담, 사통팔달한 교통, 편리한 수레, 번창한 상품 유통을
눈여겨보고 상세하게 기록으로 남겼다. "나는 맨 밑자리의
선비다. 볼 만한 구경거리는 바로 기와 부스러기에 있고
똥거름에 있다고 대답할 것이다. 저 깨진 기왓장은 천하에서
버린 물건이다. 그런데 민가의 돌담은 어깨노리 위로 깨진
기와를 가지고 양면을 서로 어긋놓아 물결무늬를 이루고
넷을 안으로 잇대어 동그라미 모양을 이루고 넷을 등으로
맞대어 돈의 구멍 모양을 이룬다. 기와 조각들은 서로 맞물며
알쏭달쏭 뚫어진 구멍들이 안과 밖으로 마주 비치어 별별

무늬가 다 놓이고 보니 한번 깨진 기와쪽을 내버리지 않으매 천하의 문채는 바로 여기에 있다." 연암이 특히 주목한 것은 길을 오가는 각종 수레다. 수레야말로 민초의 물질생활에서 없어서는 안 될 물건이다. 나라에서 수레 이용을 권장하지 않으니, 수레가 다닐 길을 닦지 않고, 길이 닦이지 않은 탓에 수레가 다닐 수 없는 악순환에서 벗어나지 못한다. "넓이가 수천 리나 되는 나라에서 백성들의 살림살이가 이토록 가난한 까닭은 무엇이겠는가? 한마디로 말하면 국내에 수레가 다니지 못하는 까닭이라 할 수 있을 것이다. 그러면 다시 한 번 물어보자. 수레는 왜 못 다니는가? 이것도 한마디로 대답한다면 모두가 선비와 벼슬아치들의 죄다." 연암은 사람 타는 수레, 짐 싣는 수레, 물 긷는 수레의 구조와 활용법을 세세하게 적는다. 장차 고국으로 돌아와서 여러 사람에게 일러주기 위함이었다. 그는 수레를 쓰지 않는 폐단으로 여러 지방의 귀한 물산이 왕래하지 못하고, 이에 따라 자원이 유무상통하지 못해 백성이 한결같이 가난하고 말라빠져 죽어가고 있음을 안타까워했다.

연암은 1780년 10월 27일, 무려 다섯 달 만에 고국에 귀환한다. 한양에서 압록강까지, 그리고 북경에서 한양까지 돌아오는 여정에 대해서는 아무것도 적지 않았다. 『열하일기』는 순전히 중국에서의 견문만을 적은 것으로 한 진보 지식인의 선진국 견문록을 넘어서는 저술이며 조선 전체를 통틀어 살펴봐도 최대의 문제작이다. 18세기 후반 중국의 정치·경제·문화·천문·지리·풍속·제도·기술·과학을 아우르는 백과사전적 지식의 보고寶庫이자 나라의 명운과 백성의 피폐한 살림살이를 염려하는 조선 후기 지식인의 당대 현실에 대한 고찰이다. 또한 사실주의적 창작론을 구현한 글쓰기로서 문체 혁신을 보여준 놀라운 사례다. 빼어난 이 문집에는 "우리가 때때로 보고 듣는 사실 속에 참된 진리가 있거늘 하필 먼 데서 취할 게 무엇이랴"라는 연암의 말이 암시하듯 '실사구시' 철학이 깔려 있다.

정직한 문장 하나

글은 문장에서 시작해서 문장으로 끝난다. 아주 단순한 진리다. 문장이란 본디 쓴 이의 뜻을 전달하는 게 그 소임이다. "들어라, 애들아./너희 아버지가 죽었단다./그의 낡은 코트들로/너희에게 작은 재킷을 만들어주마./그의 낡은 바지들로/너희에게 작은 바지를 만들어주마."(빈센트 밀레이, 「비가」) 인생 후반기를 전업작가로 살아온 나는 이렇듯 에두르지 않고 뜻이 또렷하게 드러나는 쉬운 문장을 좋아한다.

글을 잘 쓰는 것은 얼마나 어려운가! 글은 불가능성이 품은 불안을 뚫고 나온다. 이 불안은 문장의 필수성분인 것만 같다. 훌륭한 작가도 백지 앞의 불안과 공포를 피하지는 못한다.

어니스트 헤밍웨이는 20대를 파리에서 기자로 보내며 소설 습작을 시작했는데, 글이 풀리지 않을 때마다 자신에게 이렇게 말했다. "걱정하지 마. 넌 지금까지도 잘 써왔으니 앞으로도 잘 쓸 거야. 일단 정직한 문장 하나를 쓰면 돼. 네가 아는 가장 정직한 문장을 써봐. 그러면 거기서부터 글을 써나갈 수 있을 거야. 그것은 어렵지 않아." 정말 그렇다. 자기가 잘 아는 것을 정직하게 쓰는 게 중요하다. 이는 모르는 것을 배제하고 오로지 자기가 겪어서 잘 아는 것을 쓴다는 뜻이다.

20대 초반에는 꿈과 육체, 가난과 젊음의 오만과 희망이 전 재산이었다. 그 시절을 시립도서관의 구석진 자리에서 김승옥의 단편 「무진기행」 따위를 필사하며 여름을 보내곤 했다. 꽃과 태양과 맹수를 품고 질주하던 그때, 언젠가 이런 단편을 쓰고 싶다는 마음으로 필사를 했다. 만일 20대에 프리드리히 니체와 콜린 윌슨, 알베르 카뮈와 프란츠 카프카, 가스통 바슐라르를 읽지 않고, 그 뒤 장 폴 사르트르, 발터 베냐민과 롤랑 바르트를 접하지 못했다면 오늘의 나는 없었을 테다. 니체에게서 은유와 비유로 문장을 쓰는 방식을, 문체가 곧 몸이며 정신이라는 것을 배웠다. "나는 모든 글 가운데서 피로 쓴 것만을 사랑한다. 피로 써라. 그러면 그대는 피가 곧 정신임을 알게 되리라"는 니체의 문장을 처음 읽은 뒤

지금까지 가슴에 새긴 채 살았다.

『이토록 멋진 문장이라면』(추수밭, 2015)이라는 책을 내면서 나는 이렇게 썼다.

명문장을 베껴 쓰는 일은 그 작가에 대한 오마주다. 베껴 쓰기는 교감을 나누는 것이다. 아울러 문장에 깃든 정신과 기품을 닮으려는 능동적인 마음의 발로를 보여준다. 베껴 쓰는 사람은 문장의 정수 속으로 스민다. 자아와 문장의 혼융! 영리하고 명료한 명문장들이 내 안으로 흘러들어와 뼈와 살을 이룬다.

필사는 느린 꿈꾸기이고, 나를 돌아보는 성찰이며, 행복한 몽상의 계기를 준다. 나는 필사의 좋은 점을 열 가지도 넘게 말할 수 있다. 작가의 글을 필사하고, 그것을 읽고 또 읽으며 여러 계절을 흘려보내는 것은 좋은 문장을 쓰는 훈련이다. 많은 작가가 선배 작가의 글을 베껴 쓰면서 문장 쓰는 법을 배운다. 사춘기에는 헤르만 헤세, 프란츠 카프카, 알베르 카뮈, 어니스트 헤밍웨이의 소설을 읽고서 서툰 문장을 끼적이고, 한국문학전집에서 염상섭, 이태준, 박태원, 이상, 손창섭, 오영수, 최일남, 김승옥, 서정인 등의 소설을 읽으며 문장을 배우고 익혔다. 내게는 헤아릴 수 없이 많은 문장의 스승이 있었다. 프리드리히 니체, 헨리 데이비드 소로,

가스통 바슐라르, 롤랑 바르트, 발터 베냐민, 질 들뢰즈 같은
철학자나 호르헤 루이스 보르헤스, 가와바타 야스나리,
리처드 브로우티건 같은 작가들, 그리고 고은, 한창기, 김우창,
김현, 김화영, 김훈 같은 이들의 책에서 감명을 받고 그 문장을
본받고자 했다.

글쓰기는 육체노동이다. 나는 몸으로 글을 쓴다는 것을
오랜 체험으로 터득했다. 몸으로 쓰는 것은 직관, 영감,
체험, 이런 것이 몸의 숨결과 피의 맥동을 뚫고 나와야 한다.
장미꽃에 대해 쓰려면 장미꽃이 되고, 별에 대해 쓰려면
별이 되어야 한다. 나탈리 골드버그는 『뼛속까지 내려가서
쓰라』(권경희 옮김, 한문화, 2013)에서 "자신의 목소리를 스스로
믿을 수 있게 되었을 때, 그 목소리가 이끄는 곳으로 곧장
나가라"라고 조언한다. 내 경험에 비추어 말하자면, 말없이
집중하는 가운데 책상 앞에 앉아서 오랜 시간을 버텨야 겨우
몇 문장을 건진다. 거친 문장을 마음에 들 때까지 썼다 지웠다
하며 다듬는다. 퇴고는 거친 원석을 깎고 다듬어 수정水晶을
만들어내는 과정과 닮았다. 세상의 일이 다 그렇지만 글쓰기
역시 자기 단련의 노력 없이는 불가능한 일이다. 누구나 좋은
문장을 쓰고 싶다는 욕구를 품는다. 그렇다면 좋은 문장이란
어떤 것일까? 나는 꾸밈없이 뜻을 전달하는 정직한 문장을
좋아한다. 문장이 담백하려면 형용사나 부사 그리고 접속사를

줄여야 한다. 쉽게 써라! 그리고 리듬감이 있는 문장에
자기만의 창의적인 사유와 성찰을 담아라!

> 당신은 아침에 제일 먼저 눈을 뜬다. 인디언 보초병처럼
> 살그머니 옷을 꿰어 입고, 방과 방을 가로지른다. 시계공처럼
> 조심조심 현관문을 닫는다. 됐다. 이제 밖이다. 당신은
> 가장자리가 장밋빛으로 물든 새벽의 푸르름 속에 서 있다. 모든
> 것을 정화시키는 차가운 공기도 빼놓지 말고 언급해야 한다.
> 숨을 쉴 때마다 입에서 연기 같은 구름이 후후, 빠져나온다.
> 당신은 새벽 보도 위에, 자유롭게, 가볍게 존재한다. 빵집이 조금
> 먼 거리에 있어서 오히려 다행이다.
> — 필립 들레름, 「새벽 거리에서 먹는 크루아상」[35]

이 문장은 새벽의 빛 속에 선 행복한 기분을 묘사한다.
어느 한 군데 복잡한 구석이나 군더더기 없이 말끔하다. 마치
찬물로 세수를 막 마친 얼굴을 마주쳤을 때와 같은 순정하고
상큼한 느낌이다. 필립 들레름의 문장은 경쾌하되 경박하거나
공허하지 않다. 자기가 겪은 것을 바탕으로 정직하게 쓰기
때문이다.

좋은 문장은 정확하고 간결하고 힘차다. 좋은 문장은
언어의 통사론적 규칙과 질서를 지킨다. 정해진 기율이

뒤틀리거나 무너지면 좋은 문장이 나올 수가 없다. 좋은 문장은 '꾸밈없이 정확하게' 쓰되 뜻과 소리가 어우러지며 군더더기가 없어야 한다. 고려속요 「청산별곡」 속 "살어리 살어리랏다. 청산에 살어리랏다./머루랑 다래랑 먹고, 청산에 살어리랏다"를 눈으로만 읽지 말고 소리 내어 읽어보라. 뜻도 소중하지만 맑은 울림소리 덕에 그 문장에 깊이와 아름다움이 더해지는 게 느껴지지 않는가? 좋은 문장은 우리말 공부에서 시작한다. 책을 두루 섭렵하고, 풍부한 어휘를 습득하며, 그것을 적재적소에 가려 쓰는 훈련을 해야 한다.

전업작가로 사는 지금도 나는 고전이나 동시대 작가에게서 배운다. 헛소리나 푸념 따위를 쓰지 마라. 자기가 모르는 것을 쓰지 마라. 누구나 다 아는 걸 상투적으로 늘어놓지 마라. 문장의 규범을 함부로 파괴하지 마라. 다만 문법적으로 완벽하기보다는 문법과 사유가 자연스럽게 녹아 어우러진 문장, 생명의 리듬을 품은 문장, 흐르고 스쳐가는 절대의 찰나를 날렵하게 잡아낸 문장, 감각적인 기쁨과 충만을 담은 문장, 영혼을 울리면서 존재를 쇄신하는 문장을 써라! 나쁜 문장은 꾸밈이 많고, 형용사나 부사를 남발하고, 질척이는 감상이 넘친다. 쓸데없이 길게 늘어지며 중언부언하고, 빤한 지식을 늘어놓아 신선한 자극이 없다. 이런 글을 하품하면서 읽는 것은 인생 낭비에 지나지 않는다. 차라리 그 시간에 낮잠을 자는 게 더 낫다.

좋은 문장을 쓰고 싶은가? 문장은 수사학과 논리학의
토대 위에서 성립되지만 이런 것을 꼭 알아야만 좋은 문장을
쓸 수 있는 것은 아니다. 좋은 시집과 여러 작가의 책을
많이 읽어라! 읽고, 읽고, 또 읽어 자기 것으로 소화하면서
수사학과 논리학이 몸에 배게 해야 한다. 좋은 시집은
직관력을 키우도록 돕는다. 고전소설은 타인에 대한 공감력과
인간에 대한 이해에 깊이를 더한다. 특히 빈센트 밀레이의
『죽음의 엘레지』, 노르웨이의 국민시인 하우게의 『내게
진실의 전부를 보여주지 마세요』, 파블로 네루다의 『스무
편의 사랑의 시와 한 편의 절망의 노래』, 쉼보르스카의
『끝과 시작』 같은 시집, 니체의 『차라투스트라는 이렇게
말했다』, 라이너 마리아 릴케의 『말테의 수기』, 알베르 카뮈의
『결혼·여름』, 막스 피카르트의 『침묵의 세계』 같은 책은 늘
곁에 두고 좋은 문장을 배울 수 있는 훌륭한 텍스트다.
　미사여구를 주르륵 늘어놓는 것은 좋지 않다. 군더더기
없이 정확하고, 힘차며, 간결한 문장이 좋다. 기운을 북돋우고,
기쁨을 주며, 삶에 용기를 주는 문장이 좋다. 자기 목소리로
조곤조곤 자기 이야기를 하는 핍진성逼眞性으로 깊어진 문장이
좋은 문장이다. 40여 년 동안 이런저런 글을 써왔지만 지금도
좋은 문장을 쓰는 게 쉬운 적이 없다. 하지만 불가능하다고
생각지는 않는다. 내 안의 능력을 갈고닦은 뒤 좋은 문장을 쓸
수 있다고 믿는다. '매의 눈'을 갖고 사물과 세계를 보라! 사람,

동물, 식물의 변화에 감응하는 감수성과 직관력을 키워라!
좋은 책을 많이 읽는 것은 문장의 기본을 닦는 일이다. 훌륭한
작가들도 자기보다 앞선 이들의 책을 읽는 것에서부터
시작했다. 세계에 대한 순진한 호기심을 품고 견문을 넓히고
곱씹어서 자기의 앎을 확장해야 한다. 그리고 자기 안에
체화된 지식이나 경험에서 나오는 수정의 메아리에 귀를
기울여라. 문자 언어뿐만 아니라 자연의 언어에도 관심을
가져야 한다. 사물과 세계에 대한 깊은 이해를 바탕으로 하는
자기 세계를 만들고, 독창적인 자기의 스타일에 이르러야
비로소 제대로 된 문장을 쓸 수가 있다.

05

인문학과 비평의
세계

왜 우리는 새로운 것을 탐하는가?

1930년대 중반 『조선중앙일보』에 이상의 연작시
「오감도」가 처음 선보였을 때 그것은 새로운 문학이 아니라
'독자를 우롱'한 작태로 받아들여졌다. 이상의 연작시는
독자의 거센 반발로 30회 연재하려던 예정을 철회하고
15회로 끝낸다. 이상 시의 새로움은 당대 독자의 인지 지평을
훌쩍 넘어선 것이기에 요란한 마찰음이 생겨난 것이다.
1980년대 초에 선보인 황지우의 해체주의 시나 1996년
〈돼지가 우물에 빠진 날〉을 시작으로 2000년대 들어 나온
홍상수의 영화를 우리는 새로운 것으로 받아들였다. 새것은
늘 자명한 것을 자명하지 않은 것이라고 말하는 방법적
충격을 동반한다. 당대에 통용되는 자명성을 발가벗기고

인습을 뒤집은 황지우의 시나 홍상수의 영화는 우리의 미적 감수성에 균열을 일으키고 놀라움을 주었다.

새것은 늘 욕구의 새로운 창출과 맞물린다. 새로운 옷, 새로운 가전제품, 새로운 음악, 새로운 영화에 우리는 움찔하고 감각적으로 반응한다. 옷과 가전제품과 음악과 영화에 입혀진 새로움이 유행으로 번질 때 우리는 지갑을 열고 기꺼이 구매한다. 새로움은 늘 구매의 중요한 동기다. 그것이 미적 감수성을 충족시켜 밋밋한 일상의 리듬을 깨고 쾌락과 즐거움을 줄 것이라고 믿는다. 예술의 세계에서 새로움은 늘 추구되어야 할 가치, 진리를 향한 의지와 상관된 것으로 인정받는다. 예술의 세계에서 새롭지 않다면 아무 가치도 의미도 없다는 게 통설이다. "새로움의 생산은 문화 속에서 인정받기를 원하는 누구나 인정을 얻기 위해 따라야 하는 요구다."[36] 그런데 정작 가치의 위계에서 새로움이 무엇인지에 대한 논의가 진지하게 펼쳐지지는 않는다. 새로움에 대한 논의는 예술작품이 도달한 리얼리티, 가치와 의미, 참됨, 진정성, 현재성 따위와 관련된다. 어떤 전범典範, 낯익은 것, 규범에 긍정적으로 순응하는 작품은 평가 절하된다. 반면에 낯설고 옛 규범에 저항하는 것, 전통을 해체하는 것이 새로운 가치를 획득한다. 이때 새로운 작품은 대개 급진적 타자로 받아들여지며 논란을 빚는다.

예술의 세계에서 새로움은 낯선 형식의 충격을 준다.

포스트모더니즘이 등장하며 새로움의 불가능성이 제기되지만 예술의 세계에서 새로움은 여전히 유효한 가치로 인정받는다. 새로움의 진짜 의미체는 무엇인가?

새로움이 숨겨져 있는 것의 계시가 아니라면 ― 내적인 것Inneren의 발견이나 창조, 산출이 아니라면 ― 처음부터 모든 것이 혁신에 열려 있고 개방되어 있으며 가시적이며 접근할 수 있음을 의미한다. 혁신은 문화 외적인 게 아닌 문화적 위계와 가치를 다루는 것이다. 혁신이란 숨겨져 있는 걸 드러내는 게 아니라 이미 우리가 보고 알고 있는 것의 가치를 전도Umwertung하는 것이다.[37]

새로움은 숨어 있는 걸 찾아내고 드러내는 일이 아니라 익히 아는 것의 방법적 발견이다. 새로움을 덧입혀서 새로운 것으로 인지하는 것, 그것을 '낯설게 하기'라고 부르기도 한다. 물론 방법적 혁신이 없는 것, 진부한 형식의 되풀이, 전통에 대한 긍정적 순응 등은 새롭지 않다. 그것이 이미 있는 것과의 차이를 드러내지 못하기 때문이다. 한 작품이 이전의 것과 견줘서 드러내는 차이란 가치의 전복을 통한 독자성의 실현이다.

진짜 새로움은 드물다. 많은 경우 새로움은 새로움의 모방에 그치기 일쑤다. 역사적 지속성을 얻지 못하고 사라지는 짧은 주기의 새로움을 우리는 '유행'이라고 부른다. 유행은 지루한 것의 강제에 대한 반발이고, 미적인 것의 동일성에 저항하면서 동시에 새로운 동일성을 퍼뜨린다. 유행은 왜 번지는가? "새로운―물론 좁은 범위에서 시간적으로 제한되는―동질성, 사회적 코드, 특정한 행동 규범과 그 규범에 상응하는 새로운 집단 추종주의를 창출"[38]하기 때문이다. 유행에 대한 대중의 선호를 비난할 생각은 추호도 없지만 그것은 진정한 의미에서 가치의 전도에 이르지 못한 '미완'의 새로움이다. 유행은 대중의 욕망에 대한 응답이거나 잉여적인 우아함에 지나지 않는다는 한계 안에서 그것은 "급진적 역사성의 명칭"[39]으로서만 유효성을 얻는다. 탈근대 사회로 들어서며 이 반反유토피아적인 것이 퍼지고 사라지는 주기는 점점 더 짧아진다. 늘 새로움의 지향성에서 나오지만 그것이 임의적이고 방향성이 없다는 점에서 유행은 오래 보존할 만한 가치가 없음을 드러낸다.

로이 리히텐슈타인, 앤디 워홀, 클레이즈 올덴버그, 데이비드 호크니, 피터 블레이크 등 걸출한 작가를 배출한 팝아트는 20세기 현대미술의 새로움으로 사랑받았다. 팝아트의 대표 작가 중 한 사람인 앤디워홀은 일상의 오브제를 평면적으로 반복 재현함으로써 미적 재생의 가치를 뒤집는다. 그는 캠벨 수프 통조림, 코카콜라, 2달러짜리 지폐, 엘비스 프레슬리, 마릴린 먼로, 마오쩌둥같이 대중에게 익숙한 이미지에 주목한다. 고도소비사회의 주변에 널린 익숙한 오브제를 실크 스크린, 스텐실, 에피스코프, 데칼코마니 같은 기법으로 반복 재현해낸다. 그는 흔하고 평범한 것의 차이화, 동일성 안에서의 비동일성을 찾아냄으로써 새로움의 또 다른 층위를 이끌어낸다. 그는 원본과 복제 사이의 차이를 지우는데, 그가 지운 것은 원본과 복제 사이에 있다고 믿는 가치의 차이다. 이것은 현대미술이 이뤄낸 또 다른 혁신이고, 이로써 20세기 가장 영향력 있는 작가의 반열에 오른다. 앤디 워홀이 입증한 새로움이란 가치나 진리의 혁신성이 아니라 문화적 진부함에 대한 해석과 심미적인 것에 대한 고정관념의 파괴를 통한 새로움이었다.

새로운 것은 다 새로운가? 새로움을 위한 새로움의 추구도 새로운 것으로 받아들여야 하는가? 새로움은 옛것을 깨고 나온다. 더 정확히 말하자면 새로움은 옛것을 빚어낸 규칙을 파괴하고 나온다. 하지만 새로움이 초월적이거나 절대적인 진리가 될 수는 없다. 그것은 부분적이든지 혹은 전체적이든지 그냥 이전의 것과는 다른 무엇, 낯선 것, 경계 횡단의 혁신을 품는다. 대체로 새로움은 당대라는 한시적 시간 속에서만 유효할 뿐, 그것을 새로움으로 승인한 시대가 지나면 그것은 또 다른 낯선 것에 의해 가치절하를 당하며 새로움의 지위를 잃어버린다. 한때 새로운 것으로 여겨지던 것이 더는 새롭지 않다는 평가를 받고 전통으로 퇴적되며 지층화하는 것이다.

앞서 예술의 새로움은 급진적 타자라는 형식으로
다가온다고 말했다.

새로움은 역사의 특정한 시대를 부각하고, 현재를 과거나
미래보다 선호하게끔 하는 가치 있는 무엇이다. 새로움은,
그것이 문화와 전통에 대한 타자의 영향으로 생겨나는 걸로
여겨지더라도, 단지 타자의 증상Symptom이기만 해서는 안 될
것이다. 오히려 새로움은 문화에 영향을 끼치는 타자 자체를
보여주고, 타자에 접근하고 그를 가시화하고 파악할 수 있게
해야 할 것이다.[40]

새로움이 현재에 대한 선호와 연관된다는 것, 차이를 가진
타자를 가시화하는 것이라는 지적은 맞다. 새로움은 지금
현재에 빛을 비추고 그것을 의미의 전위로 끌어냄으로써
가치를 한껏 고양시킨다. 새로움은 늘 존재하는 '자연적'
차이를 드러내는 게 아니라 발견되고 해석된 차이를 대상에
덧입히는 일이다. 보리스 그로이스는 새로움이 한 예술가의
독자적 개성이나 재능의 산물이기보다는 문화경제적
현상으로 보아야 한다고 말한다. 그렇게 새로운 가치로
승인받은 예술작품은 문화적 기억의 일부로 편입한다.

인문학과 시 1 — 거울을 통해 거울 바깥을 보다

시와 인문학은 한 뿌리에서 나온 두 가지다. 뿌리는
하나이되 한 뿌리에서 뻗은 줄기 끝에서 맺은 꽃과 열매는
다르다. 시가 경험의 찰나를 포착하고, 그것에 감각적
명증성의 언어를 부여하는 행위라면, 인문학은 삶과 세계의
본질을 밝혀내고, 그 해석을 실천하며, 담론으로 풀어내는
행위 일체를 가리킨다. 인문학은 항상 '나'와 자아란
무엇인지를 먼저 문제 삼는데, 이때 생명의 기원과 그것에서
부채꼴로 펼쳐지는 모든 것을 다룬다. 인문학은 인간과
그 원점에 결부된 형이상학에 관련된 '모든 것'을 다루기
때문에 한마디로 '이것이다!'라고 규정하기 어렵다. 인문학은
인간이 인간으로 성립될 수 있는 조건, 즉 존재, 실존, 인간성,

휴머니티, 헤게모니, 심미안, 기호, 성性, 사회, 기술, 노동,
분배, 이야기는 물론이거니와 과학, 수학, 예술을 다 포괄한다.
더글러스 호프스태터의 『괴델, 에셔, 바흐』(박여성·안병서
옮김, 까치, 2017)를 처음 읽은 순간 신선한 충격 속에서
이것이야말로 인문학의 실체, 인문학의 정점이라는 판단이
스쳐갔다.

   더글러스 호프스태터는 수학, 일반과학, 철학, 인지과학,
선불교, 비학祕學은 물론이거니와 푸가와 카논, 논리와 참,
기하, 재귀와 통사구조, 환원주의와 전일주의, 개미 군락,
개념과 정신표상, 번역, 컴퓨터와 컴퓨터 언어, DNA, 단백질,
유전자 코드, 인공지능, 창조성, 의식과 자유의지, 참과
거짓의 명제, 분자생물학, 회문 형식의 시, 말장난, 때로는
현대 미술과 음악을 종횡으로 가로지른다. 10년 전 이 책을
읽기 시작했다가 포기하고, 그 뒤로도 여러 차례 읽기 시도와
포기를 거듭했는데, 이번에는 과연 더글러스 호프스태터가
쓴 『괴델, 에셔, 바흐』를 완독할 수 있을까? 우선 나는 괴델의
불완전성 정리 증명에 대한 어떤 사전지식도 갖고 있지 않다.
첫 단계에서 커다란 벽과 마주한 느낌이다. 더구나 이 책은
1,000쪽이 훌쩍 넘는 벽돌책. 그래, 한번 읽어보자. 천천히,
모르면 모르는 대로.

   책을 처음 펼쳐 들었을 때 내 입에서는 비명이 터져
나왔다. 아니야, 아니야! 수학과 물리학과 음악을 뒤섞고,

이상한 기호와 수식, 악보, 문법, 언어, 인공지능, 철학, 음악-
논리학, 두문자어 대위법, '이상한 고리들'이 주르륵 펼쳐지는
것을 읽으며 받은 느낌은 난해함을 넘어 괴이함이었다!
나보다 먼저 이 책을 읽은 사람도 입을 모아 '기상천외하고'
'불가사의한' 책이라고 하지 않는가! 이 책은 수학, 화가,
음악가를 다룬 책인가? 아니다. 그렇다면 이 책은 수학과
미술과 음악이 그 핵심의 원리에서 어떻게 같은지를 증명하는
책인가? 아니다. 이 책은 그 모든 것을 얘기하며 동시에
아무것도 얘기하지 않는다. 이 책은 논리의 선이나 그 규칙에
따라 배열되는 게 아니라 즉흥적이고 직관적인 선의 균열을
따라 지식을 흩뿌린다.

　　호프스태터는 스탠퍼드대학교를 졸업하고
오리건대학교에서 물리학 박사학위를 받았다. 그 이후
인디애나대학교에서 컴퓨터 학과, 미시간대학교에서
인공지능에 대해 연구하고, 인디애나·프린스턴·하버드
대학교에서 인지과학, 컴퓨터 과학, 과학철학, 비교문학,
심리학 등을 두루 가르치는 사람이다. 그는 "자아가 없는
물질로부터 자아가 나올 수 있는가?"라는 물음에서 시작해
"자기성自己性, selfhood이 어떻게 발생하는가에 대해서
은유로서 이상한 고리를 제안한 긴 이야기"를 썼다. 더글러스
호프스태터는 그 이상한 고리를 "영원한 황금 노끈"이라고
부른다.

호프스태터는 "'나'는 무엇일까?"라는 물음을 놓고 집요하게 파고드는데, 온갖 유추를 통해 이 물음에 접근한다. 자아를 어떤 패턴, 즉 "특별한, 회전하는, 뒤틀리는, 소용돌이vortex 같은 의미 있는 패턴"에 비유한다. 그 의미 있는 패턴은 항상 "이상하고 뒤틀린 패턴"에서만 나온다는 것이다. '나'라는 인격과 취향을 가진 개별자를 한마디로 '무엇이다!'라고 규정하기는 쉽지 않다.

'나'란 무엇인가, 혹은 누구인가? '나'는 내가 가진 '뇌'에 갇혀 있는 어떤 패턴 존재다. 호프스태터는 이렇게 설명한다.

"뇌"라고 하는 생명 없는 구球 속에 갇혀 있는 **자기**의 뒤틀린 고리도 또한 인과력을 가지고 있다 ─ 또는 다른 식으로 말하자면, 뇌 속의 생명 없는 입자가 패턴 주위를 밀치고 다니는 것 못지않게 "나"라고 하는 단순한 패턴이 뇌 속의 생명 없는 입자 주위를 밀치고 다닌다. 간단히 말해서, "나"는 ─ 적어도 내 견해로는 ─ 일종의 소용돌이를 통해서 생기는데, 이것에 의해서 뇌 속의 패턴은 세상에 대한 뇌의 반영을 반영하고 그리고 최종적으로 세상의 자신을 반영하는데, 그래서 "나"라는 소용돌이는 실재의 인과적 실체가 된다.[41]

'나'는 먹고 사랑하고 욕망하며, 사회적 관계 속에서 정치와 경제 활동을 하는 존재다. '나'는 아주 구체적이고 현실적인 그 무엇이자 동시에 매우 복잡하고 추상적인 그 무엇이다. '나'는 물질 형상이 아니라 그것을 움직이는 내가 생각한 바의 전부다. 생각과 의지는 뇌의 작동, 자아, 영혼의 불꽃을 포괄하는 어떤 역동성이다. 이 역동성은 난해하고 복잡한 소용돌이로 패턴을 이룬다. 뇌 과학자들은 지금껏 알려지지 않은 그 패턴의 비밀을 풀기 위해 노력하고 있다.

『괴델, 에셔, 바흐』는 거대한 지식의 박물지라고 할 수 있다. 이 박물지는 어떤 체계도 질서도 없다. 차라리 애써 체계와 질서를 구축하려고 하는 대신 혼란과 무질서를 그대로 펼쳐낸다. 들뢰즈와 가타리의 용어를 빌려 말하자면, 바로 '리좀'에 다름 아니다.

> 리좀은 단위들로 이루어져 있지 않고, 차원들 또는 차라리 움직이는 방향들로 이루어져 있다. 리좀은 시작도 끝도 갖지 않고 언제나 중간을 가지며, 중간을 통해 자라난다. 리좀은 n차원에서, 주체도 대상도 없이 고른 판 위에서 펼쳐질 수 있는 선형적 다양체들을 구성하는데, 그 다양체들로부터 언제나 '하나'가 빼내진다(n–1).[42]

'나'는 생명 개체로 이 우주에 호출된 우연적 존재, 혹은 "실재의 인과적 실체"다. '나'는 단백질 덩어리를 넘어서서 새롭게 발명된 하나의 신체, 마음, 자아다. 아울러 '나'는

'나'라고 인지되는 생명의 파동 현상이고, 동물성을 뚫고
나오는 부처이며, 본질에 앞서는 실종이고, 자기 스스로를
'나'라고 부르는 동일성의 위계에 있는 자다. 내 안의
'나'는 하나가 아니라 무수하다. "우리 안에 본래적이며
개인적으로 존재하는 것이라고 믿는 것은 사실 우리의
할아버지들과 아버지들이 느끼고, 바라고, 생각했던 것의
창백한 반영일 뿐이다."[43] '나'는 '나' 아닌 것의 총합이고,
정신적·감정적·종교적 주체이며, 상상의 공동체 속에서
'나'라는 독특한 배역을 소화해내는 배우다.

　『괴델, 에셔, 바흐』는 거대한 '거울'이다. '나'와 '너'의
얼굴을, 세계상을 비추는 거울! 이 거울은 열려 있으면서
동시에 닫혀 있다. 거울은 공간을 열지만 그 공간은 시각적
환유일 뿐 실제로 환원되지는 않는다. 거울은 이쪽과 저쪽을
가르는 경계고, 이쪽과 저쪽을 넘나들 수 없게 만드는
차단막이다. 중요한 것은 거울을 통해 본다는 것이다. 거울을
통해 우리는 '다른 것'을, 동일한 것의 '차이'를 발견한다.
거울에서 산출되는 표상을 취하는 것만으로 우리는 현실 저
너머로 나아갈 수 있는 동력을 얻는다.

인문학과 시 2 ― 거울을 통해 거울 바깥을 보다

  시는 인간 존재의 복잡한 경험을 비추는 상상력이고,
이상한 주문이며, 사물과 세계에 대한 강렬한 반응이다.
시는 웃음과 진리의 찰나를 통해 겪는 존재의 경련이고,
미적 황홀경이며, 수정으로 응축된 전율을 선사하는 언어의
기획이다. 시는 언술 행위이되 그것에서 멀리 달아난다.
시의 언어는 현실에서 비현실로, 의식에서 무의식으로 멀리
달아난다는 점에서 샤먼의 언어다. 시적 언어의 뿌리는
"신을 찬양하는 노래, 비술祕術, 기도, 저주, 주문"이고, "세계
어디에서나 주문은 특이한 어순이나 어법, 화려한 단어,
운율과 강한 리듬, 반복, 모음운 등의 비일상적 언어"로
이루어진다.[44] 시는 체계와 논리를 배반하는 철학이고,

체계와 논리로 이루어진 담론이 있어야 할 자리를 감각적
이미지로 대체한다. 월트 휘트먼은 단언한다. "나는 죽어
가는 사람들과 죽음을 지나고, 새로 씻긴 아기들과 탄생을
지난다…… 그리고 내 모자와 구두 사이에 갇히지 않고/여러
겹의 목적들을 살핀다, 똑같은 둘은 없다, 하나같이 선하다,/
대지는 훌륭하며, 별들은 아름답고, 그들에게 속한 것은
무엇이나 좋다"(「나 자신의 노래Song of Myself」, 1885)[45]라고! 시는
삶과 죽음, 고통과 황홀, 선과 악, 미와 추, 대지와 천체를
하나로 아우르며 부르는 노래다.

> 매운 계절의 채찍에 갈겨
> 마침내 북방으로 휩쓸려 오다
>
> 하늘도 그만 지쳐 끝난 고원
> 서릿발 칼날 진 그 위에 서다
>
> 어데다 무릎을 꿇어야 하나?
> 한 발 재겨 디딜 곳조차 없다
>
> 이러매 눈 감아 생각해볼밖에
> 겨울은 강철로 된 무지갠가 보다.

이육사[46] 시인의 「절정」에 나오는 "매운 계절", "서릿발 칼날 진 그 위", "한 발 재겨 디딜 곳조차 없다" 따위의 수사修辭에서 겨울이라는 계절의 곤핍함이 고스란히 느껴진다. 시의 화자는 채찍에 맞으며 쫓기는 신세다. 채찍을 휘두르는 것은 "매운 계절"인데, 엄혹한 일제 강점기의 상황을 암시하는 것으로 읽힌다. 그가 쫓겨 휩쓸려 온 곳은 "북방"이고 "하늘도 그만 지쳐 끝난 고원"이다. 이런 수사적 표현은 시의 화자가 자기 의지나 선택이 아니라 철저하게 피동被動 상태에 있음을 암시하면서, 이어지는 "서릿발 칼날 진 그 위에 서다"라는 구절에서 쫓기는 자가 처한, 압박과 고통을 초래하는 절망을 노골화해서 드러낸다. "어데다 무릎을 꿇어야 하나?"라는 물음은 절망의 극단에서 터져 나온 부르짖음이다. 이 부르짖음은 더는 한 걸음도 앞으로 나아갈 수 없는 자의 몸부림에서 솟구친 비명이다. 과연 그렇다. 시의 화자는 북방 고원으로 내몰려 더는 "한 발 재겨 디딜 곳조차 없다"고 고백하지 않는가?

마지막 연에서 홀연 나오는 "강철로 된 무지개"에 정신이 번쩍 난다. 이것은 무엇일까? 무엇보다도 "강철"과 오색찬란한 "무지개"의 결합은 광물과 비물질적인 것을 하나로 합체해서 만든 모순형용을 드러낸다. 그것이

"초강楚剛하고 비타협적"(이원조)인 것인지 "비극적
황홀"(김종길)의 암시인지는 잘 모르겠다.[47] 그런데 여기서
꼭 짚고 넘어갈 것이 있다. 많은 평자가 앞의 흐름을 잇는
"이러매"라는 부사어에 대한 숙고를 빠뜨리고 있다. 이
부사어는 앞서 곤핍에 쫓겨 이루어진 형극과도 같은
도주의 상황과 뒤에 이어지는 행위의 인과관계를 설명하는
"그런 까닭에"라는 뜻으로 읽을 수 있겠다. "이러매"를
간과함으로써 많은 평자가 "강철로 된 무지개"를 해석하면서
엉뚱한 방향으로 빠져나간다. 시의 화자는 "눈 감아
생각해볼밖에", 다시 말해 다른 선택의 여지가 없이 눈 감고
상상으로 그려볼 수밖에 없다고 말한다. 무엇을? 겨울이
"강철로 된 무지개"라는 것을. 겨울과 등치관계로 제시된
"강철로 된 무지개"의 이미지는 눈 감고 한 상상의 산물이다.
이 상상 행위는 잠시라도 몸과 마음을 억누르는 현실의
엄혹함에서 벗어나 새로 도래할 무릉도원에 몸을 의탁해
위로를 받으려는 안타까운 몸부림일 테다.

　"강철로 된 무지개"는 절망의 절정을 제시하는 것인가,
혹은 희망과 동경의 암시인가? 사실 이것을 판단하기는
매우 애매하다. 「절정」 전체를 통해 시의 화자는 시종 소극과
피동의 자세를 유지한다. 저를 짓누르는 상황의 비정함에
맞서는 행동은 단 한 번도 드러내지 않고, 마지막 순간에 눈
감고 "무지개"를 상상하는 모습만을 보여준다. 이런 태도는

현실에 대한 초연함과는 거리가 멀다. 이육사의 또 다른 시 「아편」(1938년 11월)에서 무지개가 "황홀한 삶의 광영"과 연관되는 표현이 나온다. "서릿발 칼날 진" 북방 고원이라는 척박한 처지에서 눈 감고 상상한 게 "무지개"다. 누구나 이런 절망에 빠진 처지에서 더 절망적인 상황을 상상할 리는 없다. 그 앞에 붙은 "강철"은 이 "서릿발 칼날 진" 세상이 뒤엎어져 "무지개"의 세상이 도래하기를 꿈꾸는 상상이 물거품같이 사라지지 않고 현실화되기를 바라는 화자의 강렬한 무의식의 갈망을 반영한다.

시의 언어는 세계의 상을 되비쳐내는 거울의 언어다. 거울은 이것과 저것의 매개항이지만 세계를 있는 그대로 비쳐내지 않고, 다시 말해 "동일화의 언명"에 머무르지 않고, 상을 왜곡하고 분열한다. 시의 언어는 세계를 다시 짜는 언어, 새롭게 직조織造하는 언어, 은유에 속하는 언어다. 다시 한번 사사키 아타루를 인용하자.

　　거울은 거울이 아니다. 그것은 '거울'이라는 장치였다. 그것은 이미지와 말로 구성된 몽타주이고, 이미지와 시니피앙의 침투로 이루어진 장치였다.[48]

거울은 상상이고 상징이다. 거울 속에서 '나'는 무수한 '나'로 분화하고 분열한다.

「절정」은 시가 세계를 비추는 마음의 거울, 상상계와
상징계가 포개진 것, 의미화의 장소로서의 거울임을
암시한다. "'거울'은 하나의 장치다. 그것 자체는 말도
이미지도 아니지만, 말과 이미지와 물질로, 그 무엇보다 말과
이미지의 상호 침투로 치밀하게 조립된 하나의 장치다."[49]
시는 거울이되 그냥 거울이 아니라 거울이라는 장치다! 이
거울에 비친 세계는 똑같은 상像이 아니라 거꾸로 된 상이다.
시라는 거울은 '은유화의 거울', 장치와 작위作爲의 개입,
그리고 "몽타주의 효과"[50]를 불러온다. 시와 현실 사이에는
중간 매개항인 거울이 있는 까닭에 시의 층위와 현실의
층위는 똑같이 닮았으되 사실은 다른 것이다. 시인이 곤핍한
처지에 몰린 시의 화자를 "강철로 된 무지개"에 대한 상상으로
이끎으로써 가장 약한 자의 무력한 저항을 보여준다. 그것은
일종의 비탄과 절망의 극단에서 이루어진 몽환에 기댄
현실도피일 테다.

「절정」에서 채찍을 휘두르며 '나'를 북방으로 쫓아내는
"겨울"은 자기를 비춰보는 거울이다. 더 정확하게 말하자면,
일제 강점기라는 시대의 거울이다. '나'는 이 상징 거울을
통해 "강철로 된 무지개"를 보았다. 그것은 현실 너머
저편에 떠오른 자기 해방의 이미지다. 그것은 있을 수 없는
모순의 형상이고, 현실에서는 이루어질 수 없는 불가능한
꿈이다. 어쩌면 피로와 절망에 젖어 분노와 증오조차 가질

수 없는 자의 병적 환상일지도 모른다. 이육사가 본 "강철로
된 무지개"는 무엇일까? 놀라워라, 그것은 바로 자기의
어둡고(강철) 아름다운(무지개) 얼굴이다.

　　거울속에는소리가없소
　　저렇게조용한세상은참없을것이오

　　거울속에도내게귀가있소
　　내말을못알아듣는딱한귀가있소

　　거울속의나는왼손잡이오
　　내악수를받을줄모르는―악수를모르는왼손잡이오

　　거울때문에나는거울속의나를만져보지를못하는구료만은
　　거울아니엿든들내가어찌거울속의나를만나보기만이라도
했겠소

　　나는지금거울을안가졌오만은거울속에는늘거울속의내가
있소
　　잘은모르지만외로된사업에골몰할게요

　　거울속의나는참나와는반대요만은

또꽤닮았소

나는거울속의나를근심하고진찰할수없으니퍽섭섭하오

— 이상, 「거울」(『카톨릭청년』, 1933년 10월)[51]

또 다른 일제 강점기를 산 시인 이상의 시 여러 편에
거울이 등장한다. 인간은 저마다 하나의 거울이고 이 거울은
또 다른 '나'를 만든다. 거울은 실로 우리 자아의 표상을
제조하는 공장이다. 그 제조된 자아를 만나면서 향락을
느낀다. 어린아이는 곧잘 거울에 제 모습을 비춰보며
노는데, 이것은 무의식에서 경험하는 향락에 대한 탐닉이다.
정신분석학자들은 이 시기를 '거울 단계'라고 명명한다. 이
'거울 단계'에서 유아는 새로운 무엇인가를 손에 거머쥐며
강렬한 회열을 맛본다. 유아는 거울을 보면서 나와는 또
다른 '나'를 손에 넣는다. 이상은 「거울」에서 거울을 통해
"거울속의나"를 본다. 실은 거울 속의 '나'와 '참나'의 분열을
응시하는 것이다. 이 응시에는 어떤 공포나 불안이 개입하지
않는다. 오히려 거울의 신기한 장난에 몰입한다. 거울의
놀이는 나르시시즘의 몽환에 빠져드는 것이다. "나는 내가
아닐 수도 있다"라는 부조화와 소외는 거울의 책략이다.
"'거울'의 책략은 '이것은 네가 아니다'라고 발화한다. 분리,
소격, 소외, 한계를 통보함으로써 저 나르시시스적 광기를

아슬아슬하게 피하게 하고, 그 금지와 약정과 법의 말로
상징적인 동일화를 가동하고, 그 사회 구성원을 '주체'로
만든다."[52] 거울 밖의 '나'와 거울 속의 '나'는 악수를 나눌
수가 없다. 내가 오른손을 내밀면 거울 속의 '나'는 왼손을
내민다.

이상은 「烏瞰圖(오감도) 詩第十五號(시제십오호)」에서
거울의 수인囚人을 등장시킨다. "나는거울있는室內(실내)로
몰래들어간다.나를거울에서解放(해방)하려고.그러나거울
속의나는침울한얼굴로동시에꼭들어온다.거울속의나는내
게미안한뜻을전한다.내가그때문에囹圄(영어)되어있듯이
그도나때문에囹圄되어떨고있다."(『조선중앙일보』, 1934년 8월
8일자) '나'는 거울 속의 '나'를 보며 무서워 떨고 있다. 거울
속의 '나'와 거울 밖의 '나'는 분열되어 있는 두 개의 자아다.
유아기 때는 거울 속의 분열을 겪지 않는다. 보통 유아기 때는
어디서부터 어디까지가 자기인지를 모르기 때문이다. 거울
속 자아의 분열은 일반적으로 자아가 형성되기 시작한 뒤에
벌어지는 사태다. 이상의 시에서 '나'는 거울 속의 '나'를 피해
달아나지만 그 시도는 실패한다. 어디에 있든지 '나'는 거울
속에 갇혀 있기 때문이다. '나'는 "내가缺席(결석)한나의꿈"을,
"내僞造(위조)가登場(등장)하지않는내거울"을 갈망한다.
'나'란 존재가 거울 속에서 진짜로 벗어나려면 거울 속의

'나'에서 완전히 벗어나야 하기 때문이다. 이상의 시는 거울에 비친 '나'와 실제의 '나'를 대면시키면서 그 둘 사이에 형성된 긴장의 기류와 권력의 위계를 살핀다. 실제의 '나'와 표상으로서의 '나'는 닮았으되 다르다. 둘은 하나지만 통합되지 않은 분열된 하나다. 이상은 르장드르가 말했듯이 "자기 이미지가 된 자기 신체의 거울상적인 써넣기"[53] 놀이를 그리고 있다.

옛 고려 시가의 "청산에 살어리랏다", 혹은 김소월의 "엄마야 누나야 강변 살자"라는 구절에 나오는 청산이나 강변은 현실에 부재하는 공간이다. 이 청산이나 강변은 이상향이나 낙원을 가리키는 기호일 테다. 좋은 시는 항상 현실 저 너머에 있을지도 모를 지복의 세계에 대한 그리움과 갈망을 노래한다. 시는 그렇게 없는 것(이상향-당위)에 비추어 있는 것(현실-존재)의 남루함을 드러낸다. 인문학 역시 항상 현실 저 너머를 가리킨다. 인문학으로 위장한 자기계발서는 바로 여기 지옥 같은 현실에서 생존하는 법과 성공을 고무하는 이야기로 채워진다. 자기계발서가 현실 저 너머에 대해 말하는 법은 없다. 오직 현실에서 어떻게 돈을 벌고, 어떻게 나쁜 습관을 바꿔 성공을 거둘 수 있는지 그 기술에 대해서만 말한다. 그러나 진짜 인문학은 마치 거울인 듯 현실이 아닌 곳, 그 너머를 가리킨다. 이 거울은 천 개의 눈을 가진 그리스 신화 속 괴물 아르고스다. 아르고스의 눈은 거의 모든 것을 본다.

우리는 거울을 잃어버렸다. 타자라는 이름의 거울을, 시와 인문학으로 명명되던 거울을, 신화라는 거울을 잃었을 때 우리는 자기가 누구인지를, 어떤 존재인지를 알아볼 수 없다. 거울을 잃은 사람은 역설적으로 거울에 갇힌다. 거울의 수인이 되는 것이다. 우리의 불행은 거울을 잃어버린 데서 시작되었을지도 모른다. 우리는 거울이라는 감옥에 유폐되었다. 그 감옥에서 해방되려면 거울을 되찾아야 한다. 어떤 거울을? '이것은 네가 아니다'라고 말하는 거울, '나'의 내부에 펼쳐진 외부로서의 거울, 직관과 상상력으로 빚은 거울, 거울로서 상연되는 시와 신화와 인문학이라는 거울을!

『비극의 탄생』을 읽는다는 것

　왜 다시 프리드리히 니체의 『비극의 탄생』(김출곤·박술 옮김, 인다, 2017)을 손에 쥐었을까? 20대부터 지금까지 몇 번이나 완독을 시도했다가 중간에 포기해버린 이 산만하고 도발적인 책을, 너무 난삽하고 혼란스러워 골치가 지끈거리게 만드는 책을. 나는 다듬어지지 않은 니체, 어마어마한 주제를 떠안고 허우적거리는 미숙한 니체, 어쩌면 니체 철학의 원형질을 담은 이 책을 끝까지 읽어냄으로써 내 인내심을 시험해보고 싶었던 것일까? 아니, 나는 이 책의 앞선 번역자를 향한 의심을 거두지 않았다. 내가 이 책을 소화시키지 못하고 삼킨 것을 고스란히 토해낸 까닭은 번역의 난삽함 때문이라는 데 혐의를 두었다. 그래서 나는 낯선 두 젊은 번역자에게 새로운 기대를 얹어보았다.

니체는 1869~1872년 사이의 날들, 스스로 "숭고한 우연의
날들—심오한 순간의 날들"에 『비극의 탄생』을 구상하고
초고를 써내려간다. 그사이 니체는 바젤 박물관에서 '그리스
음악극'과 '소크라테스와 비극'에 대한 강연을 하는데,
이것이 고스란히 『비극의 탄생』의 초안이 되었다. 니체는
문헌학자로 시작했지만 『비극의 탄생』을 쓰면서 철학자로
넘어간다. 이때 독불전쟁이 일어나자 니체는 대학을 휴직하고
위생병으로 자원해 참전한다. 참전기간은 4주간이었지만
전쟁의 참상과 숭고함을 겪기에 부족하지 않았다. 니체는
전쟁터에서 고향인 나움부르크로 돌아와 질병에 걸린 몸을
추스르며 새로운 눈과 새로운 미각, 새로운 두뇌로 이 책의
집필을 이어간다. 바젤대학교의 젊은 교수인 니체는 리하르트
바그너에게 바치는 서문을 달고 나온 이 책, 쇼펜하우어의
『의지와 표상으로서의 세계』와 바그너에 경도되어 두 사람의
압도적인 영향 아래서 쓰인 이 책, 아폴론적인 것과 그 대립인
디오니소스적인 것, 두 예술충동을 대조시키면서 그리스
문명사에서 '음악정신으로부터의 비극의 탄생', '비극적
사상의 탄생'의 밑그림을 그렸던 것이다.
　　니체 자신의 보고에 따르면, 헬라스인의 비관주의는
"현존 밑바닥에 있는 온갖 공포·악·수수께끼·파멸·숙명"

따위에 굴복한 염세가 아니라 그것을 삼키고 넘어간 강한 의지의 산물이다. 그것은 "충만과 넘침에서 탄생한 최고의 긍정형태"인 것이다. 니체는 『비극의 탄생』 초판이 나온 1872년에서 14년이 지난 1886년에 신판을 내는데, 이때 바그너에게 바친 서문을 삭제하고 그 대신에 「자기비판의 시도」라는 서문을 새로 써서 붙인다. 니체는 젊은 날 자신이 심취했던 바그너의 음악은 바그너와는 아무 상관이 없는 것이었다고 바그너를 전면 부정한다. 이 신판 서문에서 니체는 "이 책이 형편없이 쓰였노라고, 둔중하며, 난감하며, 비유가 어지럽게 난무하며, 감정적이며, 자주 여성적이다 싶을 만큼 달달하며, 템포가 일정하지 않으며, 논리적 깔끔함의 의지 없이, 과신하면서, 하여 증명을 무시하고, 증명의 예절 또한 불신"[54]하고, "힘겹게, 제멋대로, 전할 것인지 숨길 것인지 결정하지 못한 채, 이방인의 혀처럼 더듬거리는 영혼"[55]으로 썼다고 고백한다.

니체는 그리스인의 마음에 깃든 비관주의와 비극적 신화를 향한 의지의 뿌리를 더듬으며 "비극은 어디에서 유래한다는 말인가? 혹시 욕망으로부터, 힘으로부터, 넘쳐흐르는 건강으로부터, 지나치게 거대한 충만으로부터?"[56]라고 묻는다. 그 물음의 저 밑바닥에는 독일 정신의 부활, 독일적 교양의 회복에 대한 열망이 소용돌이친다. 니체는 "그리스의 하상河床에서 지치지 않고 무언가 길어 올리는 것"[57]을 명예로 삼아야 한다고 말한다. 니체는 아폴론적인 것과 디오니소스적인 것, 이 두 개의 상반된 예술충동의 영원한 투쟁과 서로를 물고 뒤쫓으며 나오는 예술의 원초형상, 그리고 그리스의 서사시·서정시·비극의 생성 원리를 해명하고, 언어·음악·춤을 포괄하는 제의예술이 발생하는 뿌리를 더듬고 탐색한다. 그리스 비극의 기원과 본질을 탐색하는 이 여정이 선명하게 나타나는 것은 아니다. 니체의 고조된 감정과 지나친 흥분, 매끄럽지 않은 도취와 혼미로 얼룩진 문장 탓에 이 책은 난삽함에서 벗어나지 못한다.

니체는 그리스 비극이 품은 디오니소스적 주술을 독일의 마멸된 정신과 예술혼에 접속시켜 기적 같은 회생과 급변을 끌어내려고 한다. "일진광풍이 엄습하여 온갖 노쇠한 것, 썩은 것, 부서진 것, 쇠약한 것을 붉은 회오리 먼지구름 속으로 휘몰고는 독수리처럼 낚아채 허공으로 날아갈 것이다."[58] 『비극의 탄생』은 문헌학자 니체의 죽음과 동시에 그 유례가 없는 새로운 철학자 니체의 탄생을 예고한 신호탄이었다. 니체 스스로 인정했듯 모든 가치의 첫 번째 전도轉倒였다. 『차라투스트라는 이렇게 말했다』에 쓴 것을 신판 서문에 고스란히 옮긴 대로, 자기 스스로 머리에 얹었던 "웃는 자의 이 왕관, 이 장미화관의 왕관"을 세상을 향해 던진 것, 거룩한 웃음을 배우라는 권유인 것, 더 나아가 그리스 비극을 도약대 삼아 저 높이 날아오르는 것, 독일 정신 속에서 죽어버린 춤과

웃음을 되살려내려는 장엄하고도 도도한 격정의 분출이었을 테다. 독일 정신의 디오니소스적 분출에 대한 기대와 열망을 숨기지 못한 채 니체는 말한다. "자, 나의 벗들이여, 나와 함께 디오니소스적 생을, 그리고 비극의 재탄생을 믿으라"[59]라고!

리좀과 연애

질 들뢰즈와 펠릭스 가타리의 『천 개의 고원』은
철학책이기보다는 일종의 사건이다. 아니, 사건이 되어버린
철학이다. 우리 내면의 얼어붙은 바다를 깨고 나가는
쇄빙선의 출현이 사건이다. 일찍이 카프카는 "책이란 우리
내면의 얼음을 깨는 도끼여야 해!"라고 말했다. 우리 내면의
얼음을 깨고 우리를 관습의 장소에서 낯선 장소로 데려가는
사건은 감춰진 수많은 실재계의 구멍과 균열을 드러내면서
'자, 바라봐, 이게 실재야'라고 말한다. 아, 나는 정말 몰랐어!
사건은 우리를 카오스와 소요로 몰아넣는다. 무엇보다도
존재의 새로운 건축술, 무질서의 증식과 떠도는 중심의
유기적 결합, 세포의 돌연변이를 초래하는 것, 이전에 없던

낯선 체계 안으로 밀려들어가는 것, 모호하고 불명확한 세계라는 책의 가독성을 갑자기 드높이는 일, 이게 사건이다. 너무나 많은 출구와 입구를 가진 책, 실재계를 이상하게 왜곡해서 비추는 책, 거울이라는 책략으로 사유의 체계를 뒤흔드는 책, 읽는 행위를 모험으로 만드는 책, 책이 하나의 다양체라는 것을 보여주는 책, 언표된 것보다 그 안을 가로지르는 운동과 속도가 더 중요한 책. 그들은 책이 하나의 다양체이고, 그 무엇으로도 귀속되기를 바라지 않는다고 말한다. 차라리 그것은 다른 것으로 미끄러지는 흐름이고 운동이다. 이 책은 책이라는 기관 없는 몸체의 해부도를 이렇게 제시한다.

　　다른 모든 것들처럼 책에도 분절선, 분할선, 지층, 영토성 등이 있다. 하지만 책에는 도주선, 탈영토화 운동, 지각 변동(=탈지층화) 운동들도 있다. 이 선들을 좇는 흐름이 갖는 서로 다른 속도들 때문에, 책은 상대적으로 느려지고 엉겨 붙거나 아니면 반대로 가속되거나 단절된다.[60]

　　바로 이 책, 『천 개의 고원』(김재인 옮김, 새물결, 2001)이다! 이 책의 한국어판이 나왔을 때 나는 아무 망설임도 없이 서점으로 달려가 집어 들었다. 아마도 이 책을 가장 먼저 사서 읽은 독자 중 하나일 테다. 처음 산 책은 너무 낡아 누군가에게 주었다. 지금 읽는 것은 두 번째 책이다. 이 책의 겉장도 낡았다. 어느덧 열다섯 해가 훌쩍 넘었다. 다양한 출구와 입구를 가진 '영토, 탈영토화, 재영토화, 도주' 같은 낯선 개념이 춤추는 1,000쪽이 넘는 책을 붙들고 씨름하는 동안, 나는 주변에서 일어나는 여러 변화와 유동을 체화하며 삶에서 가능한 한 가장 멀리 달아났다. 특히 '리좀'의 장을 반복해서 읽었다. 읽은 회수를 세거나 기록하지는 않았다. 열 번, 아니 그 이상으로 읽었다. 그사이 들뢰즈의 다른 책을 구해 읽고, 사유의 방식과 그 외연을 확장하는 가운데 '철학하는 것'에 대한 사유를 밀고 나갔다. 철학은 다른 것들의 접목이고, 사유방식의 발명이며, 철학자의 등에 올라타서 철학을 건너가기다. 철학은 변화하는 것과 변화하지 않는 것 사이의 전쟁이자 평화다. 『철학은 전쟁이다』를 쓴 베르나르 앙리 레비는 철학을 "소요騷擾와 전쟁의 딸"[61]이라고 말한다. 그것은 싸우는 방식 그 자체, 즉 무의식의 흐름을 타고 나아가는 실천이다.

가타리는 번개를 가진 인물, 들뢰즈 자신은 일종의 피뢰침이었다고 말한다. 두 사람은 번개와 피뢰침 역할을 나눠 갖고 이 책을 썼다. 10년 전 한 대학교의 대학원 학생들과 한 학기 동안 이 책을 파고들며 읽었다. 대학원에서 맡은 '비교문학' 강의에서 나는 이 책을 텍스트로 삼고

리포트를 써서 발표하고 토론하게 이끌었다. 대학원생들은 일의적 존재를 무한 분열시키는 이 '악명 높은' 책, '높이'도 '깊이'도 '표면'도 갖지 않은, 무한히 펼쳐져 있는 이 책을 접하면서 고개를 절레절레 저었다. 『천 개의 고원』을 번역하고, 들뢰즈에 관한 논문과 책을 쓴 김재인은 이렇게 말한다. "많은 철학자들이 난해함으로 인해 독자를 괴롭히지만 그 정도가 들뢰즈보다 더한 철학자는 철학사에 없을 것이다."[62] 『천 개의 고원』을 처음 접한 대학원생들의 반응은 이 책을 어디에서 시작해야 할지 그 입구를 찾을 수 없다는 것이었다. 이 책은 입구가 너무나 많아서 탈이다. 입구를 찾았는가 하면 또 다른 입구가 기다린다. 입구를 찾으려고 하지 마라! 당신들은 이미 입구 안쪽으로 들어와 있다. 대학원생들은 입구 안쪽으로 들어오긴 했는데, 미로여서 어디로 나아갈지 모르겠다고 했다. 이 책에는 낯설고 독창적인 개념이 도처에서 춤춘다. 그래서 비명이 터지는 것이다. 이해하려고 하지 말고 느껴라! 『천 개의 고원』은 이해와 분석을 위한 대상이 아니라 음악처럼 듣고 느껴야 할 책이다! 음악처럼 듣고 느낌에 빠져드는 게 불가능하다면 차라리 그것에 감염되어라! 나는 그렇게 말했지만 나 역시 이 책을 안다고 감히 말하지 못한다.

지금도 나는 이 책을 붙들고 있다. 나를 덮쳐 몸통을 꿰뚫고 지나간 '리좀-책'. 김재인은 이 책을 "천 개의 면을 가진

보석"[63]이라고 말한다. 그것은 의식이 아니라 무의식의 책, 질서와 체계가 아니라 혼돈과 비체계성으로 소용돌이치는 책, 차라리 무無와 공空의 책, 나무가 아니라 리좀으로 뻗어나가는 책이다. "나무의 심장부에서, 뿌리의 공동空同에서, 가지의 겨드랑이에서 새로운 리좀이 형성될 수 있다."[64] 들뢰즈와 가타리는 나무 형태의 문화, 나무 형태의 위계와 질서를 가진 사유체계를 일거에 무너뜨렸다. 이것은 사유방식의 혁명이다. 바로 리좀의 발명이다. 사유는 나무나 나무뿌리가 아니다. 나무-구조를 흉내 낸 체계는 리좀으로 대체되어야 한다! 이제 서양의 형이상학과 존재론은 다시 쓰여야 한다. "'리좀 모양이 된다는 것'은 줄기들이 새롭고 낯선 용도로 사용되어도 상관없으니, 뿌리를 닮은 줄기들, 더 정확히 말하면 나무 몸통으로 뚫고 들어가면서 뿌리들과 연결접속되는 굵고 가는 줄기들을 생산하는 것을 의미한다."[65] 리좀에는 어떤 위계나 체계가 없다. 연애가 그렇듯이. 그것은 나무 몸통을 뚫고 들어가는 차원이고 방향이며, 반反-계보학, 차라리 무의식의 생산이다. 리좀이 하나의 중심을 무너뜨려 무수히 작은 점으로 흩뿌려지듯이 연애는 무의식적 욕망의 이질적인 배열이고 증식이다. 연애에 빠지는 순간 당사자는 카오스로 빨려 들어간다. 연애가 새로운 무의식의 생산이고, 이전과 다른 삶의 내재적 논리의 작동이기 때문이다. 두 철학자의 용어를 빌리자면, 연애는 도주선이고 탈영토화의 선이다.

연애는 무엇으로부터 달아나기인가? 연애는 지층화되어
있는 것, 이미 영토화된 것을 뒤흔드는 이상한 정신의 고양,
강렬함의 연속이다. 연애의 목적은 아기를 만드는 것이
아니라 떨림 그 자체, 혹은 강밀도를 생산하는 것이다.
"리좀은 변이, 팽창, 정복, 포획, 꽃꽂이를 통해 나아간다."[66]

　　『천 개의 고원』은 '고원'을 위한 책이다. 이 '고원'은
리좀으로 이루어진다. "표면적인 땅밑줄기를 통해 서로
연결접속되어 리좀을 형성하고 확장해 가는 모든 다양체를
우리는 '고원'이라고 부른다."[67] 정확하게 말하자면, 고원을
위한 책이면서 동시에 리좀을 위한 리좀의 책이다. 이 책을
읽는 내내 리좀이 무엇인지를 끊임없이 물어야 한다. 리좀은
연애다. 시작도 없고 끝도 없다는 점에서 그렇다. 연애는
존재의 건축술 중 하나다. 연애는 늘 새롭게 시작되고
반복된다. 반복이지만 똑같은 것의 반복이 아니라 차이의
반복이다. "그것은 출발점도 끝도 없는 시냇물이며, 양쪽
둑을 갉아내고 중간에서 속도를 낸다."[68] 들뢰즈와 가타리는
리좀을 '중간'과 연결 짓는다. "그것은 중간에서 떠나고
중간을 통과하고 들어가고 나오되 시작하고 끝내지 않는
것이다."[69] 리좀은 중간에서 자란다. 연애도 중간에서 자란다.
'나'와 '너'의 사이, 혹은 현실과 환몽 사이. 시작할 때 연애는
없고, 끝날 때도 연애는 없다. 연애는 항상 중간에서만

바글거리며 속도를 내고 번성한다. 연애가 아무리 번성한들 유용한 어떤 것도 생산하지는 않는다. "사랑은 내가 꾸는 꿈이 나를 찾아 헤매는 순간이어서 번번이 아침은 실패한 꿈을 물컹한 몸으로 바꿔놓는다."[70] 연애는 영혼을 구원하지도 않고, 경제적 이득을 발생시키지도 않으며, 그저 그 자체 안에서 공회전을 하며 속도를 높인다. 연애는 늘 연애 안에 머무른다는 점에서 그 자체가 목적인 행위다. 굳이 말하자면 연애는 무의식의 제조 공정이거나 정념의 흐름과 운동의 생산이다.

들뢰즈와 가타리는 나무에서 벗어나라고 말한다. 그게 바로 탈영토화하기 혹은 도주선 타기다. "나무라면 진절머리가 난다. 우리는 더 이상 나무들, 뿌리들, 곁뿌리들을 믿지 말아야 한다."[71] 세계를 분석하는 눈으로 살피는 자는 생명이 어디에서 잠들어 있는지, 어린아이가 어디에서 춤추고 있는지를 모른다. 영악한 어른은 죽는 순간까지 어떻게 살아야 할지를 모른다. 그냥 먹고, 기도하고, 춤추고, 웃으며 살아라! 향일성이라는 목적지향적인 나무나 뿌리로 살지 말고, 제발, 리좀으로 들어가라! 나무나 뿌리를 자르고 거기서 벗어나 다양체의 무의식을 타고 달아나라! 의미화의 지층에서 달아나라! 삶이란 동일한 것의 끊임없는 차이화를 통해 이루어지는 것. 매 순간 멈추지 말고 삶을 새롭게 발명하라!

미주

1) 장 뤽 낭시, 『사유의 거래에 대하여』, 이선희 옮김, 도서출판 길, 2016, 19쪽.

2) 장 뤽 낭시, 앞의 책, 30쪽.

3) 장 뤽 낭시, 앞의 책, 21쪽.

4) 장 뤽 낭시, 앞의 책, 45쪽.

5) 아리스토텔레스, 『형이상학』, 여기서는 조르조 아감벤 『불과 글』, 윤병언 옮김, 책세상, 2016에서 재인용.

6) 니체, 『인간적인 너무나 인간적인』, 여기서는 『니체의 숲으로 가다』, 김욱 옮김, 지훈, 2004, 287쪽에서 재인용.

7) 로버트 그루딘, 『당신의 시간을 위한 철학』, 오숙은 옮김, 경당, 168쪽.

8) 비스와바 쉼보르스카, 『충분하다』, 최성은 옮김, 문학과지성사, 2016, 27쪽.

9) 호프 자런, 『랩걸』, 김희정 옮김, 알마, 2017, 52쪽.

10) 페데리코 가르시아 로르카, 『강의 백일몽』, 정현종 옮김, 민음사, 1994, 74~75쪽.

11) 빈센트 밀레이, 『죽음의 엘레지』, 최승자 옮김, 인다, 2017, 88쪽.

12) 뤼디거 자프란스키, 『지루하고 유쾌한 시간의 철학』, 김희상 옮김, 은행나무, 2016.

13) 세스 고딘, 『이카루스 이야기』, 박세연 옮김, 한국경제신문사, 2014, 28쪽.

14) 세스 고딘, 앞의 책, 31쪽.

15) 세스 고딘, 앞의 책, 33쪽.

16) 가스통 바슐라르, 『촛불의 미학』, 김웅권 옮김, 동문선, 2008, 59쪽.

17) 에드몽 자베스, 『예상 밖의 전복의 서』, 최성웅 옮김, 인다, 2017.

18) 시미즈 레이나, 『세상에서 가장 아름다운 서점』, 학산문화사, 2013.

19) 조애나 월시, 『호텔』, 이예원 옮김, 플레이타임, 2017, 163쪽.

20) 조애나 월시, 앞의 책, 22쪽.

21) 조애나 월시, 앞의 책, 173쪽.

22) 조애나 월시, 앞의 책, 22쪽.

23) 조애나 월시, 앞의 책, 23쪽.

24) 브라이언 딜, 『쓰레기』, 한유주 옮김, 플레이타임, 2017, 17쪽.

25) 브라이언 딜, 앞의 책, 18쪽.

26) 브라이언 딜, 앞의 책, 40쪽.

27) 질 들뢰즈, 『소진된 인간』, 이정하 옮김, 문학과지성사, 2013.

28) 브라이언 딜, 앞의 책, 60쪽.

29) 펄 벅, 『대지』, 안정효 옮김, 문예출판사, 2003, 42~43쪽.

30) 로버트 롤런드 스미스, 『이토록 철학적인 순간』, 남경태 옮김, 웅진지식하우스, 2014, 205쪽.

31) 펄 벅, 앞의 책, 84~85쪽.

32) 펄 벅, 앞의 책, 119~120쪽.

33) 파리 리뷰 인터뷰, 『작가란 무엇인가』, 권승혁·김진아 옮김, 다른, 2014, 140쪽.

34) 파리 리뷰, 앞의 책, 142쪽.

35) 필립 들레름, 『첫 맥주 한 모금』, 김정란 옮김, 장락, 1999.

36) 보리스 그로이스, 『새로움에 대하여』, 김남시 옮김, 현실문화, 2017, 16쪽.

37) 보리스 그로이스, 앞의 책, 20쪽.

38) 보리스 그로이스, 앞의 책, 70쪽.

39) 보리스 그로이스, 앞의 책, 69쪽.

40) 보리스 그로이스, 앞의 책, 46쪽.

41) 더글러스 호프스태터, 「GEB 20주년 기념판 서문」, 『괴델, 에셔, 바흐』, 박여성·안병서 옮김, 까치, 2017, 개역판 1쇄.

42) 질 들뢰즈/펠릭스 가타리, 『천 개의 고원』, 김재인 옮김, 새물결, 2001, 47쪽.

43) 아니스 콩스탕티니데스, 『유럽의 붓다, 니체』, 강희경 옮김, 열린책들, 2012, 139쪽.

44) 엘렌 디사나야케, 『미학적 인간—호모, 에스테티쿠스』, 김한영 옮김, 연암서가, 2016, 225쪽.

45) 월트 휘트먼, 『풀잎』, 허현숙 옮김, 열린책들, 53~54쪽.

46) 이육사李陸史(1904~1944)는 필명이다. 어릴 때 이름은 원록源祿이다. 1943년 가을, 동대문 형사대와 헌병대에 의해 체포되어 20여 일 뒤 베이징으로 압송되어 일본총영사관 지하감옥에 구금되었다. 이듬해 1월 16일 새벽, 베이징 네이이구 둥창후통 28호에서 순국했다.

47) 도진순, 『강철로 된 무지개—다시 읽는 이육사』, 창비, 2017, 92~93쪽.

48) 사사키 아타루, 『야전과 영원』, 안천 옮김, 자음과모음, 2015, 270쪽.

49) 사사키 아타루, 앞의 책, 268쪽.

50) 사사키 아타루는 "르장드르의 어휘를 쓰자면 '거울이란 몽타주의 효과다'. 따라서 거기에서 만들어지는 인간 또한 '신체, 이미지, 말'로 구성된 '몽타주'다"(앞의 책, 283쪽)라고 말한다.

51) 신범순 원본주해, 『이상 시 전집—꽃 속에 꽃을 피우다 1』, 나녹, 2017, 336쪽 참조.

52) 사사키 아타루, 앞의 책, 287쪽.

53) 사사키 아타루, 앞의 책, 270쪽에서 재인용.

54) 프리드리히 니체, 『비극의 탄생』, 김출곤·박술 옮김, 읻다, 2017, 16~17쪽.

55) 프리드리히 니체, 앞의 책, 18쪽.

56) 프리드리히 니체, 앞의 책, 20쪽.

57) 프리드리히 니체, 앞의 책, 195쪽.

58) 프리드리히 니체, 앞의 책, 198쪽.

59) 프리드리히 니체, 앞의 책, 199쪽.

60) 질 들뢰즈/펠릭스 가타리, 『천 개의 고원』, 김재인 옮김, 새물결, 2001, 12쪽.

61) 베르나르 앙리 레비, 『철학은 전쟁이다』, 김병욱 옮김, 사람의무늬, 2013, 50쪽.

62) 김재인, 『혁명의 거리에서 들뢰즈를 읽자』, 느티나무책방, 2016, 208쪽.

63) 김재인, 앞의 책, 242쪽.

64) 질 들뢰즈/펠릭스 가타리, 앞의 책, 34~35쪽.

65) 질 들뢰즈/펠릭스 가타리, 앞의 책, 35쪽.

66) 질 들뢰즈/펠릭스 가타리, 앞의 책, 47쪽.

67) 질 들뢰즈/펠릭스 가타리, 앞의 책, 49쪽.

68) 질 들뢰즈/펠릭스 가타리, 앞의 책, 55쪽.

69) 질 들뢰즈/펠릭스 가타리, 앞의 책, 55쪽.

70) 신용목, 『누군가가 누군가를 부르면 내가 돌아보았다』, 창비, 2017, 30쪽.

71) 질 들뢰즈/펠릭스 가타리, 앞의 책, 35쪽.